SYLVIA DAY

Incontrolável

São Paulo
2022

The Stranger I Married
Copyright © 2007 Sylvia Day
All Rights Reserved. No part of this book may be reproduced in any form or by any means
without the prior written consent of the publisher, excepting brief quotes used in reviews.

© 2014 by Universo dos Livros
Todos os direitos reservados e protegidos pela Lei 9.610 de 19/02/1998.
Nenhuma parte deste livro, sem autorização prévia por escrito da editora, poderá
ser reproduzida ou transmitida sejam quais forem os meios empregados: eletrônicos,
mecânicos, fotográficos, gravação ou quaisquer outros.

Diretor editorial: **Luis Matos**
Editora-chefe: **Marcia Batista**
Assistentes editoriais: **Nathália Fernandes, Rafael Duarte e Rodolfo Santana**
Tradução: **Felipe CF Vieira**
Preparação: **Ana Luiza Candido**
Revisão: **Âmala Barbosa e Guilherme Summa**
Arte: **Francine C. Silva e Valdinei Gomes**
Capa: **Zuleika Iamashita**

Dados Internacionais de Catalogação na Publicação (CIP)
Angélica Ilacqua CRB-8/7057

Day, Sylvia
  Incontrolável / Sylvia Day; tradução de Felipe CF Vieira. – 2. ed. –
São Paulo: Universo dos Livros, 2022.
  272 p.

  ISBN 978-65-5609-273-7
  Título original: *The Stranger I Married*

  1. Literatura americana 2. Romance erótico 3. Sexo I. Título II. Vieira,
Felipe CF

14-0411   CDD 813.6

2ª edição – 2022

Universo dos Livros Editora Ltda.
Avenida Ordem e Progresso, 157 — 8º andar — Conj. 803
CEP 01141-030 — Barra Funda — São Paulo/SP
Telefone/Fax: (11) 3392-3336
www.universodoslivros.com.br
e-mail: editor@universodoslivros.com.br
Siga-nos no Twitter: @univdoslivros

Este livro é dedicado à deusa editorial, Kate Duffy. Tenho inúmeras razões para considerá-la fabulosa: desde as grandes, como ter sido a primeira editora a comprar meu trabalho, até as pequenas (mas não menos importantes), como ser generosa em seus elogios.

Kate,
Como tenho sorte de escrever para você.
Seu entusiasmo com meu trabalho é um enorme presente. Todos os dias, agradeço por tê-la encontrado no começo da minha carreira. Você me ensinou muito e me deu muitas oportunidades para crescer. Você me permitiu escrever as histórias do meu coração, e mostrou o quanto a relação entre editora e autora pode ser maravilhosa.
Muito obrigada por tudo.
Sylvia.

AGRADECIMENTOS

Como sempre, agradeço imensamente à minha parceira de crítica, Annette McCleave (www.annettemccleave.com). Ela me mantém alerta, e eu a adoro por isso.

Às minhas agentes, Deidre Knight e Pamela Harty. Eu me sinto abençoada, honrada e agradecida por trabalhar com vocês duas.

E agradeço à Allure Authors (www.allureauthors.com) por me apoiar e por apoiar meu trabalho. As garotas da Allure são uma verdadeira irmandade, e isso significa muito para mim.

PRÓLOGO

Londres, 1815

— Você realmente pretende roubar a amante do seu melhor amigo?

Gerard Faulkner, o sexto Marquês de Grayson, manteve os olhos sobre a mulher em questão e sorriu. Aqueles que o conheciam bem, também conheciam aquele olhar e a malícia que prenunciava.

— Com toda a certeza.

— Patife — Bartley resmungou. — Isso é desprezível até mesmo para você, Gray. Já não é suficiente o que fez com o pobre Sinclair? Você sabe o que Markham sente por Isabel. Ele é louco por ela.

Gray estudou Lady Pelham com os olhos de um especialista. Não havia dúvida de que era adequada para suas necessidades. Linda e infame, ele não poderia imaginar uma noiva mais perfeita para irritar sua mãe. Pel, como era chamada afetuosamente, tinha estatura mediana, mas curvas generosas; parecia feita para o prazer masculino. A viúva de cabelos ruivos do falecido Conde de Pelham possuía uma volúpia abrasiva que era viciante; ao menos era isso que os rumores diziam. Seu antigo amante, Lorde Pearson, passara por um longo declínio depois que ela terminou o caso amoroso entre eles.

Gerard compreendia como um homem poderia se arruinar com a perda de sua atenção. Sob a luz dos enormes candelabros, Isabel Pelham brilhava como uma joia preciosa, cara e merecedora de cada centavo.

Ele observava quando ela sorriu para Markham com uma grande curva nos lábios, lábios que eram considerados cheios demais para a beleza convencional, mas que possuíam o formato perfeito para envolver o membro de um homem. Por todo o salão, olhos masculinos cheios de cobiça a vigiavam, esperando pelo dia em que ela retribuísse com seu olhar cor de cereja e quem sabe escolhesse um deles como seu próximo amante. Para Gerard, essa esperança era patética. Aquela mulher era extremamente seletiva e mantinha seus amantes por anos. Mantinha Markham na coleira por quase dois anos agora, e não mostrava qualquer sinal de que estivesse perdendo interesse.

Mas esse interesse não se estendia ao matrimônio.

Nas poucas ocasiões que o visconde implorara por sua mão, ela o recusou, declarando que não queria se casar pela segunda vez. Gray, por outro lado, não tinha dúvidas de que poderia fazê-la mudar de ideia.

— Acalme-se, Bartley — ele murmurou. — Tudo vai se resolver. Confie em mim.

— Ninguém pode confiar em você.

— Você pode confiar que eu lhe darei quinhentas libras se arrastar Markham para o salão de cartas e para longe de Pel.

— Bom, nesse caso... — Bartley se endireitou e arrumou o casaco, embora nenhuma dessas ações fosse capaz de esconder sua barriga avantajada. — Estou aos seus serviços.

Sorrindo, Gerard fez uma ligeira reverência a seu ganancioso amigo, que se retirou pela direita, enquanto ele próprio seguiu pela esquerda. Andou sem pressa ao redor do salão, dirigindo-se para o objetivo de seu plano. O percurso foi lento, bloqueado por várias mães e suas filhas debutantes. A maioria dos solteiros como ele ficaria irritada com a perseguição, mas Gerard era tão conhecido por seu charme infinito quanto por sua propensão a travessuras. Então ele flertou descaradamente, beijou todas as mãos oferecidas, e deixou cada mulher em seu caminho certa de que voltaria a procurá-las com uma proposta formal de casamento.

Olhando ocasionalmente para Markham, notou o exato momento em que Bartley o atraiu para longe, então cruzou a distância com passos decididos, tomando a mão de Pel e beijando-a antes que a habitual multidão de admiradores pudesse cercá-la.

Ao erguer a cabeça, Gerard foi recebido por olhos sorridentes.

— Minha nossa, Lorde Grayson. Mulher nenhuma poderia deixar de se sentir lisonjeada por uma abordagem tão incisiva.

– Minha querida Isabel, sua beleza me atraiu como a chama atrai a mariposa – ele enlaçou o braço com ela e a conduziu para uma caminhada pela pista de dança.

– Imagino que você precisava de um respiro daquelas mães ambiciosas, não é? – ela perguntou com sua voz rouca. – Mas acho que nem mesmo minha companhia será suficiente para deixá-lo menos atraente para elas. Você é simplesmente delicioso demais. Você ainda será a morte para alguma dessas garotas.

Gerard soltou um longo suspiro de satisfação, inundando seus sentidos com o aroma exuberante de alguma flor exótica. Eles se dariam bem, disso Gerard sabia. Passou a conhecê-la durante os anos em que esteve com Markham, e sempre gostou imensamente de Isabel.

– Concordo. Nenhuma dessas mulheres serve para mim.

Pel encolheu os ombros delicadamente, e seu vestido azul-marinho e colar de safira emolduraram lindamente sua palidez.

– Você ainda é jovem, Grayson. Quando tiver minha idade, talvez sossegue o bastante para não atormentar demais sua noiva com esse seu apetite voraz.

– Ou posso me casar com uma mulher madura, assim não precisarei alterar meus hábitos.

Arqueando uma sobrancelha perfeita, ela disse:

– Você está querendo dizer algo com esta conversa, não é mesmo, milorde?

– Eu quero você, Pel – ele disse suavemente. – Desesperadamente. E apenas um caso amoroso não será suficiente. Mas um casamento será de boa medida.

Uma leve e rouca risada flutuou no ar entre eles.

– Oh, Gray. Eu realmente adoro seu senso de humor, sabia? É difícil encontrar um homem tão deliciosamente atrevido como você.

– E é lamentavelmente difícil encontrar uma criatura tão sensual quanto você, minha doce Isabel. Temo que seja única, portanto, é insubstituível para minhas necessidades.

Pel lançou um olhar de soslaio.

– Achei que você estava de caso com aquela atriz, a bonitinha que nunca consegue se lembrar das falas.

Gerard sorriu.

— Sim, isso é verdade. Anne não conseguiria atuar de modo convincente mesmo que sua vida dependesse disso. Seus talentos se concentravam em outras atividades muito mais carnais.

— Além disso, honestamente, Gray, você é jovem demais para mim. Tenho vinte e seis anos, sabe? E você é... – ela o olhou de cima a baixo com o olhar cerrado. – Bom, você *é* delicioso, mas...

— Tenho vinte e dois anos, e posso montá-la muito bem, Pel, nunca duvide disso. Entretanto, você não está entendendo a situação, nem minha proposta. Veja bem, eu tenho uma amante. Duas, na verdade, e você possui Markham...

— Sim, e ainda não terminei com ele.

— Continue com ele, eu não tenho objeções quanto a isso.

— Que alívio ter sua aprovação – ela ironizou, depois riu novamente, um som que Gray sempre admirou. – Você é louco.

— Louco por você, Pel, definitivamente. Sempre fui, desde o início.

— Mas você não quer me levar para cama.

Ele a olhou com pura apreciação masculina, demorando-se no formato dos seios que se apertavam no espartilho.

— Bom, eu não disse isso. Você é uma linda mulher, e eu sou um homem amoroso. Entretanto, se nos juntarmos, *se* decidirmos nos deitar é outra questão. Teremos a vida toda para pensar sobre isso, se decidirmos que é isso que queremos.

— Por acaso você bebeu mais do que deveria? – ela perguntou, franzindo o rosto.

— Não, Isabel.

Pel parou, forçando-o a parar também. Ela olhou para seu rosto, depois sacudiu a cabeça.

— Se está falando sério...

— Aí está você! – disse uma voz por trás deles.

Gerard engoliu um xingamento ao ouvir a voz de Markham, mas cumprimentou seu amigo com um sorriso distraído. A expressão de Isabel se tornou igualmente inocente. Ela realmente era impecável.

— Agradeço por manter os abutres longe dela, Gray – Markham disse jovialmente, com seu bonito rosto aceso com o prazer de encontrar sua amada – Fiquei momentaneamente distraído por algo que se mostrou indigno de minha atenção.

Abandonando a mão de Pel com um floreio, Gerard disse:

– Para que servem os amigos?

– Onde você esteve? – Gerard rosnou algumas horas depois, quando uma pessoa encapuzada entrou em seu quarto. Ele parou de andar nervosamente e seu robe de seda gentilmente descansou entre suas pernas nuas.

– Você sabe que eu apareço quando posso, Gray.

O capuz foi lançado para trás revelando cabelos loiros e um rosto adorável. Ele cruzou o quarto em duas passadas e tomou sua boca, erguendo a mulher do chão.

– Isso não é bom o bastante, Emily – ele disse – Nem um pouco.

– Não posso largar tudo para servir suas necessidades. Sou uma mulher casada.

– Não é necessário me lembrar disso – ele resmungou.

– Pois eu nunca me esqueço desse fato.

Ele mergulhou o rosto na curva de seu ombro e sentiu seu aroma. Ela era tão suave e inocente, tão doce.

– Senti sua falta.

Emily, atual Lady Sinclair, soltou uma risada sem fôlego, com os lábios já inchados pelos beijos de Gerard.

– Mentiroso – a boca dela se abaixou tristemente – Você foi visto com aquela atriz mais do que algumas vezes nessas duas semanas desde o nosso último encontro.

– Você sabe que ela não significa nada para mim. É você que eu amo.

Ele poderia explicar, mas ela não entenderia sua necessidade por sexo selvagem e irrestrito, assim como não entendia as demandas de Sinclair. Ela era magra demais, e muito sensível, para desfrutar de tal fervura. Era seu respeito por ela que fazia Gerard buscar alívio em outro lugar.

– Oh, Gray – ela suspirou, acariciando os cabelos em sua nuca – Às vezes eu acho que você acredita mesmo nisso. Mas talvez você me ame apenas o quanto um homem como você é capaz de amar.

– Nunca duvide disso – ele disse ardentemente – Eu amo você mais do que qualquer coisa, Em. Sempre amei – tomando um momento para retirar sua capa, ele jogou a vestimenta para o lado e a carregou para a cama que os esperava.

Enquanto a despia com uma eficiência silenciosa, Gerard fervia por dentro. Emily deveria ter sido *sua* esposa, mas ele decidira viajar em seu Grand Tour e, quando voltou, encontrou o amor de sua juventude casada. Ela disse que havia ficado de coração partido quando ele se foi, e rumores de seus casos chegaram aos ouvidos dela. Emily o lembrou de que nunca escrevera, o que a fez acreditar que fora esquecida.

Gerard sabia que sua própria mãe ajudara a plantar as sementes da dúvida e as cultivara diariamente. Aos olhos da viúva, Emily não era digna de seu filho. Ela desejava que se casasse com uma noiva de nível social mais alto, por isso ele faria justamente o contrário, apenas para irritá-la e pagar-lhe na mesma moeda.

Se ao menos Em tivesse mantido sua fé por apenas um pouco mais de tempo, eles estariam casados agora. Ele poderia ter em sua cama, uma que não precisasse deixar depois do nascer do sol.

Nua, com a pele alva iluminada, como mármore sob a luz da vela, Emily o deixou sem fôlego, como sempre fazia. Gerard a amava desde que podia se lembrar. Ela era tão linda. Não da mesma maneira que Pel. Isabel possuía uma sensualidade mais carnal e visceral. Emily tinha um tipo diferente de beleza, mais frágil e discreta. Eram opostas como uma rosa e uma margarida.

Gerard gostava muito de margaridas.

Estendeu sua grande mão e tocou o ligeiro peso de um seio.

– Você ainda está amadurecendo, Em – ele disse, notando o quanto o seio estava diferente.

Emily cobriu sua mão.

– Gerard – ela sussurrou com sua voz melodiosa.

Ele olhou em seus olhos, e seu coração se apertou com o amor que enxergou ali.

– Sim, meu amor?

– Eu estou grávida.

Gerard abriu a boca, mas nenhum som saiu. Ele sempre foi cuidadoso e usava proteção.

– Emily, meu Deus!

Seus olhos azuis, aqueles adoráveis olhos da cor do céu, se encheram de lágrimas.

– Diga que você está feliz. Por favor.

– Eu... – ele engoliu em seco – É claro, meu amor – Gerard precisava perguntar o óbvio. – E quanto a Sinclair?

Emily sorriu tristemente.

– Acredito que não haverá dúvida na cabeça de ninguém de que o filho é seu, mas ele não irá rejeitá-lo. Ele me prometeu. De certa maneira, é apropriado. Ele dispensou sua última amante por causa de uma gravidez.

Com seu estômago apertado com o choque da notícia, Gerard a deitou no colchão. Ela parecia tão pequena, tão angelical em contraste com a cor vermelha do cobertor de veludo. Ele retirou seu robe e se deitou sobre ela.

– Fuja comigo.

Gerard baixou a cabeça e selou os lábios dela com um beijo, gemendo ao sentir seu doce sabor. Se ao menos as coisas fossem diferentes. Se ao menos ela tivesse esperado.

– Fuja comigo, Emily – ele implorou novamente – Podemos ser felizes juntos.

Lágrimas deslizavam pelo rosto dela.

– Gray, meu amor – ela tomou seu rosto em suas pequenas mãos – Você é um sonhador tão passional.

Ele passou a ponta do nariz no vale entre os seios, e os quadris raspavam sua ereção contra o colchão numa tentativa de aliviar seu desejo. Com uma força de vontade de ferro, Gerard controlou suas demandas mais básicas.

– Você não pode me negar isso.

– Isso é verdade – ela ofegou, acariciando suas costas – Se eu tivesse sido mais forte, nossas vidas seriam muito diferentes. Mas Sinclair... aquele pobre homem. Eu já o envergonhei demais.

Gerard pressionou beijos amorosos em sua barriga lisa e pensou em seu filho que ali dormia. Seu coração acelerou quase em pânico.

– Então, o que você fará, se não me quer?

– Amanhã eu partirei para Northumberland.

– *Northumberland?!* – ele ergueu a cabeça, surpreso – Mas por que tão longe?

– Porque é para lá que Sinclair deseja ir – com as mãos debaixo dos braços de Gerard, ela o puxou mais para perto, abrindo as pernas num convite silencioso – Sob tais circunstâncias, como posso recusar?

Sentindo como se ela estivesse escapando por seus dedos, Gerard se ergueu sobre Emily e deslizou seu pau lentamente dentro dela, gemendo enquanto ela o apertava, quente e acolhedora, ao seu redor.

– Mas você vai voltar – ele disse quase sem voz.

O delicado rosto de Emily se contorceu ao sentir o prazer.

– Deus, sim, eu voltarei – seu sexo estremecia ao receber a ereção – Não posso viver sem você. Sem isto.

Abraçando-a com força, Gerard começou a penetrá-la lentamente.

Ele a possuiu da maneira como sabia que ela mais gostava, enquanto restringia suas próprias necessidades.

– Eu te amo, Emily.

– Meu amor – ela disse, ofegante. E então, Emily se perdeu em êxtase em seus braços.

Tique.

Tique.

Isabel acordou com um gemido, sabendo por sua exaustão e pela escuridão do quarto que ainda era madrugada. Ela permaneceu deitada por um momento, sua mente ainda sonolenta, tentando determinar o que havia perturbado seu sono.

Tique.

Passando as mãos nos olhos, Isabel sentou-se e apanhou sua camisola para cobrir sua nudez. Olhou para o grande relógio sobre a lareira e percebeu que Markham havia partido há apenas duas horas. Ela esperava dormir até o fim da tarde, e ainda pretendia fazer isso, assim que lidasse com o admirador teimoso que a importunava numa hora dessas. Quem quer que fosse.

Ela estremeceu ao caminhar até a janela, onde pedrinhas atingiam o vidro, causando aquele som irritante. Isabel subiu o painel e olhou para baixo, para seu jardim dos fundos. Teve que soltar um suspiro.

– Bom, já que vou ser perturbada – ela disse –, que ao menos seja por uma visão tão agradável quanto a sua.

O Marquês de Grayson sorriu para ela, com seus brilhantes cabelos castanhos emaranhados e os profundos olhos azuis envoltos em vermelhidão. Estava sem gravata e a gola da camisa estava aberta, revelando uma garganta dourada e alguns fios de cabelo preto emergindo de seu peito.

Aparentemente, também estava sem colete, e Isabel não conseguiu esconder um sorriso. Gray se parecia demais com Pelham na época em que o conhecera, há nove anos. Fora um tempo feliz; curto, mas feliz.

– Oh, Romeu, Romeu! – ela recitou, sentando-se na beira da janela – Por que és tu...?

– Oh, por favor, Pel – ele gemeu, interrompendo-a com sua risada grave. – Deixe-me entrar. Está frio aqui fora.

– Gray – ela sacudiu a cabeça – Se eu abrir minha porta para você, este incidente será assunto de fofoca por toda a Londres num piscar de olhos. Vá embora, antes que alguém o veja.

Ele cruzou os braços teimosamente, e o tecido de seu casaco preto envolveu seus músculos, delineando os braços fortes e ombros largos. Grayson era tão jovem, seu rosto ainda não mostrava nenhum sinal do tempo. Ainda um garoto, em tantos sentidos. Pelham tinha a mesma idade dele quando capturara seu coração. Ela tinha apenas dezessete.

– Eu não vou embora, Isabel. Então é melhor você me convidar para entrar antes que eu faça uma cena e entre mesmo assim.

Ela podia enxergar na teimosia de seu queixo o quanto ele falava sério. Bom, tão sério quanto um homem como ele poderia ser.

– Então, vá para a porta da frente – ela cedeu – Alguém vai estar acordado para deixar você entrar.

Isabel saiu da janela e apanhou seu robe de cetim branco. Ela saiu do quarto de dormir e entrou em seu boudoir, onde abriu as cortinas para deixar entrar a suave luz do crepúsculo. Era seu quarto favorito, decorado com leves tons de mármore e ouro polido, com cadeiras e poltronas douradas e cortinas drapeadas. Mas a coloração agradável não era o que mais a afetava. Essa distinção era privilégio da única combinação de cores fortes do lugar: o grande retrato de Pelham que adornava a parede oposta.

Todos os dias ela encarava aquele retrato e permitia que sua mágoa e repugnância viessem à tona. O conde respondia com o silencioso sorriso de sempre, o mesmo que ganhara sua mão em casamento. Ela o adorava como apenas uma jovem garota consegue. Pelham era tudo para ela, até o dia em que, no recital de Lady Warren, Isabel ouviu duas mulheres fofocando sobre as proezas carnais de seu marido.

Seu queixo se apertou com a lembrança, todo seu velho ressentimento reemergiu. Quase cinco anos se passaram desde que Pelham falecera num duelo por causa de uma amante, mas Isabel ainda sentia a ardência da traição e humilhação.

Alguém bateu levemente na porta. Isabel respondeu e a porta abriu, revelando o rosto franzido de seu mordomo que parecia ter se vestido às pressas.

— Milady, o Marquês de Grayson pede um momento do seu tempo — ele limpou a garganta — Na porta de serviço.

Isabel segurou um sorriso, e a lembrança negativa se esvaiu ao pensar em Grayson vestido daquele jeito, esperando na porta, altivo e arrogante como só ele pode ser.

— Eu o receberei.

Um leve tremor numa sobrancelha cinzenta foi a única indicação de surpresa do mordomo.

Enquanto o mordomo foi buscar Gray, ela percorreu o quarto acendendo as velas. Deus, ela estava cansada. Esperava que ele tratasse logo do assunto que parecia tão urgente. Pensando na estranha conversa que tiveram mais cedo, Isabel imaginou que talvez ele precisasse de alguma ajuda. Talvez não estivesse muito bom da cabeça.

Sem dúvida, eles tratavam um ao outro muito amigavelmente, mais até do que meros conhecidos, mas nunca mais do que isso. Isabel sempre se deu bem com homens. Afinal de contas, ela gostava muito deles. Mas sempre houve uma distância respeitosa entre ela e Lorde Grayson por causa de seu caso amoroso com Markham, seu melhor amigo. Um caso que ela terminara há apenas algumas horas, quando o belo visconde a pediu em casamento pela terceira vez.

De qualquer modo, apesar da habilidade de Gray de travar sua mente com sua beleza incomum, Isabel não possuía interesse mais profundo nele. Era muito igual a Pelham — um homem egoísta e egocêntrico demais para se preocupar com a necessidade dos outros.

A porta se abriu de repente atrás dela, Isabel girou nos calcanhares e foi surpreendida por um poderoso corpo masculino. Gray a agarrou pela cintura e a ergueu do chão, rindo com aquela voz grave e retumbante. Uma risada que dizia que ele nunca tivera uma preocupação sequer na vida.

– Gray! – ela protestou, empurrando seus ombros. – Ponha-me no chão!

– Querida Pel – ele respondeu, com olhos acesos. – Recebi uma notícia maravilhosa nesta manhã. Eu vou ser pai!

Isabel piscou incrédula, sentindo tonturas pelo giro que ele fazia e o sono que não teve.

– Você é a única pessoa que poderia ficar feliz por mim. Todos os outros ficarão horrorizados. Por favor, sorria, Pel, e me parabenize.

– Farei isso se você me colocar no chão.

O Marquês obedeceu e deu um passo para trás, esperando pela reação dela. Ela riu por causa de sua impaciência.

– Parabéns, Milorde. Posso saber quem é a mulher de sorte que se tornará sua noiva?

A alegria murchou em seus olhos azuis, mas o sorriso charmoso permaneceu.

– Bom, essa continua sendo você, Isabel.

Encarando seu rosto, ela tentou entender o que ele queria dizer, mas não conseguiu. Isabel fez um gesto para ele se sentar numa cadeira, depois fez o mesmo.

– Você realmente fica linda com o cabelo de quem acabou de fazer amor – Gray comentou – Posso entender por que seus amantes ficam em ruínas após perder essa visão.

– Lorde Grayson! – Isabel passou as mãos em suas longas madeixas. A moda em vigor era um penteado preso para cima em cachos, mas ela preferia um comprimento maior, e seus amantes concordavam – Por favor, diga logo a que veio. Tive uma longa noite e estou cansada.

– Também foi uma longa noite para mim. Ainda não dormi. Mas...

– Posso sugerir que você durma um pouco para depois repensar essa sua ideia maluca? Tenho certeza que verá as coisas de um jeito diferente.

– Não é verdade – ele disse com teimosia, ajeitando-se e passando um braço sobre o encosto da cadeira, numa pose que era tão sedutora quanto ingênua – Já pensei bastante. Existem razões demais para descrever o quanto seríamos perfeitos um para o outro.

Ela riu com desdém.

– Gray, você não tem noção do quanto está errado.

– Ouça-me, Pel. Preciso de uma esposa.

– Eu não preciso de um marido.

– Tem certeza disso? – ele perguntou, arqueando uma sobrancelha – Eu acho que precisa.

Isabel cruzou os braços e se recostou na cadeira. Fosse louco ou não, ele com certeza era *interessante*.

– Você acha mesmo?

– Pense um pouco. Sei que você acaba gostando demais dos seus amantes, mas precisa se desfazer deles eventualmente, e não por causa de tédio. Você não é esse tipo de mulher. Não, você precisa dispensá-los porque eles se apaixonam por você, e logo querem mais. Você se recusa a levar homens casados para sua cama, portanto, todos os seus amantes são livres e gostariam de se casar com você.

Ele fez uma pausa.

– Mas se você já estivesse casada... – Gray deixou as palavras flutuarem no ar.

Isabel o encarou. Depois piscou lentamente.

– E que diabos você ganha de um casamento assim?

– Ah, tenho muito a ganhar, Pel. Muito a ganhar. Eu me livraria da perseguição das debutantes, minhas amantes entenderiam que eu não poderia oferecer nada mais, e minha mãe... – ele estremeceu – Minha mãe pararia de me apresentar pretendentes, e eu teria uma esposa que não apenas é charmosa e adorável, mas que também não possui nenhuma noção tola de amor, comprometimento e fidelidade.

Por alguma razão estranha e inesperada, Isabel começou a gostar ainda mais de Lorde Grayson. Diferente de Pelham, Gray não estava enchendo a cabecinha de uma pobre garota com declarações de amor e devoção eternas. Não estava propondo um casamento com uma garota que poderia passar a amá-lo, apenas para depois sofrer com suas indiscrições. E estava animado com a ideia de ser pai de um bastardo, o que provavelmente significava que pretendia sustentá-lo.

– E quanto a filhos, Gray? Não sou mais jovem, e você precisa de um herdeiro.

Seu famoso sorriso malicioso apareceu com força total.

– Não se preocupe, Isabel. Tenho dois irmãos mais novos, um dos quais já se casou. Se nós não quisermos, eles terão filhos.

Isabel segurou uma risada incrédula. Só poderia estar maluca por considerar essa noção ridícula...

Mas precisou dar adeus a Markham, por mais que não gostasse desse fim. Aquele tolo era louco por ela, e Isabel o prendera de um jeito egoísta por quase dois anos. Já era tempo de encontrar uma mulher digna dele. Uma que pudesse amá-lo do que jeito que ela própria não poderia. Sua habilidade de sentir essa emoção elevada morreu junto com Pelham naquele campo ao entardecer.

Olhando para o retrato do conde mais uma vez, Isabel odiou ter infligido dor em Markham. Ele era um bom homem, um amante carinhoso e um grande amigo. Também era o terceiro homem cujo coração fora partido por sua necessidade de proximidade física e alívio sexual.

Isabel frequentemente pensava em Lorde Pearson e o quanto ele ficara emocionalmente arruinado após ter sido dispensado por ela. Estava cansada de ferir sentimentos, e sempre se culpava por isso, mas sabia que continuaria fazendo as mesmas coisas. A necessidade humana de companhia não pode ser negada.

Gray estava certo. Talvez se ela estivesse casada, poderia encontrar e desfrutar de uma verdadeira amizade sexual com um homem sem que ele tivesse esperanças por algo mais. E ela nunca teria que se preocupar com o fato de Gray se apaixonar por ela, disso tinha certeza. Ele já professara amor por uma mulher antes, mas mesmo assim manteve uma longa sequência de amantes. Assim como Pelham, Gray era incapaz de ser leal e amar profundamente.

Mas será que ela poderia se envolver em semelhante infidelidade após experimentar a dor que isso pode trazer?

O marquês se inclinou para frente e apanhou suas mãos.

– Diga sim, Pel – seus incríveis olhos azuis imploravam a ela, e Isabel sabia que Gray nunca se importaria com seus casos amorosos. Afinal, ele estaria ocupado demais com seus próprios. Isso era apenas uma troca vantajosa, nada mais.

Talvez fosse a exaustão que impediu sua habilidade de pensar claramente, mas em apenas duas horas, Isabel se encontrava na carruagem da família Grayson viajando em direção à Escócia.

Seis meses depois...

— Isabel, poderia me ceder um minuto do seu tempo, por favor?

Gerard observou o espaço vazio da porta até que sua esposa curvilínea, que havia acabado de passar por ali, preenchesse novamente sua visão.

— Sim, Gray? — Isabel entrou em seu escritório com uma inquisidora sobrancelha erguida.

— Você está livre na noite de sexta-feira?

Ela exibiu um olhar de ofensa fingido.

— Você sabe que estou disponível sempre que você precisar de mim.

— Eu agradeço muito — ele se recostou na poltrona e sorriu — Você é boa demais para mim.

Isabel se aproximou do sofá e sentou-se.

— Onde esperam nossa presença?

— Jantar na residência dos Middleton. Concordei em conversar com Lorde Rupert, mas Bentley me informou hoje que Lady Middleton também convidou os Grimshaw.

— Oh! — Isabel franziu o nariz — Que maldade dela convidar sua amante e o marido para um evento em que você estará presente.

— É verdade — Gerard concordou, levantando-se e circulando a escrivaninha para sentar-se ao lado dela.

— Esse seu sorriso é diabólico demais, Gray. Você realmente não deveria deixar as pessoas o verem assim.

— Não consigo evitar — ele passou o braço sobre os ombros dela e a puxou para perto, inspirando aquele aroma floral exótico que era tão familiar e excitante — Sou o homem mais sortudo do mundo, e sou esperto o bastante para saber disso. Você pode imaginar quantos homens gostariam de ter uma esposa como a minha?

Ela riu.

— Você continua sendo um sem-vergonha deliciosamente descarado.

— E você adora isso. Nosso casamento a deixou famosa na sociedade.

— Você quer dizer "infame" — ela respondeu secamente — A mulher mais velha faminta pelo vigor de um jovem.

– Faminta por mim – ele acariciou uma mecha solta de seu cabelo.

– Sim, isso parece mais correto.

Um leve toque na porta aberta fez os dois olharem ao mesmo tempo para o criado que havia chegado.

– Sim? – Gerard perguntou, irritado pela interrupção do raro momento de tranquilidade com sua esposa. Ela estava sempre tão ocupada com seus chás sociais e outras besteiras femininas que ele mal tinha oportunidade para desfrutar de uma conversa com ela. Pel era infame, é verdade, mas também era incrivelmente charmosa e era a Marquesa de Grayson. A sociedade podia especular sobre ela, mas nunca fechariam suas portas a ela.

– Uma correspondência especial chegou, Milorde.

Gerard levantou a mão e estalou os dedos impacientemente. Assim que a carta tocou sua palma, ele sorriu diante da caligrafia familiar.

– Céus, que cara é essa? – Isabel disse – É melhor eu deixar você sozinho.

– Não – ele a segurou apertando o braço sobre seus ombros – É uma carta da viúva, e assim que eu terminar de ler, vou precisar de você para acalmar minha depressão do jeito que só você consegue.

– Como quiser. Se deseja que eu fique, então ficarei. Não precisarei sair por horas.

Sorrindo diante da ideia de passar horas com ela, Gerard abriu a carta.

– Podemos jogar xadrez? – ela sugeriu, com um sorriso maroto.

Gerard estremeceu dramaticamente.

– Você sabe o quanto eu detesto esse jogo. Tente pensar em algo que você pode fazer que não vá me deixar com sono.

Voltando sua atenção para a carta, ele passou os olhos no texto. Mas quando chegou a um parágrafo que parecia um adendo, no entanto, ele sabia ser um golpe calculado, sua leitura se tornou mais atenta e suas mãos começaram a tremer. Sua mãe nunca escrevera sem a intenção de machucar, e continuava furiosa por ele ter se casado com Lady Pelham.

... é uma pena que a criança não sobreviveu ao nascimento. Ouvi dizer que era um menino. Gracioso e com uma cabeleira preta, diferente de seus dois pais loiros. Lady Sinclair era frágil demais, o médico disse, e o bebê era muito grande. Ela sangrou por horas. Uma visão terrível, foi o que disseram...

Gerard perdeu o ar e sentiu tonturas. Os horrores descritos pela linda caligrafia tornaram-se um borrão até que ele não podia mais ler.

Emily.

Seu peito parecia queimar, e ele se assustou quando Isabel bateu em suas costas.

– Respire! – ela ordenou, com a voz preocupada, mas cheia de comando – Que diabos diz aí? Deixe-me ler.

Suas mãos perderam a força e os papéis caíram sobre o tapete de Aubusson.

Ele deveria estar com Emily. Quando Sinclair devolveu suas cartas fechadas, Gerard deveria ter feito mais para apoiá-la do que apenas enviar amigos com saudações de segunda mão.

Ele a conhecera por toda sua vida. Foi a primeira garota que beijou, a primeira garota para quem enviou flores e escreveu poemas. Não conseguia se lembrar de um tempo em que o anjo de cabelos dourados não estivesse próximo a ele.

E agora, ela se fora para sempre, morta pela luxúria e egoísmo de Gerard. Sua querida, doce Emily, que merecia muito mais do que ele conseguiu dar a ela.

Vagamente, ouviu um zumbido em seu ouvido, e pensou que poderia ser Isabel, que apertava uma de suas mãos até quase doer.

Ele se virou e se recostou nela, pousando o rosto em seu peito, e então chorou. Chorou até encharcar o espartilho, e as mãos que acariciavam suas costas tremiam de preocupação. Chorou até não poder mais, e por todo esse tempo, odiou a si mesmo.

Eles não chegaram a ir ao jantar na casa da família Middleton. Mais tarde naquela noite, Gerard fez as malas e viajou para o norte.

E não retornou.

CAPÍTULO 1

Quatro anos mais tarde...

— Milorde está em casa, Milady.

Para muitas mulheres, essa afirmação era comum e nada extraordinária, mas para Isabel, era tão raramente ouvida que ela não conseguia se lembrar da última vez que seu mordomo dissera algo parecido.

Ela parou no saguão, tirando suas luvas e entregando-as para o criado ao seu lado. Isabel demorou-se com a tarefa, aproveitando os breves momentos a mais para se recompor e impedir que seu coração saltasse pela boca.

Grayson havia retornado.

Isabel não podia deixar de se perguntar a razão. Ele rejeitou todas as cartas que ela enviara para seu administrador, e nunca se dispôs a escrever por si próprio.

Por ter lido a carta da viúva, ela sabia o que o arruinara naquele dia em que deixou Londres e Isabel para trás. Podia imaginar sua dor, após ter presenciado sua animação e orgulho ao saber que seria pai. Como sua amiga, desejava que Gray tivesse permitido que ela desse mais do que uma hora de conforto, mas ele se afastou dela, e anos se passaram depois disso.

Isabel ajeitou suas saias e tocou seu penteado armado. Quando flagrou a si mesma checando a aparência no espelho, ela parou e praguejou. Iria encontrar Gray. Ele não se importaria com sua aparência.

— No escritório?

– Sim, Milady.

O mesmo cenário daquele dia fatídico.

Ela assentiu e endireitou os ombros, tentando acalmar os nervos. Sem estar realmente pronta, Isabel subiu a escadaria curvada e entrou na primeira porta à direita. Apesar de sua preparação física e mental, a visão das costas de seu marido a atingiu como um golpe. Ele estava de pé em frente à janela, com sua silhueta parecendo mais alta e definitivamente mais encorpada. Seu poderoso torso cobria uma cintura fina, uma bunda lindamente curvada e longas pernas musculosas. Emoldurado pelas pesadas cortinas de veludo verde, a perfeita simetria de sua forma capturou o fôlego de Isabel.

Mas havia um ar pesado e opressivo que o envolvia, muito distante daquele homem despreocupado e alegre do qual ela se lembrava. Isso a forçou a respirar fundo novamente antes de abrir a boca para falar.

Como se tivesse sentido sua presença, Gray virou-se antes que ela pudesse dizer alguma palavra. Sua garganta se fechou instantaneamente.

Ele já não era mais o homem com quem se casara.

Eles se entreolharam, ambos imóveis no silêncio que se estendeu. Foram apenas alguns anos, mas parecia que uma vida inteira havia se passado. Grayson já não era um garoto. Seu rosto havia perdido aquele vestígio de juventude e o tempo havia marcado as linhas que envolviam seus olhos e boca. E não eram marcas de felicidade, mas de tristeza. O azul brilhante dos olhos que já fizeram muitas mulheres se apaixonarem agora exibia um tom mais profundo e sombrio. Os olhos não mais sorriam, e aparentavam ter visto muito mais do que apenas quatro anos permitiriam.

Isabel levou a mão ao peito, assustada com a rapidez de sua respiração.

Gray era lindo no passado. Agora, não havia palavras para descrevê-lo. Ela forçou o peito a respirar mais devagar e lutou contra uma súbita pontada de pânico. Isabel sabia como lidar com o garoto, mas este... este *homem* não era domável. Se o tivesse conhecido agora, saberia que o melhor era ficar longe.

– Olá, Isabel.

Até mesmo sua voz havia mudado. Estava mais grave e levemente rouca.

Isabel não sabia o que dizer.

— Você não mudou nada — ele murmurou, aproximando-se dela. Sua antiga presunção não existia mais: fora substituída por um tipo de confiança que se conquista após caminhar pelo inferno e sobreviver.

Respirando fundo, Isabel foi inundada pelo familiar aroma dele. Talvez um pouco mais apimentado, mas era certamente o cheiro de Gray. Encarando seu rosto impassível, ela apenas conseguiu encolher levemente os ombros.

— Eu devia ter escrito — ele disse.

— Sim, você devia — ela concordou — Não apenas para me avisar de sua visita, mas antes disso, mesmo que fosse apenas para dizer que estava bem. Estive preocupada com você, Gray.

Ele acenou para uma poltrona próxima e Isabel se afundou nela graciosamente. Ao se mover para o sofá no lado oposto, ela notou a maneira como se vestia. Embora usasse calças com um casaco e colete, suas roupas eram simples e de tecidos comuns. Seja lá o que estivesse fazendo nesses últimos anos, aparentemente não era necessário estar na moda.

— Peço desculpas por sua preocupação — um lado de sua boca se curvou formando uma sombra de seu antigo sorriso — Mas eu não podia lhe dizer que estava bem, pois estava longe disso. Não suportava nem olhar para cartas, Pel. Não porque eram suas. Por anos evitei qualquer contato com correspondência. Mas agora... — ele fez uma pausa e seu queixo se apertou, como se estivesse determinado — Não estou de visita.

— Oh? — ela sentiu um frio no estômago. A camaradagem entre eles parecia não existir mais. Ao invés do conforto fácil que desfrutava ao seu lado, agora ela se sentia decididamente nervosa.

— Vim até aqui para viver. Se eu conseguir me lembrar de como se faz isso.

— Gray...

Ele sacudiu a cabeça, balançando as madeixas que ela considerava um pouco longas demais.

— Nada de piedade, Isabel. Não mereço. Mais do que isso, não quero.

— Então, o que você *quer*?

Gray olhou diretamente em seus olhos.

— Quero muitas coisas, mas acima de tudo, quero companheirismo. E quero merecer isso.

— Merecer? — ela franziu as sobrancelhas.

– Fui um amigo terrível, assim como são as pessoas egoístas.

Isabel olhou para as próprias mãos e notou sua aliança dourada – um símbolo do compromisso para a vida inteira que jurou para um verdadeiro estranho.

– Por onde você andou, Gray?

– Estive tomando um tempo para pensar em tudo.

Ele não iria dizer.

– Muito bem, que seja. O que você quer de mim? – ela ergueu o queixo. – O que posso lhe oferecer?

– Primeiro, preciso que você me deixe apresentável – Gray fez um gesto mostrando seu corpo – Depois, preciso saber de tudo que acontece atualmente. Tenho lido os jornais, mas você eu sabemos muito bem que as fofocas raramente trazem qualquer verdade. E, mais importante, precisarei que você seja minha acompanhante.

– Não tenho certeza se poderei ajudar muito, Gray – ela disse honestamente.

– Sei disso – ele se levantou e chegou mais perto – As más línguas não foram boas com você enquanto estive ausente, e é por isso que voltei. Como posso ser uma pessoa responsável se não consigo tomar conta da minha própria esposa? – ele se ajoelhou ao seu lado – Sei que estou pedindo muito a você, Pel. Não foi com isso que você concordou quando fizemos nosso trato. Mas as coisas mudaram.

– *Você* mudou.

– Deus, só posso rezar para que isso seja verdade.

Gray apanhou suas mãos e Isabel sentiu calos nas pontas de seus dedos. Olhou para baixo e notou sua pele bronzeada pelo sol e pelo trabalho. Ao lado de suas próprias mãos pálidas, o contraste era como dia e noite.

Ele apertou levemente. Isabel ergueu os olhos e foi surpreendida pela graciosidade de suas feições.

– Não vou forçá-la, Pel. Se deseja continuar vivendo sua vida como antes, eu respeitarei sua decisão – aquele vestígio de seu antigo sorriso voltou a aparecer – Mas preciso avisar que não tenho problemas em implorar. Devo muito a você, e estou determinado a pagar.

Foi esse breve lampejo do antigo Gray que a acalmou. Sim, o exterior havia mudado, talvez até muito do interior também, mas ainda havia um pouco do charme que ela conhecia. Por ora, já era o bastante.

Isabel sorriu em resposta, e o alívio dele parecia palpável.

– Vou cancelar meus compromissos para esta noite e nós poderemos conversar melhor.

Grayson sacudiu a cabeça.

– Preciso juntar minhas coisas e voltar a me familiarizar com a vida dentro de casa. Desfrute esta noite sozinha. Em breve, eu irei incomodá-la.

– Então, talvez você aceite tomar chá comigo daqui a uma hora? – talvez então ela pudesse convencê-lo a contar sobre sua ausência.

– Eu adoraria.

Ela se levantou, e ele se ergueu junto.

Meu Deus, ele era alto. Será que sempre fora assim? Isabel já não se lembrava. Afastando esse pensamento, ela se virou em direção à porta, mas ele não soltou sua mão.

Levou um tempo para soltá-la.

– Vejo você daqui a uma hora, Pel.

Gerard esperou até Isabel sair do escritório antes de desabar no sofá com um gemido. Durante sua ausência, a insônia fora um tormento recorrente. Precisando de exaustão física para dormir, ele havia trabalhado nos campos de suas muitas propriedades, acostumando-se assim com as dores musculares. Mas seu corpo nunca doera tanto quanto agora. Não havia percebido o quanto estava tenso até ficar sozinho e o aroma floral de sua esposa se dissipar.

Isabel sempre fora tão linda assim? Ele não se lembrava. Certamente usou a palavra "linda" para descrevê-la em seus pensamentos, mas a realidade estava além do que a mera palavra conseguia significar. Seus cabelos possuíam mais fogo, os olhos mais faíscas, a pele mais brilho do que sua memória guardava.

Durantes os últimos anos, ele dissera "minha esposa" centenas de vezes enquanto pagava por suas despesas e lidava com outros assuntos relativos a ela. Entretanto, até hoje, nunca realmente ligou a ideia ao rosto e ao corpo de Isabel Grayson.

Gerard passou as mãos em seus cabelos e questionou sua sanidade quando fez a proposta de casamento a ela. Quando viu Pel entrar no escritório, todo o oxigênio sumiu de seus pulmões. Como nunca notara isso antes? Não mentira quando disse que ela não havia mudado. Mas pela primeira vez, ele a *notou*. Realmente *notou* sua presença. Nos últimos dois anos, começou a notar muitas coisas para as quais estava cego antes.

Como este escritório.

Ele olhou ao redor e sorriu. Verde-escuro com painéis de nogueira escura. Que diabos estava pensando quando pediu essa decoração? Um homem não pode trabalhar direito num ambiente tão lúgubre. E ler estava fora de questão.

Quem tem tempo para ler quando existem bebidas para se tomar e mulheres para cortejar?

As palavras de sua juventude voltaram para perturbá-lo.

Levantando-se, Gerard andou até as prateleiras de livros e retirou alguns volumes aleatoriamente. Cada um parecia que iria se desfazer em suas mãos. Nenhum deles nunca fora lido.

Que tipo de homem se cerca de beleza e vida, e nunca se permite um momento para apreciá-las?

Cheio de desprezo por si mesmo, Gerard sentou-se em sua escrivaninha e começou uma lista de coisas que desejava mudar. Logo preencheu várias páginas.

– Milorde?

Levantou a cabeça para o lacaio que esperava na porta.

– Sim?

– Milady me enviou para perguntar se o senhor desistiu do chá.

Gerard olhou para o relógio e surpreendeu-se com o tempo passado, então se levantou prontamente.

– Na sala de jantar ou no salão?

– No *boudoir* de Milady.

Todos os seus músculos ficaram tensos novamente. Como pôde se esquecer disso também? Ele adorava sentar-se naquele bastião de feminilidade e observar Pel se arrumar para sair à noite. Enquanto subia as escadas, pensou no pouco tempo que passaram juntos há quatro anos e admitiu que as conversas sempre foram sem importância. Mas sabia que gostava dela, e Isabel sempre fora sua confidente.

Agora, precisava de uma amiga, já que não tinha mais amizades. Gerard estava determinado a reacender o companheirismo que uma vez desfrutara com sua esposa, e com essa expectativa em mente, ele ergueu a mão e bateu em sua porta.

Isabel respirou fundo ao ouvir a leve batida na porta, depois deu sua permissão para que entrasse. Gray apareceu e parou embaixo do batente – um revelador momento de hesitação que ela nunca tinha visto nele antes. Lorde Grayson nunca esperava. Ele entrava em ação assim que pensava em algo, e não raro se metia em problemas por causa disso.

Ele a encarou intensamente por um longo tempo. O bastante para fazê-la se arrepender de ter optado por recebê-lo em seu robe de cetim. Ela havia se questionado internamente por quase meia hora, e no fim decidiu agir como sempre agia na época em que estavam juntos. Certamente, quanto mais cedo voltassem à rotina, mais confortáveis se sentiriam.

– Acho que a água já esfriou – ela murmurou, afastando-se da penteadeira para sentar-se na cadeira mais próxima – Mas eu sempre era a única que tomava chá.

– Eu preferia conhaque.

Ele fechou a porta, dando a ela um breve momento para desfrutar do som de sua voz. Por que ela reparava em sua leve rouquidão agora? Isso a intrigava.

– Eu tenho aqui – ela fez um gesto para a mesinha onde havia um jogo de xícaras de chá, uma garrafa de conhaque e uma taça.

A boca de Gray se alargou num lento sorriso.

– Você está sempre pensando em mim. Obrigado – ele olhou ao redor – Estou contente de nada ter mudado por aqui. Com as paredes e teto forrados em cetim, sempre me sentia numa tenda quando estava aqui.

– Esse era o efeito que eu queria – ela disse, relaxando na cadeira e esticando as pernas.

– É mesmo?

Ele sentou-se de frente para ela, jogando o braço sobre o encosto da poltrona. Isabel não pôde deixar de se lembrar de como ele costumava fazer o mesmo com os ombros dela. Na época, não dava muito importância a isso. Aquela versão de Gray não era muito exuberante.

E ele também não era tão robusto quanto agora.

– Por que uma tenda, Pel?

– Você não tem noção de quanto tempo eu esperei você me perguntar isso – ela admitiu com uma leve risada.

– Por que não perguntei antes?

– Nós não conversávamos sobre esse tipo de coisa.

– Não? – seus olhos riram para ela – Então, sobre o que conversávamos?

Ela se moveu para servir-lhe o conhaque, mas ele recusou com a cabeça.

– Ora, conversávamos sobre você, Gray.

– Sobre mim? – ele perguntou, erguendo as sobrancelhas – Mas não o tempo todo, não é?

– Quase o tempo todo.

– E quando não conversávamos sobre mim?

– Bom, então conversávamos sobre seus casos amorosos.

Gray sorriu constrangido e Isabel riu, lembrando-se de como era divertido conversar com ele. Depois, notou a maneira como ele olhava para ela, como se estivesse tentando entender algo sobre ela. Sua risada foi desaparecendo.

– Como eu era detestável, Isabel. Como você conseguia me tolerar?

– Eu gostava de você – ela disse honestamente – Você nunca escondia nada. Sempre dizia exatamente o que estava pensando.

Ele olhou para a parede oposta.

– Você ainda mantém o retrato de Pelham – ele disse. Quando voltou a olhar em seus olhos, acrescentou: – Você realmente o amava?

Isabel se virou e olhou para o retrato. Ela tentou, realmente tentou desenterrar algum resquício do amor que uma vez sentira por ele, mas seu ressentimento amargo era profundo demais. Ela não conseguiria desenterrá-lo.

– Eu amei. Não consigo mais me lembrar de como era, mas eu o amei desesperadamente.

– É por isso que você evita se comprometer, Pel?

Ela o encarou de volta com os lábios apertados.

– Você e eu também nunca conversávamos sobre questões pessoais.

Gray retirou o braço do encosto da poltrona e se inclinou para frente, apoiando os braços nos joelhos.

– Mas não podemos aprofundar nossa amizade agora?

– Não sei se isso seria inteligente – ela murmurou, mais uma vez olhando para sua aliança.

– Por que não?

Isabel se levantou e foi até a janela, precisando colocar um pouco de distância entre ela e a nova intensidade de Gray.

– Por que não? – ele perguntou novamente, seguindo-a – Você possui amigos mais próximos com quem compartilha essas coisas?

Ele pousou as mãos sobre os ombros dela, e levou apenas um instante para seu toque aquecer a pele de Isabel e seu cheiro alcançar suas narinas. Quando voltou a falar, sua voz soou próxima ao ouvido dela.

– É pedir demais que você inclua seu marido em sua lista de amigos íntimos?

– Gray – ela sussurrou, sentindo o coração disparar.

Isabel passou os dedos inquietos pelo cetim ao redor da janela.

– Não tenho amigos assim. E você diz a palavra "marido" com uma importância que nunca demos a esse termo.

– Então, e quanto ao seu amante? – ele pressionou – Ele é seu confidente?

Isabel tentou se afastar, mas ele a segurou no lugar.

– Por que uma tenda, Pel? Ao menos você pode me contar isso?

Ela estremeceu ao sentir a respiração dele raspando sua nuca.

– Gosto de imaginar que faz parte de uma caravana.

– Uma fantasia? – as grandes mãos de Gray desceram por seus braços – Existe um xeique que ocupa essa fantasia? Ele faz amor selvagem com você?

– Milorde! – ela protestou, assustada com a eletricidade em sua pele. Era impossível ignorar o corpo masculino que se agigantava sobre ela.

– O que você quer, Gray? – ela perguntou, sentindo a boca secar – Por acaso decidiu mudar as regras entre nós?

– E se for esse o caso?

– Nós terminaríamos nos afastando e arruinando nossa amizade. Você e eu não somos o tipo de pessoa que encontra o amor eterno.

– Como você pode saber o tipo de homem que sou?

– Sei que você mantinha uma amante enquanto declarava seu amor por outra mulher.

Sua boca quente e aberta pressionou contra a garganta de Isabel, que fechou os olhos ao sentir o toque sedutor.

– Você disse que eu mudei, Isabel.

– Nenhum homem consegue mudar *tanto* assim. De qualquer maneira, eu... eu tenho alguém.

Gray virou-a para encará-lo. Suas mãos quentes agarravam os pulsos dela, e seus olhos emanavam ainda mais calor. Deus, ela conhecia aquele olhar. Era o mesmo olhar que Pelham usou para deixá-la aos seus pés, o olhar que ela evitava receber de seus amantes. Paixão, desejo... ela incentivava isso. Mas aquele tipo de fome carnal era algo que deveria ser evitado a todo custo.

O olhar faminto vasculhou todo seu corpo, da cabeça aos pés e subiu de volta. Os mamilos de Isabel se enrijeceram sob aquela análise ardente, até ela saber que deveriam estar visíveis mesmo debaixo do robe. A atenção de Gray parou neles e um gemido grave retumbou em sua garganta. Isabel abriu a boca numa tentativa de voltar a respirar.

– Isabel – ele sussurrou, erguendo a mão para segurar um dos seios, passando o polegar sobre o mamilo – Você não pode me dar uma chance para provar meu valor?

Ela ouviu seu próprio gemido ávido e sentiu o sangue esquentar nas veias. Gray baixou a boca até os lábios dela, e Isabel inclinou a cabeça, esperando.

E querendo.

Um leve ranger na porta interrompeu o momento. Ela cambaleou para trás, livrando-se das mãos de Gray. Levou os dedos até a boca, tentando esconder os lábios trêmulos.

– Milady? – a voz suave de sua dama de companhia flutuou vinda do corredor – Devo retornar mais tarde?

Gray esperou, respirando com força, exibindo o rosto corado. Não havia dúvida na mente de Isabel de que se dispensasse a criada, em questão de momentos ela seria jogada na cama e possuída com desejo.

— Entre — ela chamou, estremecendo com o tom de pânico que não conseguiu esconder em sua voz.

Maldito. Ele provocou o desejo nela. Desejava-o com o tipo de necessidade que chega a doer, uma necessidade que pensava já não possuir mais.

Era seu pior pesadelo se tornando realidade.

Seu marido fechou os olhos por um momento para se recompor, enquanto Mary entrou rapidamente e foi direto para o armário.

— Podemos sair para fazer compras amanhã, Pel? — ele perguntou, com a voz completamente calma — Preciso de novas roupas.

O máximo que conseguiu responder foi um aceno de cabeça.

Grayson fez uma elegante reverência e se retirou, mas sua presença pairou na mente de Isabel por muito tempo depois.

Gerard chegou ao corredor que levava ao seu quarto e fez uma pausa encostando o corpo na parede forrada de damasco. Fechou os olhos e praguejou contra si mesmo. Seu plano de renovar a amizade com sua esposa saíra completamente dos trilhos no momento em que abrira a porta.

Ele deveria ter se preparado, deveria saber como seu corpo reagiria diante da visão de Pel vestida em cetim preto, com um dos ombros à mostra quando se acomodou na *chaise*. Mas como poderia saber? Nunca se sentira assim em relação a ela. Pelo menos, não que se lembrasse. Durante aquelas antigas visitas ao seu boudoir, ele estava completamente apaixonado por Emily. Talvez fosse isso que lhe deixara imune aos encantos de sua esposa de conveniência.

Batendo a cabeça levemente na parede, Gerard podia apenas esperar que isso colocasse algum juízo em si mesmo. Desejar a própria esposa. Quem diria. Para a maioria dos homens, isso seria muito conveniente. Mas não para ele. Isabel ficou assustada com seu interesse.

Embora não desinteressada, uma voz sussurrou dentro de sua mente.

Mesmo com sua habilidade para seduzir um pouco enferrujada, ele não havia se esquecido completamente de tudo. Conhecia os sinais que o corpo de uma mulher envia quando compartilha o desejo.

Isabel poderia estar correta quando disse que eles não são o tipo de pessoa que encontra o amor eterno. Deus sabe que os dois tropeçaram feio nesse caminho. Mas talvez não precisasse ser um grande caso de amor. Talvez pudesse ser apenas um caso de duração indefinida. Um casamento de amizade e uma cama compartilhada. Pelo tanto que gostava de Pel, já era um bom começo.

Adorava o som de sua risada – aquele som rouco que esquentava por dentro. E seu sorriso, com seu leve toque de diabrura. A atração sexual existia, sem dúvida. Além disso, eram casados, afinal de contas. Com certeza isso lhe dava alguma vantagem.

Gerard deixou a parede e se dirigiu para o quarto. Roupas amanhã, depois uma lenta reintrodução para a sociedade, junto com uma dedicada sedução de sua esposa.

Claro, também precisaria cuidar do amante dela.

Ele sorriu. Seria a parte mais difícil. Isabel não amava seus amantes, mas gostava muito deles e era muito fiel. Para conquistá-la, seria preciso astúcia e tempo, e esse último ele não estava acostumado a investir quando se tratava de mulheres.

Mas desta vez se tratava de Pel e, como muitos outros sabiam bem, ela valia a espera.

CAPÍTULO 2

– Você não parece feliz, Isabel – John, o Conde de Hargreaves, sussurrou em seu ouvido – Talvez gostaria de ouvir uma piada obscena? Ou procurar por outra festa? Esta aqui realmente está muito chata.

Isabel suspirou e ofereceu um sorriso brilhante.

– Se você quiser ir embora, eu não faço objeção.

Hargreaves pousou a mão enluvada sobre as costas de Isabel e a acariciou suavemente.

– Eu não disse que queria ir embora. Apenas sugeri uma cura para seu tédio.

No momento, ela quase desejava estar entediada. Ter sua mente preenchida com coisas sem importância seria infinitamente melhor do que tê-la cheia de pensamentos sobre Gray. Quem era o homem que se mudara para sua casa hoje? Realmente não sabia. Sabia apenas que era uma pessoa sombria e atormentada de um jeito que ela não entendia, pois ele não compartilhava seus sentimentos. E também era um homem perigoso. Como seu marido, poderia exigir qualquer coisa que desejasse dela e Isabel não poderia negar.

No fundo de seu coração, ela não conseguia evitar sentir saudades do antigo Marquês de Grayson. O jovem Gray, com sua sagacidade e despreocupação. Era muito mais simples lidar com ele.

– E então, Isabel? – Hargreaves pressionou.

Ela disfarçou sua leve irritação. John era um bom homem, e fora seu amante por mais de dois anos, mas nunca dizia sua opinião, nunca sinalizava suas preferências.

– Eu gostaria que você decidisse – ela respondeu, virando-se para encará-lo.

– Eu? – ele franziu o rosto, o que não diminuía em nada sua beleza.

Hargreaves possuía um belo rosto, com seu nariz aquilino e olhos escuros. Seus cabelos negros já se mostravam grisalhos nas têmporas, característica que apenas servia para deixá-lo mais atraente. Espadachim de renome, seu corpo exibia a graça elegante de um perito em esgrima. O conde era muito respeitado e querido. As mulheres o desejavam, e Isabel não era exceção. Viúvo com dois filhos, não precisava de uma esposa, e era um homem bem-humorado. Ela geralmente gostava de sua companhia. Na cama e fora dela.

– Sim, você – ela disse – O que você prefere fazer?

– O que você quiser – ele disse suavemente – Como sempre, eu vivo para sua felicidade.

– Eu ficaria feliz se soubesse o que você quer – ela retrucou.

O sorriso de Hargreaves diminuiu.

– Por que você está tão irritada hoje?

– Pedir sua opinião não é sinal de irritação.

– Bom, não é isso que parece – ele reclamou.

Isabel fechou os olhos e tentou acalmar sua frustração.

Isso era culpa de Gray. Ela olhou para John e apanhou suas mãos.

– O que você gostaria de fazer? Se pudéssemos fazer qualquer coisa, o que você mais gostaria de fazer?

Seu rosto fechado suavizou e um sorriso malicioso apareceu. Ele estendeu o braço e acariciou um pedaço de pele desprotegida entre a luva e a manga do vestido de Isabel. Diferentemente do toque de Gray, John não fez sua pele queimar, mas espalhou um calor que ele sabia transformar em fogo.

– Sua companhia me dá o maior prazer que posso desejar, Isabel. Você sabe disso.

– Então, eu o encontrarei em sua casa mais tarde – ela murmurou.

Ele partiu imediatamente. Isabel esperou alguns minutos passarem, depois também se retirou. Durante a viagem até a casa de Hargreaves, ela pensou sobre a situação e considerou as opções que possuía. John percebeu sua preocupação assim que ela entrou em seu quarto.

– Diga o que está preocupando você – ele murmurou enquanto retirava a capa que ela usava.

Isabel suspirou e admitiu:

– Lorde Grayson retornou.

– Meu Deus – Hargreaves a encarou de frente – O que ele quer?

– Voltar a morar em sua própria casa e retomar a vida social.

– O que ele quer *com você*?

Ela notou a aflição em sua voz e tentou acalmá-lo.

– Obviamente, estou aqui com você, e ele está em casa. Você sabe como ele é.

– Sei como ele *era*, mas isso foi há quatro anos – ele se afastou e serviu-se de um drinque. Quando ofereceu a garrafa, Isabel assentiu com gratidão – Não sei o que pensar sobre isso, Isabel.

– Você não deve pensar nada. Isso não afeta você – não da mesma maneira que a afetava.

– Eu seria tolo se não pudesse ver como isso me afetaria no futuro.

– John – ela aceitou a taça oferecida e chutou os sapatos para longe. O que poderia dizer? Talvez os avanços de Gray sobre ela não fossem uma anomalia. Era possível que seu marido ainda a desejasse pela manhã. Por outro lado, talvez o estresse do retorno o tenha afetado de alguma forma. Ela podia apenas esperar que esse último fosse verdade. Viver com alguém como Pelham era algo para se passar apenas uma vez na vida – Ninguém sabe o que o futuro poderá trazer.

– Meu Deus, Isabel. Não jogue frases como essa para cima de mim – ele tomou a bebida num gole só e serviu outra dose.

– O que você quer que eu diga? – ela perguntou, odiando por não ter palavras que pudessem acalmá-lo e dizer a verdade ao mesmo tempo.

John bateu com a taça na mesa com tanta força que o líquido avermelhado respingou para os lados. Hargreaves ignorou o gesto e aproximou-se dela.

– Quero que me diga que o retorno dele não é importante.

– Não posso dizer isso – ela suspirou, depois se levantou, ficou na ponta dos pés e beijou seu queixo tenso. John a abraçou fortemente – Você sabe que não posso. Gostaria de poder.

Tirando a taça de suas mãos, Hargreaves a puxou em direção à cama. Ela sacudiu a cabeça.

– Você vai me negar? – ele perguntou, claramente incrédulo.

— Estou confusa, John, e perturbada. E as duas coisas diminuem minha vontade. Não é culpa sua. Eu juro.

— Você nunca me negou. Então, por que veio até aqui? Para me atormentar?

Isabel afastou o rosto.

— Peço desculpas. Não sabia que eu só era bem-vinda apenas para fornicar – ela puxou a mão e dirigiu-se para a porta.

— Pel, espere – Hargreaves agarrou sua cintura e mergulhou o rosto na curva de seu pescoço – Perdoe-me. Sinto um abismo entre nós que não existia antes, e não posso suportar isso.

Ele virou o rosto dela para olhar em seus olhos.

— Diga-me com sinceridade. Grayson deseja você?

— Não sei.

John soltou um suspiro frustrado.

— Como diabos você pode não saber, Isabel? Você, entre todas as mulheres, deveria saber se um homem deseja levá-la para a cama ou não.

— Você não o viu. Suas roupas eram estranhas... grosseiras e simplistas. Onde quer que estivesse, não era nenhum lugar onde teve contato social. Sim, ele tem um desejo sexual, John. Isso eu pude reconhecer. Mas é a *mim* que ele deseja? Ou deseja qualquer mulher? É isso que eu não sei.

— Então, devemos encontrar uma amante para seu marido – John disse num tom de voz sombrio. – Para que deixe a minha em paz.

Isabel soltou uma risada cansada.

— Que conversa mais estranha.

— Eu sei – Hargreaves sorriu e tomou seu rosto com as mãos – Que tal nos sentarmos para planejar um jantar? Podemos fazer uma lista de todas as mulheres que Grayson poderia gostar, e depois convidá-las.

— Oh, John – Isabel sorriu. Seu primeiro sorriso genuíno desde o retorno de Gray – Essa é uma ideia muito boa. Por que não pensei nisso antes?

— Porque é para isso que estou aqui.

Gerard leu os jornais durante o café da manhã e tentou ignorar sua ansiedade. Hoje, ele seria visto e a sociedade descobriria seu retorno. Pelos próximos dias, velhos conhecidos o visitariam, e ele teria que decidir quais amizades renovar e quais deixar no passado.

– Bom dia, Milorde.

Ele ergueu os olhos ao ouvir a voz de Isabel e respirou fundo ao se levantar. Ela estava vestida em azul-claro, seu espartilho exibia as generosas curvas dos seios e a cintura estava amarrada alta com uma fita azul-escura. Seu olhar não encontrou diretamente os olhos de Gerard até ele responder a saudação. Então, olhou para ele e forçou um sorriso.

Pel estava obviamente nervosa, e era a primeira vez que ele a via num estado que não fosse de pura confiança. Ela o encarou por um momento. Depois, ergueu o queixo e se aproximou. Ela puxou a cadeira ao lado dele antes que ele pudesse fazer o gesto por ela. Gerard praguejou internamente. Nos últimos quatro anos, ele não fora exatamente um monge, mas fazia muito tempo desde a última vez que levara uma mulher para a cama. Tempo demais.

– Gray – ela começou a falar.

– Sim – ele insistiu quando ela hesitou.

– Você precisa de uma amante – ela disse de uma vez.

Ele piscou, incrédulo, depois se recostou na cadeira, prendendo a respiração para não sentir o aroma de Isabel. Era preciso apenas um toque de seu perfume para que ele ficasse rígido.

– Uma amante?

Ela assentiu e mordeu os lábios macios.

– Duvido que terá alguma dificuldade em encontrar uma.

– Não – ele disse lentamente. Bom Deus – Com roupas adequadas e uma reintrodução à sociedade, tenho certeza de que eu posso fazer isso. – Gerard se levantou novamente. Não conseguia falar sobre isso com ela – Então, podemos ir?

– Você está realmente ansioso, não é? – ela riu, e ele cerrou os dentes ao ouvir aquele som delicioso. A desconfiança que a deixava tensa quando entrou já não estava mais ali, restando apenas a Isabel de sempre. A Isabel que esperava que ele encontrasse uma amante para que a deixasse em paz.

– Você já comeu, não é mesmo? – ele deu um passo para trás e respirou pela boca. Como diabos conseguiria passar a tarde inteira ao seu lado? Ou a semana seguinte, ou o mês? Ou... meu Deus, os anos, como ela frequentemente investia em seus amantes.

– Sim – ela se levantou – Então vamos, seu safado. Longe de mim querer atrasar a descoberta de seu próximo amor.

Gerard a seguiu a uma distância segura, mas isso não foi capaz de diminuir sua luxúria devido ao lamentável fato de agora ter uma visão espetacular do balanço de Isabel.

A viagem na carruagem aberta foi um pouco melhor, já que o ar fresco ajudou a dissipar o aroma de flores exóticas. E a caminhada pela Bond Street foi ainda melhor, pois não conseguia mais pensar em seu membro teimoso enquanto as pessoas apontavam para ele e olhavam-no boquiabertas. Pel andava ao seu lado, cantarolando alegremente, com seu rosto adorável debaixo da sombra de um chapéu de aba larga.

– Isto é ridículo – ele murmurou – Até parece que eu voltei do mundo dos mortos.

– De certa maneira, é exatamente isso que aconteceu. Você sumiu sem dizer nada e não teve contato com ninguém. Mas eu acho que eles estão interessados mesmo é nas mudanças em sua aparência.

– Minha pele está bronzeada pelo sol.

– Sim, está. Gostei disso. Outras mulheres também irão gostar.

Ele olhou para ela para responder e percebeu que de seu ponto de vista possuía uma ótima visão de seus seios.

– Onde fica esse maldito alfaiate? – ele rosnou, frustrado além da conta.

– Você *realmente* precisa de uma mulher – ela disse, sacudindo a cabeça – Já chegamos. Era aqui que você costumava vir, não é mesmo?

A porta se abriu junto com um leve tilintar de sinos, e logo eles já estavam dentro de uma sala privada para medição. Ele foi despido, e Pel ordenou que jogassem as roupas fora, franzindo o nariz e fazendo um gesto de desdém com a mão. Gerard, apenas com as roupas de baixo, riu. Até que ela se virou para encará-lo: a maneira como Isabel o olhou fez sua garganta se fechar.

– Bom Deus – ela sussurrou, enquanto circulava ao seu redor. Seus dedos rasparam levemente sobre os músculos do abdômen. Ele segurou um gemido. A sala inteira cheirava com seu perfume. E agora, ela o tocava intimamente.

O alfaiate entrou e seu queixo caiu.

– Acho que precisarei medi-lo novamente, milorde.

Isabel deu um rápido passo para trás com a interrupção, sentindo o rosto corar. O alfaiate começou a trabalhar e ela se recuperou rapidamente, tentando convencer o comerciante a vender-lhes roupas que já estavam prontas para outro cliente.

– Certamente você não quer que milorde saia daqui sem estar devidamente vestido, não é? – ela perguntou.

– É claro que não, Lady Grayson – veio a resposta imediatamente – Mas estas são as mais próximas de estarem prontas que tenho aqui, e não servirão para milorde. Mas talvez eu possa adicionar algum material extra.

– Sim, e solte um pouco mais aqui – ela disse, quando o alfaiate prendeu o tecido em seu ombro – Veja o quanto está largo. Você pode remover o enchimento. Antes de qualquer coisa, ele precisa estar confortável.

A mão de Isabel percorreu as costas dele, e Gerard apertou os punhos para controlar uma tremedeira. Conforto era a última coisa que sentia agora.

– Você tem roupas de baixo que sirvam nele? – ela perguntou, com o tom de voz mais grave e rouco do que o normal – Este tecido é muito áspero.

– Sim – o alfaiate disse rapidamente, querendo vender o máximo possível.

O casaco foi retirado de seus ombros e Gerard vestiu a calça do conjunto. Os dois ficaram atrás dele, o alfaiate e Isabel, e Gerard ficou aliviado por um momento. Ele estava segurando uma ereção com muita força de vontade. Não conseguia evitar a excitação. O olhar de Pel era muito quente, ele podia senti-lo, e ela continuava a tocá-lo e dizer admirações sobre seu corpo. Não era fácil para um homem resistir àquilo.

– Não mexa aqui – ela sussurrou, com sua respiração quente atingindo as costas de Gerard. Sua mão pousou na curva de seu traseiro – Está muito apertado aqui atrás, milorde? – ela perguntou suavemente, acariciando-o – Espero que não. Está ótimo.

– Não. A parte de trás está boa – então, ele baixou a voz para que apenas ela o ouvisse – Mas você deixou a frente muito desconfortável.

A cortina se moveu para o lado e um assistente entrou trazendo as roupas de baixo. Gerard fechou os olhos, sentindo-se miserável. Agora, todos veriam sua condição.

– Obrigada – Isabel murmurou – Lorde Grayson vai precisar de um momento a sós.

Ele ficou surpreso enquanto ela conduzia os outros para fora. Ela se virou para ele somente quando estavam sozinhos.

– Obrigado, Isabel.

Os olhos dela grudaram no volume em sua calça. Ela engoliu com dificuldade e segurou as roupas de baixo contra os seios.

– É melhor você tirar a calça ou vai acabar estourando a costura.

– Você pode me ajudar? – ele perguntou asperamente, esperançoso.

– Não, Gray – Isabel entregou uma das peças e afastou os olhos – Eu já disse que tenho uma pessoa.

Gerard pensou em lembrá-la de que também possuía um marido, mas isso não seria justo, considerando a maneira como propusera o casamento. De um jeito egoísta, ele quis se casar com ela para irritar sua mãe e poupar a si mesmo de amantes muito ambiciosas. Não pensou na censura que ela receberia por aceitar amantes sem antes dar um herdeiro a ele. Agora, estava recebendo o pagamento por seu narcisismo: desejava aquilo que lhe pertencia, mas não poderia ter.

Ele assentiu, engolindo a amargura de seu arrependimento.

– Dê-me um pouco de privacidade, por favor.

Ela não olhou para ele quando se retirou.

Isabel saiu do provador e fechou a cortina atrás dela. Suas mãos tremiam terrivelmente, incitadas pela visão do corpo de Gray enquanto se vestia e se despia, provocando-a com sua perfeição masculina.

Ele estava no primor de sua vida, ainda com o poder e a força da juventude, e acrescentando a maturidade de tempos difíceis e de alguns anos a mais. Seus músculos apareciam em todos os lugares, e depois de ter sido pressionada contra a parede por aquele corpo na noite anterior, ela sabia que Gerard usava sua força cuidadosamente.

Honestamente, Gray. Você é jovem demais para mim.

Por que ela caíra em tentação? Olhando para ele agora, enxergando todo seu vigor e vitalidade, Isabel entendeu o quanto foi errado entrelaçar sua vida à dele.

Gray precisava de uma amante para ocupar seu tempo e atenção. Um homem da sua idade é cheio de luxúria e do desejo primitivo de espalhar sua semente. Ela era conveniente e atraente, portanto, ele a queria. Isabel era a única mulher que ele conhecia, ao menos por enquanto. Mas é impossível ter um caso com a própria esposa.

Isabel gemeu internamente. Deus, por que resolveu se casar novamente? Ela aceitara o maior dos compromissos possíveis para escapar de um compromisso, e veja para onde essa tolice a levou.

Homens como Gray não são constantes. Isabel aprendera essa lição com Pelham. O charmoso conde precisava de uma esposa, e ele a cobiçava. Na mente dele, era uma combinação perfeita. Mas assim que seu encanto passara, ele pulou para a próxima cama, desconsiderando completamente o quanto Isabel ainda estava apaixonada. Grayson também daria esse pulo. Era verdade que agora ele parecia mais maduro, mais sensato do que quando se casaram, mas sua idade era incontestável.

Isabel poderia suportar os rumores de suas proezas sexuais e as insinuações de que era velha demais para satisfazê-lo, desde que não sentisse nada por ele. Sempre fora fiel aos seus amantes e esperava o mesmo pela duração do caso amoroso. E aí estava o problema. Casos têm prazo de validade, enquanto casamentos duram até a morte.

Isabel começou a caminhar, determinada a encontrar algo para distrair seus pensamentos. Dirigindo-se para a sala principal, ela pretendia olhar os últimos tecidos, mas uma fresta de cortina capturou seus olhos. Ela parou. Depois deu um passo para trás.

Contra sua vontade, espiou pela pequena fresta e foi surpreendida pela visão do belo traseiro de Gray. Por que Deus deu tanta beleza para um homem só? E aquela bunda! Não era justo ter tanta beleza atrás e na frente.

Os músculos firmes apareciam sob a pele clara, principalmente em contraste com o bronze do abdômen. Por onde ele esteve e o que fez para desenvolver aqueles músculos e ganhar aquela cor de pele? Ele estava glorioso – suas costas, traseiro e braços flexionavam com poder rítmico.

Isabel prendeu a respiração. Foi então que percebeu o *motivo* daqueles movimentos repetitivos.

Gray estava se masturbando.

Deus! Isabel se apoiou na parede quando sentiu os joelhos fraquejarem. Ela não conseguia desviar os olhos, mesmo quando seus mamilos doeram de tão rijos e um lento gotejar de excitação começou a se acumular em seu interior. Ela o levara a isso com um simples toque e um olhar insinuante? A ideia de possuir um poder assim sobre uma criatura tão gloriosa a fez estremecer. Clientes e empregados perambulavam atrás dela, mas Isabel não se mexeu, obviamente adorando aquele voyeurismo. Mesmo sendo uma mulher experiente, ela estava arrebatada pela luxúria.

Gerard ofegava, suas coxas estavam apertadas, e Isabel desejou poder vê-lo de frente. Como ficava aquele rosto lindo no auge da paixão? Seu abdômen estaria tão tenso quanto as coxas? Seu pau era tão bem feito quanto o resto do corpo? Pensar era mais depravado que assistir.

Ele jogou a cabeça para trás e seus cabelos cobriram os ombros, depois ele estremeceu com um grave gemido rouco. Isabel gemeu junto com ele, sentindo a pele úmida de suor. Depois virou-se antes que ele pudesse vê-la. E antes que ela pudesse vê-lo em toda sua glória.

Que diabos ela faria agora?

Sim, ela era uma mulher sensual, e a visão de um homem dando prazer a si mesmo a deixaria excitada de qualquer maneira. Mas nunca daquela maneira. Ela mal conseguia respirar, e sua necessidade de também atingir o clímax era quase enlouquecedora. Seria tolice negar isso.

Ela reconhecia o calor que se acumulava abaixo de sua barriga. As pessoas chamavam isso de desejo. Ela chamava de destruição.

– Lady Grayson? – ele chamou, com aquela voz grave e áspera.

Agora, ela sabia reconhecer aquele tom depois de tê-lo ouvido bastante. É um som que se escuta na cama: a voz de um homem que acabou de saciar seu prazer. Mas ele soava assim o tempo todo, como se quisesse atormentar as mulheres para que lhe dessem razão para soar desse jeito, e isso era totalmente injusto.

– S-sim? – Isabel respirou profundamente e entrou no provador.

Gray a encarou vestindo a nova roupa de baixo. Seu rosto estava corado e os olhos vidrados. Ele percebeu que ela o espiara.

– Espero que algum dia você faça mais do que apenas observar – ele disse suavemente.

Ela cobriu a boca e o nariz com a mão enluvada, horrorizada e angustiada. Mas ele não parecia envergonhado. Gray a encarou intensamente, e seu olhar percorreu o contorno dos mamilos enrijecidos de Isabel.

– Maldito – ela sussurrou, odiando-o por ter retornado e virado sua vida de cabeça para baixo. Sentia um calor por todo o corpo, como se a pele fosse quente e apertada demais, e detestava a sensação e as lembranças que isso trazia.

– Ter que viver com você, mas não poder possuí-la, é o que me torna um maldito.

– Nós tínhamos um acordo.

– Mas isto – ele fez um gesto conectando os dois – não existia naquela época. O que você propõe? Ignorar isso?

– Proponho que você vá gastar essa energia em outro lugar. Você é jovem e saudável...

– E casado.

– Mas não de verdade! – ela gritou, pronta para arrancar os cabelos de frustração.

Gray riu com desdém.

– Tão verdadeiro quanto um casamento pode ser sem sexo... Pretendo corrigir essa falha.

– Foi pra isso que você voltou? Para transar com sua esposa?

– Voltei porque você escreveu para mim. Toda sexta-feira o correio me entregava uma carta em papel rosa e perfume de flores.

– Mas você as enviou de volta. Todas elas. Ainda fechadas.

– O conteúdo não era importante, Pel. Eu sabia o que você fazia e aonde você ia sem que você precisasse me dizer. Era a intenção que contava. Eu esperava que você desistisse um dia e me deixasse sozinho em minha miséria...

– Mas em vez disso, você trouxe sua miséria para mim – ela retrucou, começando a andar nervosamente dentro do apertado provador para aliviar a sensação de confinamento – Escrever para você era minha obrigação.

– Sim! – ele gritou, triunfante – Sua obrigação como *minha esposa*, o que por sua vez fez eu me lembrar de que possuo uma obrigação semelhante com você. Então, voltei para acabar com os rumores, para lhe dar apoio, para corrigir o mal que causei a você quando fui embora.

– Mas isso não significa sexo!

– Baixe sua voz – ele alertou, agarrando seu braço e puxando-a para perto. Gray apertou um seio e encontrou o mamilo com o polegar e o indicador, beliscando até ela gemer num prazer impotente – *Isto* significa sexo. Veja o quanto você está excitada. Mesmo em sua fúria e perturbação, eu aposto que está molhada entre as coxas por minha causa. Por que eu deveria encontrar outra pessoa, se é você quem eu quero?

– Eu já tenho uma pessoa.

– Você continua dizendo isso, mas, obviamente, ele não é o bastante, ou você não me desejaria.

Isabel sentiu culpa por seu corpo estar tão faminto por ele. Ela nunca pensara em ter outro homem enquanto estava ligada a alguém. Meses se passavam entre seus amantes, pois sofria com a perda de cada um, mesmo sendo ela quem colocava um fim em seus casos amorosos.

– Você está errado – Ela se livrou dele, e o seio parecia queimar onde ele havia tocado – Eu não quero você.

– E eu costumava admirar sua honestidade – ele ironizou.

Isabel encarou Gray e enxergou sua determinação. A lenta pontada que sentiu em seu peito era muito familiar, como um fantasma do inferno que passou com Pelham.

– O que aconteceu com você? – ela perguntou com um toque de tristeza, lamentando a perda do conforto que um dia sentira ao seu lado.

– Meus olhos se abriram, Pel. E enxerguei aquilo que estava faltando em minha vida.

CAPÍTULO 3

Assim que estava vestido adequadamente, Gerard abriu a cortina e saiu do provador. Avistou Isabel imediatamente. Ao lado da janela, seus cabelos ruivos capturavam os raios de sol e os transformavam em fogo. O contraste daquelas mechas inflamadas contra o azul gélido de seu vestido era impressionante, e muito apropriado. O calor do desejo de Isabel devastara Gray, mesmo que suas palavras tivessem tentado esfriar seu ânimo. De fato, ele ficou surpreso por ela ter permanecido no alfaiate durante as duas horas necessárias para alterar todas as roupas. Gerard esperava que fosse embora. Mas Pel não era do tipo que se escondia de situações desagradáveis. Ela podia evitar discuti-las, mas nunca fugiria de verdade. Era um dos traços peculiares de que ele gostava nela.

Ele suspirou, censurando a si mesmo por ter forçado demais com ela, mas não poderia ser diferente. Ele não a entendia, e não poderia consertar as coisas sem compreendê-la. Por que ela estava tão determinada a impedir que tivessem um relacionamento mais profundo? Por que desejá-lo, sabendo que ele a desejava também, e mesmo assim se recusar a fazer algo a respeito? Não era de seu feitio negar a si mesma os prazeres da carne. Será que ela amava seu atual caso amoroso? Ele apertou os punhos ao pensar nisso. Gerard sabia muito bem que era possível amar uma pessoa, mas mesmo assim necessitar fisicamente da atenção de outra.

Ao pensar nisso, ele praguejou em sua mente. Obviamente, não havia mudado tanto assim, já que atacara a própria esposa. Que diabos estava pensando? Um cavalheiro não poderia tratar sua esposa dessa maneira. Deveria estar cortejando-a, não salivando com a ideia de pular sobre ela.

Gray a chamou enquanto se aproximava para não assustá-la.

— Lady Grayson.

Pel virou o rosto com um sorriso cativante.

— Milorde. Você está muito elegante.

Então seria assim, não é? Fingir que *nada* havia acontecido.

Ele sorriu com todo o charme que possuía e beijou sua mão.

— É assim que um marido deve ser para acompanhar uma esposa tão linda quanto você, minha adorável Isabel.

A mão dela tremeu um pouco e sua voz saiu com uma leve hesitação.

— Você me deixa lisonjeada.

Ele gostaria de fazer muito mais com ela, mas isso teria que esperar. Gray enlaçou seu braço e a conduziu para a porta.

— Nem mesmo eu posso fazer justiça a você — ela disse, enquanto ele apanhava seu chapéu florido e o colocava em sua cabeça, prendendo-o com um alfinete com uma facilidade familiar. Os sinos da porta tocaram e Gray teve de se aproximar de Isabel para dar espaço para o novo cliente entrar. O ar ficou abafado entre eles, fazendo a pele dela corar e os músculos dele ficarem tensos.

— Você precisa de uma amante — ela sussurrou, com aqueles olhos amendoados encarando-o com firmeza.

— Eu não preciso disso. Tenho uma esposa a quem desejo demais.

— Boa tarde, milorde — disse um dos funcionários, circulando o balcão.

Gerard voltou a ficar ao lado dela e ofereceu-lhe o braço. Agora, de frente para a porta, ele enxergava o distinto cavalheiro que exibia uma expressão de horror em seu roso. Gray logo entendeu quem era. E o que deveria ter ouvido.

— Boa tarde, Lorde Hargreaves — Gray apertou os dedos no braço de Pel, como se quisesse deixar claro sua posse sobre ela. Embora nunca tivesse sido um homem possessivo, não podia negar que o sentimento o arrebatava agora.

— Boa tarde, Lorde e Lady Grayson — disse o conde com uma voz apertada.

Isabel endireitou sua postura.

— Lorde Hargreaves, é um prazer encontrá-lo.

Mas estava longe disso, para todos eles. A tensão era palpável.

– Se nos der licença – Gerard disse quando Hargreaves continuava a bloquear a porta –, estamos de saída.

– É um prazer vê-lo novamente, milorde – Isabel murmurou, com a voz estranhamente sombria.

– Sim – Hargreaves murmurou, dando um passo para o lado – é claro.

Abrindo a porta, Gerard olhou uma última vez para seu rival, depois conduziu sua esposa para fora com a mão em suas costas. Andaram lentamente pela rua, ambos perdidos em pensamentos. Vários pedestres tentaram abordá-los, mas um olhar cerrado era o bastante para mantê-los longe.

– Aquilo foi constrangedor – ele murmurou depois de um tempo.

– Você também notou? – ela respondeu, recusando-se a olhar para ele.

De certa forma, ele sentia saudades da confiança que possuía na juventude. Quatro anos atrás, ele teria feito piada de um encontro desses. Na verdade, fez isso mesmo em várias ocasiões, já que seus muitos compromissos sociais sempre o deixavam cara a cara com os amantes de Pel, e o mesmo acontecia com ela. Agora, Gray sentia-se mais ciente de seus defeitos e limitações, e até onde sabia, o respeitável Hargreaves não possuía nada disso.

– Não sei como poderei explicar seu comentário para ele – Isabel disse, obviamente irritada.

– Ele sabia dos riscos quando escolheu se relacionar com uma mulher casada.

– Não havia riscos! Ninguém poderia prever que você voltaria para casa com um parafuso a menos.

– Não é loucura desejar a própria esposa. Mas fingir o contrário é ridículo.

Gray parou abruptamente quando a porta de uma loja se abriu e um cliente quase esbarrou neles.

– Perdão, milady – o homem disse para Isabel, fazendo uma rápida reverência antes de continuar seu caminho.

Gerard olhou para o estabelecimento, curioso para saber por que o homem parecia tão animado. Sua boca se curvou quando estendeu a mão para a porta.

– Um joalheiro? – Isabel perguntou, franzindo o rosto.

– Sim, espertinha. Isso é algo que eu deveria ter feito há muito tempo.

Ele a puxou para dentro da loja e o funcionário os olhou com um sorriso.

— Boa tarde, milorde. Milady.

— Aquele homem parecia muito feliz quando saiu — Gerard comentou.

— Ah, sim — o funcionário concordou — Era um solteiro que pretendia pedir uma garota em casamento e comprou uma adorável aliança hoje.

Em busca de prazer semelhante, Gerard analisou as mercadorias expostas.

— O que você está procurando? — Isabel perguntou, encostando-se ao seu lado. O perfume dela o provocou tão profundamente que ele desejava poder deitar-se entre lençóis embebidos naquele aroma. Junto com os braços entrelaçados de Isabel, seria o paraíso.

— Você sempre teve esse cheiro maravilhoso, Pel? — ele virou a cabeça para encará-la, e seus narizes quase se encostaram.

Ela se afastou.

— Gray, por favor. Podemos deixar a conversa sobre perfumaria para depois e descobrir o que você quer?

Sorrindo, ele apanhou a mão dela e olhou de relance para o funcionário.

— Aquela — ele apontou para a maior aliança na vitrine: um rubi enorme cercado de diamantes apoiado em um aro de ouro filigranado.

— Céus — Pel sussurrou enquanto a aliança era retirada do mostruário e exibida sob o brilho das luzes.

Gerard ergueu a mão dela e mediu o anel em seu dedo, satisfeito por ver que servia perfeitamente sobre sua luva. Agora, ela parecia uma mulher casada.

— Perfeito.

— Não.

Ele arqueou uma sobrancelha e tentou entender o mau humor de sua esposa.

— Por que não?

— É... é grande demais — ela protestou.

— Combina com você — Gray sorriu para ela, ainda segurando sua mão com firmeza — Quando eu estava em Lincolnshire...

— Você esteve lá? — ela perguntou rapidamente.

— Entre outros lugares — ele disse, acariciando sua mão — Eu costumava assistir ao pôr do sol e pensava em você. Às vezes, as nuvens mostravam um tom de vermelho que lembrava os seus cabelos. Quando a luz bate nesse rubi, a cor refletida é quase a mesma.

Ela o encarou enquanto ele levava sua mão até a boca. Gray beijou primeiro a pedra, depois o meio da mão enluvada, desfrutando a oportunidade de estar próximo de alguém novamente.

O nascer do sol, com toda sua beleza dourada, trazia lembranças de Emily. A princípio, Gray o evitava. Cada manhã o lembrava de que um novo dia chegara, e Emily não o viveria. Depois, o calor trazido pelo sol se tornou uma bênção, um lembrete de que teria uma nova oportunidade para se tornar uma pessoa melhor.

Entretanto, o pôr do sol sempre pertenceu a Isabel. O céu escurecido e o acolhedor manto da noite que apagava suas imperfeições – isso era a própria Isabel, que nunca o julgava. A sensualidade de uma cama e os momentos em que ele se permitia liberar o estresse do dia – isso também era Isabel, estendida no sofá de seu boudoir. Que ironia que sua companheira de conveniência tenha se tornado tão importante para ele, embora não tivesse notado na época em que podia desfrutar disso.

– Você deveria poupar seu charme para uma mulher menos tola que eu.

– Querida Pel – ele murmurou, sorrindo – adoro sua sagacidade. Assim você não possui nenhuma ilusão sobre minha pessoa.

– Não sei mais quem é a sua pessoa – ela se afastou, e Gray a soltou. Endireitando as costas, Isabel olhou ao redor da pequena loja. Quando avistou o funcionário que estava ocupado registrando a compra, ela disse: – Não entendo por que você diz essas coisas para mim, Gray. Você nunca teve intenções românticas, nem sexuais, até onde eu sei.

– Qual é a cor das flores em frente a nossa casa?

– Como é?

– As flores. Você sabe qual é a cor?

– É claro, são vermelhas.

Ele arqueou uma sobrancelha.

– Tem certeza?

Ela cruzou os braços e também arqueou sua sobrancelha.

– Sim, tenho certeza.

– E as flores nos vasos da rua?

– O quê?

– Os vasos na rua têm flores. Você sabe qual é a cor delas?

Isabel mordeu o lábio inferior.

Gerard retirou sua luva e puxou aquele lábio volumoso dos dentes de Pel.

— E então? Você sabe?

— São cor-de-rosa.

— São azuis.

Ele colocou a mão no ombro de Isabel e acariciou sua pele com o polegar. O calor do corpo dela queimou a ponta de seus dedos e se espalhou por seu braço, iniciando uma fome que há anos não sentia. Passara muito tempo entorpecido e congelado por dentro. Agora, sentir aquele calor, desejar o toque, querer tão desesperadamente ser incendiado por dentro... ele saboreava tudo.

— Flores azuis, Pel — sua voz saiu mais rouca do que ele planejava — As pessoas costumam não dar importância para as coisas que veem todos os dias. Mas não perceber uma coisa não significa que ela não exista.

A pele de Isabel se arrepiou. Gray sentiu a reação, mesmo sob os calos dos dedos.

— Por favor — ela afastou sua mão — Não minta, não diga coisas bonitas, não tente fazer do passado aquilo que você deseja no presente. Nós não éramos nada um para o outro, nada. E quero que continue assim. Eu *gostava* quando era assim — ela retirou a aliança e a recolocou no balcão.

— Por quê?

— Por quê? — ela o imitou.

— Sim, minha querida esposa, por quê? Por que você gostava do nosso casamento de conveniência?

Isabel jogou um olhar afiado para Gray.

— Você também gostava da conveniência.

Gerard sorriu.

— Eu sei das razões que me faziam gostar, mas agora estamos falando de você.

— Aqui está, Lorde Grayson — o funcionário disse, com um grande sorriso.

Praguejando internamente por causa da interrupção, Gerard apanhou a pena oferecida, molhou o bico no tinteiro e assinou a conta. Esperou até a aliança estar embrulhada e a guardou em seu bolso antes de voltar a olhar para Isabel. Assim como antes no alfaiate, ela olhava pela janela com as costas retas e cada parte de seu corpo voluptuoso denunciando sua raiva. Ele sacudiu a cabeça e não pôde deixar de pensar em toda aquela paixão refreada esperando para ser liberada. Que diabos Hargreaves fazia, ou deixava de fazer, para deixá-la tão volátil? Qualquer outro homem enxergaria a rigidez de suas costas e ficaria desencorajado. Gerard encarava isso como um sinal de esperança.

Ele se aproximou discretamente, arrebatado pela vibração que o atraía. Parou logo atrás dela, aspirou seu perfume, depois sussurrou:

– Posso levá-la para casa comigo?

Surpreendida pela voz áspera de Gray em seu ouvido, Isabel girou tão rápido que ele precisou afastar o rosto para não ser atingido pela aba do chapéu. O quase acidente o fez rir, e assim que começou, não conseguiu mais parar.

Isabel ficou boquiaberta, admirada pela forma como ele parecia jovem, perdido em divertimento. Era uma risada enferrujada, como se há muito não fosse liberada, e ela adorou aquele som – mais profundo e rico do que antes, e já o adorava mesmo naquela época. Incapaz de resistir, ela sorriu, mas quando ele agarrou as costelas e tossiu, ela teve que rir também. Então, Gray agarrou-a pela cintura e a girou no ar, assim como costumava fazer.

Apoiando as mãos em seus ombros largos para se equilibrar, Isabel se lembrou novamente do quanto gostava de estar com ele.

– Ponha-me no chão, Gray! – ela gritou.

Inclinando a cabeça para trás, ele olhou para ela e disse:

– O que você me dará se eu obedecer?

– Isso não é justo. Você está fazendo uma cena. Todos vão ficar sabendo disso – ela pensou na expressão de Hargreaves quando os flagrou no alfaiate, e seu sorriso diminuiu. Era horrível da parte dela se divertir com Gray quando isso machucaria John.

– Quero que me dê algo, Pel, ou vou carregá-la até concordar. E sou muito forte, sabia? E você é leve como uma pena.

– Não é verdade.

– É sim – ele exibiu o leve beicinho que sempre fazia. Seria ridículo em qualquer outro homem, mas em Gray fazia as mulheres quererem beijá-lo. E Isabel não era exceção.

– Você pensa demais – ele reclamou quando ela não respondeu – Você rejeitou meu presente. Agora deveria ao menos oferecer uma compensação.

– O que você quer?

Ele considerou por um momento, depois disse:

– Jantar.

– Jantar? Você pode ser mais específico?

– Quero jantar com você. Fique em casa hoje e compartilhe uma refeição comigo.

– Tenho compromissos.

Gray se dirigiu para a porta da loja.

– Meu bom homem – ele chamou o funcionário – você poderia abrir a porta, por favor?

– Você não vai me carregar lá para fora desse jeito.

– Você realmente acredita que eu não vou fazer isso? – ele perguntou, com um sorriso diabólico no rosto – Posso ter mudado, mas um leopardo não perde totalmente as manchas.

Isabel olhou sobre o ombro e viu a rua se aproximando com todos os pedestres que nela andavam.

– Sim.

Ele parou imediatamente.

– Sim, o quê?

– Sim, jantarei com você.

O sorriso dele foi triunfante.

– Você é uma alma tão generosa, Pel.

– Poupe-me – ela murmurou – Você é um cafajeste, Grayson.

– Talvez – ele a colocou no chão, depois enlaçou o braço dela e a conduziu para a rua – Mas fale a verdade, você me adora por causa disso.

Olhando para ele, enxergando o relaxamento do ar opressivo que o envolvia no dia anterior, ela sabia que realmente gostava dele mais como um malandro. Era quando ele parecia mais feliz.

Igual a Pelham.

Apenas os tolos cometem o mesmo erro duas vezes.

Reconhecendo a voz da razão, Isabel lembrou a si mesma de que deveria ficar atenta e manter distância dele. Enquanto ele estivesse pelo menos a um metro longe, ela ficaria bem.

– Lorde Grayson!

Os dois olharam ao mesmo tempo quando uma grande mulher se aproximou usando um chapéu monstruoso e um vestido rosa ainda pior.

– Esta é Lady Hamilton – Isabel sussurrou – Uma mulher adorável.

– Não nessas roupas – Gray respondeu através de um sorriso.

Ela precisou de todas as forças para não rir.

– Lady Pershing-Moore me contou que o viu com Lady Grayson – Lady Hamilton disse, ofegando ao chegar à frente deles – Eu disse que ela deveria estar maluca, mas parece que estava certa – seu rosto exalava o tipo de satisfação que apenas as fofoqueiras conhecem – Que ótimo vê-lo novamente, milorde. Como você passou os últimos anos?

Gray aceitou a mão oferecida, fez uma reverência e disse:

– Miserável, como qualquer lugar seria sem a companhia da minha linda e charmosa esposa.

– Oh – Lady Hamilton jogou uma piscadela para Isabel – É claro. Lady Grayson aceitou um convite para meu jantar, que acontecerá daqui a duas semanas. Gostaria muito que você comparecesse.

– Certamente – Gray disse com um tom de voz suave – Após minha longa ausência, pretendo nunca mais sair do lado dela.

– Maravilhoso! Agora estou ainda mais animada com o evento.

– Você é muito gentil.

Despedindo-se, Lady Hamilton se retirou rapidamente.

– Gray – Isabel começou, com um suspiro –, por que atiçar as fofocas desse jeito?

– Se acha que existe alguma possibilidade de não haver fofocas sobre nós, você deve estar delirando – ele continuou caminhando em direção à carruagem.

– Mas por que alimentar essa fogueira?

– Por acaso eles ensinam as mulheres a falar com metáforas na escola de boas maneiras? Pois, devo dizer, você realmente gosta de usá-las.

– Maldito, eu concordei em ser sua acompanhante até você se restabelecer, mas isso não vai demorar, e assim que seguir seu caminho...

– Nós vamos trilhar o mesmo caminho, Pel. Estamos casados.

– Podemos nos separar. Depois dos últimos quatro anos, isso seria uma mera formalidade.

Gray respirou fundo e olhou para ela.

– Por que eu faria isso? Ou melhor, por que você faria isso?

Isabel continuou olhando para frente. Como poderia explicar, quando não podia responder nem para si mesma? Então, ela apenas deu de ombros.

Com a mão sobre a dela, Gray apertou levemente.

– Muita coisa aconteceu nas últimas vinte e quatro horas. Permita a nós dois um tempo para nos acostumarmos. Admito que as coisas entre nós não progrediram do jeito que eu esperava.

Ele a ajudou a entrar na carruagem, depois mandou o cocheiro seguir para casa.

– E o *que* você esperava, Gray? – talvez se soubesse qual era seu objetivo ela pudesse começar a entendê-lo melhor. Ou pelo menos aliviar um pouco de sua preocupação.

– Pensei que retornaria, então nós tomaríamos algumas bebidas para reacendermos nossa amizade. Imaginei redescobrir lentamente meu caminho neste mundo, e restabelecer o conforto que nós desfrutávamos um com o outro.

– Eu gostaria disso – ela falou suavemente – Mas duvido que seja possível, a não ser que encontremos uma maneira de deixar as coisas como eram.

– É isso mesmo que você deseja? – ele se ajeitou no banco para encará-la, e Isabel baixou o olhar, notando como suas coxas eram poderosas. Ela não conseguia parar de notar essas coisas – Você ama Hargreaves?

Isabel ergueu as duas sobrancelhas.

– Amar? Não.

– Então existe esperança para nós – ele sorriu, mas a determinação em sua voz era inegável.

– Isso não significa que não goste muito dele, pois gosto sim. Temos interesses em comum. Ele possui a minha idade. Nós...

– Minha idade incomoda você, Isabel? – ele a estudou, com os olhos cerrados e atentos.

– Bom, você *é* mais jovem e...

Gray agarrou seu pescoço e a puxou para perto, inclinando sua cabeça para ficar embaixo da aba do chapéu de Isabel. Sua boca – aquela boca esculpida que podia maravilhar ou zombar com a mesma eficácia – raspou contra os lábios dela.

– Oh!

– Não aceitarei mais esse pretexto, Pel – ele lambeu os lábios de Isabel e gemeu suavemente – Deus, seu cheiro me deixa louco.

– Gray – ela ofegou, empurrando seus ombros e descobrindo o quanto eram rígidos. Seus lábios tremiam e queimavam. – As pessoas podem nos ver.

– Eu não me importo – ele passou a língua rapidamente dentro da boca de Isabel e ela estremeceu ao sentir seu sabor. – Você pertence a mim. Posso seduzi-la se eu quiser – enquanto as mãos em sua nuca acariciavam suavemente, Gray baixou o tom de voz. – E eu definitivamente quero.

Ele selou seus lábios contra os dela, apenas uma leve provocação, depois se afastou e sussurrou:

– Devo demonstrar o que um jovem pode fazer por você?

Isabel fechou os olhos.

– Por favor...

– Por favor, o quê? – sua mão livre pousou próxima da coxa dela, enviando ondas de desejo por todo seu corpo. – Por favor, mostre?

Ela sacudiu a cabeça.

– Por favor, não me faça querer você, Gray.

– Por que não? – ele tirou o chapéu que usava e levou a boca até seu pescoço, lambendo sobre seu pulso acelerado.

– Porque vou odiá-lo para sempre se você fizer isso.

Ele se surpreendeu e se afastou, e ela aproveitou a oportunidade para empurrá-lo com força, o que efetivamente o jogou para o chão da cabine. Ele caiu para trás, os braços se agitaram tentando interromper a queda. Ela se encolheu enquanto os ombros dele atingiam o chão com um baque alto, deixando-o quase inclinado.

– Mas que diabos? – Gray a encarou com olhos arregalados.

Isabel pulou para o banco oposto.

– Sim, faça como quiser, Gray – ela disse com firmeza – Para minha infelicidade. Embora meu corpo possa estar disposto a ceder ao prazer, eu ainda tenho moral, e eu gosto de Hargreaves, que não merece ser jogado de lado depois de quase dois anos de companheirismo só porque você está no cio.

– No *cio*, madame? – ele rosnou, praguejando quando quase caiu ao tentar sentar-se novamente – Não se trata de cio quando se está com a própria esposa.

Quando conseguiu voltar a seu lugar, a extensão completa de sua excitação foi revelada pelo volume no meio de suas pernas. Isabel engoliu em seco e desviou os olhos rapidamente. *Bom Deus.*

– E o que mais poderia ser? – ela disse, irritada – Não conhecemos nada um do outro!

– Eu conheço você, Pel.

– Conhece mesmo? – ela riu – Qual é minha flor favorita? Minha cor favorita? Meu chá favorito?

– Tulipas. Azul. Hortelã – Gray apanhou seu chapéu no chão, enfiou-o em sua cabeça e cruzou os braços.

Isabel piscou, incrédula.

– Pensou que eu não estava prestando atenção?

Isabel mordeu o lábio inferior e vasculhou sua memória. Qual era a flor, a cor, ou o chá preferido dele? Ficou envergonhada por não saber.

– Há! – disse ele, triunfante – Está tudo bem, Isabel. Eu lhe darei tempo o bastante para aprender tudo sobre mim, e eu aprenderei tudo sobre você.

A carruagem chegou e parou na frente da casa. Ela olhou para os vasos na rua e reparou nas flores azuis. Gray desceu primeiro, depois a ajudou a descer. Acompanhou sua esposa nos degraus da porta principal, depois fez uma reverência e deu meia-volta.

– Aonde você vai? – ela perguntou, sentindo a pele ainda formigando por causa de seu toque, o estômago ainda amarrado pela determinação que sua figura demonstrava.

Ele parou e olhou para trás.

– Se eu entrar na casa com você, serei obrigado a tomá-la, quer você queira ou não – quando ela não respondeu, Gray sorriu com desdém. Depois, sumiu.

Para onde ele iria? Gray estava obviamente excitado, e era viril o bastante para que seu alívio no alfaiate não atrapalhasse na próxima vez. A ideia de ele procurar por sexo a atingiu de uma maneira horrivelmente familiar. Ela sabia como ele ficava quando estava nu, e sabia que qualquer outra mulher que o visse daquela maneira ficaria a seus pés. Uma dor que achou que nunca mais sentiria se acumulou em sua barriga. Uma pontada do passado. Um lembrete.

Ao entrar em sua casa de aproximadamente cinco anos, Isabel descobriu, para sua desolação, que já parecia quase vazia sem a presença vital de Gray.

Ela o xingou pelo vendaval que causara em apenas algumas horas, e subiu as escadas até seu quarto, determinada a corrigir a questão. Precisava planejar detalhadamente o jantar que ofereceria para encontrar uma amante para Gray. Também precisava estudar seu marido e descobrir suas preferências.

E então, assim que o conhecesse bem, encontraria a amante perfeita. Agora, podia apenas rezar para que o plano de Hargreaves funcionasse, e rapidamente.

Sua experiência dizia que era difícil resistir a homens como Gray por muito tempo.

CAPÍTULO 4

Ao subir os degraus até as portas duplas do Remington's Gentleman's Club, Gerard sabia que se não fosse por sua frustração, ele estaria nervoso. Dentro do popular estabelecimento, haveria cavalheiros cujas esposas ou amantes foram roubadas por ele. No passado, não sentiria constrangimento. *Não há regras no amor e na guerra*, era o que dizia. Hoje, Gerard sabia que não é bem assim. Regras se aplicam a tudo, e ele não estava isento de segui-las.

Ele entregou o chapéu e luvas para um dos recepcionistas e cruzou as áreas de jogo até o grande salão dos fundos. Procurando uma poltrona e uma bebida, olhou ao redor quando entrou. Sentiu-se confortável com o cenário familiar. O cheiro de couro e tabaco o lembrou que certas coisas não mudam. Um par de olhos azuis encontrou os seus, mas o dono virou o rosto, esnobando-o deliberadamente. Gerard sorriu, aceitando sua condição, depois seguiu para oferecer a primeira de muitas desculpas que sabia que viriam pela noite.

Fez uma reverência e disse:

— Boa tarde, Lorde Markham.

— Grayson — o homem que um dia fora seu melhor amigo nem ao menos olhou em seu rosto.

— Lorde Denby, Lorde William — Gerard cumprimentou os outros dois cavalheiros ao lado de Markham. Depois, voltou a atenção para o visconde — Eu imploro por um momento do seu tempo, Markham. Se puder me conceder, serei eternamente grato.

– Infelizmente não tenho tempo – Markham disse friamente.

– Entendo. Então, terei que me desculpar aqui mesmo – Gerard disse, não estava disposto a ser negado.

Markham virou lentamente a cabeça em direção a ele.

– Peço desculpas por meu casamento ter lhe causado desconforto. Como seu amigo, eu deveria ter tido mais cuidado com seus interesses. Também ofereço minhas felicitações por seu recente casamento. Isso é tudo que gostaria de dizer. Boa tarde, cavalheiros.

Gerard inclinou levemente a cabeça, depois se virou. Encontrou uma poltrona e uma mesa vazia e soltou um grande suspiro quando se sentou. Alguns momentos depois, abriu o jornal oferecido e tentou relaxar, tarefa dificultada pelos olhares sobre ele e pelas pessoas que se aproximavam para cumprimentá-lo.

– Grayson.

Ele ficou tenso e abaixou o jornal.

Markham o encarou por um longo momento, depois fez um gesto para o assento ao seu lado.

– Posso?

– Certamente – Gerard deixou o jornal de lado enquanto o visconde se ajeitava na poltrona.

– Você parece diferente.

– Espero que seja verdade.

– Eu diria que é, *se* a sua desculpa tiver sido sincera.

– Foi.

O visconde passou a mão em seus cabelos loiros e sorriu.

– Tenho um bom casamento, o que alivia em muito a dor que você me causou. Mas me diga uma coisa que há muitos anos quero saber. Ela me deixou por sua causa?

– Não. Honestamente, você era nossa única conexão até nos casarmos.

– Então, não entendo. Por que negar minha proposta, mas aceitar a sua, se não existia nada entre vocês?

– Que homem está disposto a questionar as razões para sua esposa se casar com ele? Algum homem realmente sabe? Seja lá qual tenha sido seu ímpeto, ela fez de mim um homem muito feliz.

– Feliz? Você esteve ausente por quatro malditos anos! Eu quase não o reconheci.

– Muitas coisas podem acontecer nesse meio-tempo.

– Ou *não* acontecer – Markham retrucou – Quando você voltou?

– Ontem.

– Conversei com Pel no dia anterior, e ela não me disse nada.

– Ela não sabia – Gerard soltou uma risada sem alegria – E, infelizmente, não está tão feliz quanto achei que ficaria.

Markham se ajeitou mais confortavelmente na grande poltrona e fez um gesto para o funcionário lhe trazer uma bebida.

– Estou surpreso por ouvir isso. Vocês dois sempre se deram bem.

– Sim, mas como você já notou, eu mudei. Minhas preferências mudaram, e também meus objetivos.

– Sempre imaginei como você poderia ser imune aos encantos de Pel – o visconde disse, rindo – O destino possui um jeito de equilibrar as coisas, se você lhe der o tempo necessário. Eu estaria mentindo se dissesse que não me agrada vê-lo sofrer um pouco.

Gerard soltou um sorriso relutante.

– Minha esposa é um mistério para mim, o que apenas aprofunda meu dilema.

– Isabel é um mistério para todos. Por que você acha que tantos homens a desejam? O desafio é irresistível.

– Você se lembra do casamento dela com Pelham? – Gerard perguntou, imaginando por que não havia pensado sobre isso antes – Eu gostaria de saber como foi, se você não se importa.

Markham aceitou a taça oferecida pelo funcionário e assentiu.

– Não há um homem com a minha idade que não se lembre de Lady Isabel Blakely em sua juventude. Ela é a única filha de Sandforth, e ele a enchia de dinheiro. E ainda o faz, até onde eu sei. Todos sabiam que sua herança era substancial, o que atraía caçadores de fortunas, mas ela seria popular, com ou sem dinheiro. Todos nós aguardávamos ansiosamente sua estreia na sociedade. Eu já planejava pedi-la em casamento mesmo naquela época. Mas Pelham era astuto. Ele não esperou. Ele a seduziu quando ela ainda estava no colégio, antes que qualquer um de nós tivesse a chance.

– Seduziu?

– Sim, seduziu. Ficou óbvio para todos. A maneira como olhavam um para o outro... Havia uma grande paixão entre eles. Sempre que estavam próximos um do outro, a tensão era palpável. Eu o invejava por causa disso:

possuir a adoração de uma mulher tão obviamente madura e disposta. Eu esperava ter isso com ela, mas o destino não quis. Mesmo depois que ele começou a procurar outras mulheres, ela ainda o adorava, embora estivesse claro que lhe causava grande dor. Pelham era um tolo.

– Entendo – Gerard murmurou, silenciosamente examinando a onda de ciúme que passou a sentir.

Markham riu e tomou um longo gole.

– Quando olho pra você lembro-me dele. Ou melhor, lembrava. Pelham tinha vinte e dois anos quando se casou com ela, e era tão convencido quanto você. De fato, Pel costumava comentar o quanto você a fazia se lembrar de Pelham. Quando vocês se casaram, pensei que era por causa disso. Mas então, você continuou com suas distrações, e ela continuou com as suas próprias. Vocês confundiram a todos, e também deixaram várias pessoas com raiva. Parecia um desperdício Pel finalmente se casar de novo, ainda mais se casar com um homem que não tinha interesse nela.

Gerard olhou para suas mãos, que se encontravam avermelhadas e cheias de calos por causa do trabalho duro. Tocou sua fina aliança, uma joia que ele e Pel haviam comprado como um gracejo, brincando e dizendo que aquilo nunca veria a luz do dia. Ele não sabia exatamente por que quisera usá-la, mas agora que estava em seu dedo, percebeu que gostava da aliança. Era uma sensação estranha, a sensação de pertencer a alguém. Ficou imaginando se Pel sentira a mesma coisa mais cedo na joalheria quando colocou aquela aliança em seu dedo, e se foi por isso que ela o rejeitara tão sumariamente.

O visconde riu.

– Eu realmente deveria odiá-lo, Gray. Mas você faz isso ser difícil.

Gerard ergueu uma sobrancelha.

– Não fiz nada para que você parasse de me odiar.

– Você está pensativo e cabisbaixo. Se isso não é sinal de que mudou, não sei o que poderia ser. Alegre-se. Ela é sua agora, e diferente de mim, Pearson, ou qualquer outro, ela não pode dispensar você.

– Mas ela ainda tem Hargreaves – Gray o lembrou.

– Ah, sim, isso é verdade – Markham disse com um grande sorriso – Como eu disse antes, o destino possui um jeito de equilibrar as coisas.

– Estou muito desapontada por seu marido errante não estar em casa – reclamou a Duquesa de Sandforth.

– Mamãe – Isabel sacudiu a cabeça – Não acredito que você correu até aqui apenas para bisbilhotar Gray.

– É claro que sim – sua mãe sorriu com a malícia de um felino – Bella, você deveria saber que a curiosidade é um dos meus vícios.

– Um dos muitos – Isabel resmungou.

Sua mãe ignorou o comentário.

– Lady Pershing-Moore foi me visitar, e você não pode imaginar o quanto foi horrível saber que ela conhecia cada detalhe da aparição de Grayson enquanto eu nem sabia que ele havia voltado.

– A única coisa horrível é aquela mulher em si – Isabel andava de um lado a outro em seu boudoir – Tenho certeza de que ela encheu o máximo de ouvidos fofoqueiros que pôde em um dia.

– Ele está tão bonito quanto ela diz?

Suspirando, Isabel admitiu:

– Sim, é verdade.

– Ela jurou que a maneira como ele olhava para você era indecente, isso também é verdade?

Isabel parou e encarou sua mãe, olhando diretamente para aqueles ricos olhos castanhos. A duquesa ainda era considerada uma beleza distinta, embora seus cabelos ruivos estivessem já permeados com mechas prateadas.

– Não vou discutir isso com você, mamãe.

– Por que não? Que fofoca deliciosa! Você possui um amante incrível, e um jovem marido que é ainda mais belo. Eu invejo você.

Apertando os olhos, Isabel suspirou.

– Você não deveria me invejar. Isso é um desastre.

– Ah-há! – Sua mãe levantou-se de repente – Grayson deseja mesmo você. Já era tempo, se você quer saber. Eu estava começando a pensar se ele era ruim da cabeça.

Ele *era* ruim da cabeça, na opinião de Isabel. Eles se conheciam há anos e moraram juntos por seis meses sem nenhuma faísca acontecer. Agora parecia uma tempestade elétrica quando ela pousava os olhos nele. Pensando bem, talvez ela também não fosse muito boa da cabeça.

– Preciso encontrar uma mulher para ele – ela murmurou.

— E você não é uma mulher? Eu tenho certeza de que o médico me disse que era...

— Mamãe, por favor, não brinque. Grayson precisa de uma amante.

Andando até a janela, Isabel abriu as cortinas e olhou para o pequeno jardim lateral. Não pôde deixar de se lembrar da manhã em que ele apareceu debaixo de sua janela e implorou para entrar. Depois, implorou para que ela se casasse com ele.

Diga sim, Pel.

Outra lembrança, mais recente em sua mente, havia acontecido ontem à tarde, quando Gray a pressionara contra a parede naquele exato lugar e acendera seu desejo, o que arruinou tudo.

— Qual a relação entre precisar de uma amante e querer levar você para a cama? — a duquesa perguntou.

— Você não entenderia.

— Disso você está certa — sua mãe se aproximou e pousou as mãos em seus ombros — Pensei que você tivesse aprendido uma lição com Pelham.

— Aprendi *tudo* com Pelham.

— Você não sente falta da paixão, do fogo? — sua mãe abriu os braços e girou pelo quarto com a exuberância de uma jovem garota, fazendo suas saias verde-escuras esvoaçarem ao seu redor — É a minha razão de viver, Bella. Eu adoro esses olhares indecentes, esses pensamentos, essas ações.

— Eu sei que você gosta disso, mamãe — Isabel disse secamente. Seus pais haviam decidido há muito tempo encontrar seus romances fora do casamento, algo que parecia contentar aos dois.

— Pensei que você tivesse desistido daqueles sonhos bobos de achar um amor para toda a vida quando começou a procurar seus próprios amantes.

— Eu desisti.

— Não é o que parece — sua mãe franziu as sobrancelhas.

— Só porque acho que a fidelidade é um sinal de respeito, não significa que eu queira um amor, ou que espere um — Isabel dirigiu-se de volta para sua escrivaninha, onde estivera trabalhando no cardápio e na lista de convidados para seu jantar.

— Bella, minha querida — sua mãe suspirou e retornou para a poltrona, onde serviu-se de uma xícara de chá — ser fiel não faz parte da natureza de um marido, principalmente de maridos charmosos e bonitos.

— Eu gostaria que eles não mentissem sobre isso — Isabel murmurou, olhando de relance para o retrato na parede — Perguntei a Pelham se ele me amava, se diria a verdade para mim. Ele disse "Todas as mulheres são insignificantes comparadas a você". E, boba como eu era, acreditei nele — ela largou os braços.

— Mesmo com a melhor das intenções, é impossível para eles resistir a todas as sirigaitas que chovem em suas camas. Querer que homens bonitos ajam contra sua natureza irá apenas decepcioná-la.

— Obviamente eu não tenho nenhum desejo de que Gray aja contra sua natureza, ou não estaria trabalhando para encontrar uma amante para ele.

Isabel observou sua mãe derrubar dois torrões de açúcar em seu chá junto com uma quantidade ridícula de creme. Ela sacudiu a cabeça quando sua mãe ergueu o pote num questionamento silencioso.

— Não entendo por que você não desfruta da atenção dele, já que Gray está disposto a cortejá-la. Bom Deus, a maneira como Lady Pershing-Moore insistiu sobre sua aparência, acho que eu mesma me jogaria em seus braços se ele estivesse interessado.

Fechando os olhos, Isabel soltou um longo suspiro.

— Você deveria aprender com seu irmão, Bella. Ele é muito mais prático sobre essas questões.

— A maioria dos homens é. Rhys não seria exceção.

— Ele preparou uma lista de garotas adequadas para se casar e...

— *Uma lista?* — Isabel abriu de repente os olhos — Isso já é demais!

— É perfeito. Seu pai e eu fizemos o mesmo, e veja o quanto somos felizes.

Isabel mordeu a língua para não responder.

— É seu carinho por Hargreaves que a impede de fazer algo com Grayson? — sua mãe perguntou suavemente.

— Eu gostaria que fosse. Seria muito mais simples — pois assim poderia dispensar a súbita atenção de Gray sobre ela, e lidaria com ele assim como ele lidava com qualquer pretendente confiante demais: com um sorriso e um toque de humor. Mas ela achava muito difícil sorrir e ser bem-humorada quando seus mamilos doíam e as coxas ficavam molhadas — Nós nos damos bem, Gray e eu. Ele é muito divertido. Se fosse apenas isso, divertido, eu poderia conviver com ele, mamãe. Pela vida inteira. Mas não poderia viver com um homem que me causou algum tipo de dor. Sou mais fraca que você, e tenho cicatrizes por causa de Pelham.

— E você acha que encontrar uma amante para Grayson vai torná-lo menos atraente? Não, não responda, minha querida. Eu sei que você considera homens comprometidos pouco atraentes. Seus escrúpulos são admiráveis – sua mãe se levantou e se aproximou de Isabel, passando o braço magro ao redor da cintura da filha e folheando sua lista de convidados – Não, não. Não a Lady Cartland – ela estremeceu levemente. – Prefiro que ele pegue sarampo a pegar essa mulher.

Isabel riu.

— Que seja – mergulhou a pena no tinteiro e riscou o nome – Então, quem?

— Ele não estava com alguém quando sumiu? Além de Emily Sinclair?

— Sim... – Isabel pensou por um momento – Ah, eu me lembro. Anne Bonner, uma atriz.

— Convide-a. Ele não a deixou por causa de tédio, então talvez ainda exista algo para se explorar.

Uma pontada aguda de solidão surpreendeu Isabel, e sua mão parou sobre o papel por tempo o bastante para criar uma mancha de tinta.

— Obrigada, mamãe – ela disse, sinceramente agradecida por ter sua companhia.

— É claro, Bella – a duquesa se inclinou mais perto e pressionou seus rostos juntos – Para que servem as mães, se não para ajudar as filhas a encontrar amantes para seus maridos?

Isabel deitou em sua cama e tentou ler, mas nada conseguia prender sua atenção. Já passava das dez horas e ela permanecera em casa como Gray havia pedido. O fato de não ter aparecido para jantar com ela era culpa dele, e se pensava que poderia transferir o jantar para outro dia, estava redondamente enganado. Não ofereceria uma segunda chance. Cancelar seus planos para uma noite já era imposição demais, principalmente quando ele não teve a cortesia de aparecer.

Mas claro, isso era o que ela queria, que ele cuidasse de seus prazeres em outro lugar. Era exatamente o que ela queria. Tudo estava indo bem. Talvez nem precisasse oferecer um jantar de boas-vindas, no fim das contas.

Aquilo era um alívio. Poderia parar com o planejamento e voltar a atenção para sua vida como era antes do retorno de seu marido.

Isabel suspirou e estava considerando se retirar para dormir quando ouviu um som vindo do boudoir. Certamente não era excitação o que sentiu ao jogar o livro para o lado. Estava simplesmente investigando. Era o que qualquer um faria se ouvisse barulhos estranhos em sua suíte.

Ela se aproximou do quarto ao lado e abriu a porta do corredor. E seu queixo caiu.

— Olá, Pel — Gray disse, de pé no corredor vestindo apenas a camisa com as mangas arregaçadas e a calça. Pés descalços, garganta e braços nus. Com seus cabelos pretos molhados por um banho recente.

Maldito.

— O que você quer? — ela murmurou, irritada por ele aparecer vestido, ou despido, como era o caso, daquela maneira.

Ele ergueu uma sobrancelha e levantou o braço, mostrando uma pequena cesta.

— Jantar. Você prometeu. Não pode recusar agora.

Ela deu um passo para trás para permitir que ele entrasse e tentou esconder seu rubor. Ficou horrorizada por não ter visto a cesta enquanto estava com os olhos grudados em seu corpo.

— Você não apareceu quando o jantar foi servido.

— Achei que você não me quisesse lá — o duplo sentido ficou claro. Ele entrou em seu quarto, e ela não pôde deixar de sentir seu aroma. O boudoir parecia encolher diante do tamanho dele e os deixava ainda mais perto um do outro — Entretanto, a ceia estava garantida.

— Você só vai atrás daquilo que é garantido?

— Obviamente não, ou eu não estaria aqui — Gray sentou-se no chão perto da mesinha e abriu a cesta — Você não vai me afastar com seu mau humor, Isabel. Esperei o dia todo por esta refeição e pretendo desfrutá-la. Se você não tem nada de bom para me dizer, ponha um destes sanduíches na boca e apenas me deixe olhar para você.

Ela o encarou, depois ele ergueu o olhar e piscou um de seus olhos azuis para ela. Isabel desceu para o chão apenas parcialmente para ser educada. O resto foi por uma súbita fraqueza nos joelhos.

Gray apanhou duas taças e uma garrafa de vinho.

— Você fica linda vestida em cetim rosa.

— Pensei que você tivesse desistido – ela ergueu o queixo – Por isso me troquei para ir dormir.

— Não se preocupe – ele disse secamente – Eu não tinha ilusão nenhuma de que você tivesse se vestido para me excitar.

— Maldito. Onde você esteve?

— Você não costumava me perguntar isso.

Isabel nunca se importou antes, mas não admitiria isso.

— Você costumava compartilhar voluntariamente, mas agora só mantém segredos.

— Estive no Remington's – ele disse, no meio de uma mordida.

— Durante toda a noite?

Ele assentiu e apanhou sua taça.

— Oh! – ela conhecia as cortesãs daquele lugar. O clube Remington's era um bastião da infidelidade masculina – V-você se divertiu?

— Você não está com fome? – ele perguntou, ignorando sua questão.

Erguendo seu vinho, Isabel tomou um longo gole.

Gray riu, e o som provocou ondas de calor pelo corpo dela.

— Isso não é comida.

Ela encolheu os ombros.

— Você se divertiu? – ela repetiu.

O olhar dele era de pura exasperação.

— Eu não teria ficado todo esse tempo se não estivesse me divertindo.

— Sim, é claro – afinal, havia tomado banho e trocado de roupa. Isabel pensou que deveria estar agradecida por ele não ter aparecido cheirando a sexo e perfume, como Pelham fizera tantas vezes. Seu estômago deu um nó ao lembrar-se disso, embora a imagem em sua mente fosse de Grayson, não Pelham. Ela se levantou e andou até o sofá, onde se deitou de costas e passou a olhar para o teto – Não, não estou com fome.

Um momento depois, ela foi inundada pelo aroma de Gray – um aroma de linho engomado e sabão de sândalo. Ele sentou-se no chão ao seu lado e apanhou a mão dela.

— O que posso fazer? – ele perguntou suavemente, passando a ponta dos dedos sobre a palma da mão dela, provocando-lhe calafrios pela pele – Fico triste por minha presença causar desconforto a você, mas não consigo me afastar, Pel. Não me peça para fazer isso.

– E se eu pedir?

– Eu não obedecerei.

– Mesmo após a diversão que você teve hoje?

Seus dedos pararam, depois ele riu suavemente.

– Eu deveria ser um bom marido e acalmar sua mente, mas ainda possuo um pouco de diabrura dentro de mim para querer vê-la sofrer um pouco, assim como eu também sofrerei.

– Homens com a sua aparência nunca sofrem, Gray – ela retrucou com uma risada desdenhosa, virando a cabeça para encontrar seus olhos.

– Existem outros homens com a minha aparência? Que frustrante.

– Vê o quanto nossa relação se altera quando você muda seu papel de amigo para marido? – ela reclamou – Mentiras, evasões, coisas que nunca são ditas. Por que você quer viver dessa maneira?

Gray passou as mãos sobre os cabelos e gemeu.

– Você pode me responder isso, Gray? Por favor, me ajude a entender por que você deseja arruinar nossa amizade.

Ele a olhou com olhos cheios da melancolia que estava tão visível no dia anterior. O coração dela se apertou com aquela visão.

– Meu Deus, Pel – ele encostou o rosto na coxa dela, molhando o cetim com seus cabelos úmidos – Não sei como conversar sobre isso e não soar piegas.

– Tente.

Ele a encarou por um longo tempo, com seus longos cílios protegendo seus pensamentos e jogando sombras sobre seu rosto.

Os dedos que acariciavam a palma de Isabel pararam e entrelaçaram os dela. A simples intimidade foi como um golpe para ela. Por um instante, sentiu dificuldade para respirar.

– Após a morte de Emily, passei a me odiar, Isabel. Você não tem noção do quanto eu a prejudiquei... de tantas maneiras, tantas vezes. Que desperdício uma mulher daquela morrer por causa de um homem como eu. Levei muito tempo para aceitar meu autodesprezo e perceber que, embora não pudesse mudar o passado, eu poderia honrá-la mudando quem eu seria no futuro.

Ela apertou sua mão e ele apertou de volta. Foi então que ela percebeu a curva de uma aliança em seu dedo. Grayson nunca usara a aliança de casamento antes. Ao usar agora, Isabel sentiu um violento estremecimento.

Ele raspou o rosto na perna dela, fazendo-a ofegar com uma faísca de desejo. Interpretando errado sua angústia, ele disse:

– Isso é terrível. Peço desculpas.

– Não... Continue. Por favor. Quero saber de tudo.

– Tentar mudar a si mesmo é uma tarefa miserável – ele disse finalmente – Acho que vários anos se passaram sem que eu encontrasse um motivo para poder sorrir. Até ontem, quando você entrou no escritório. Então, naquele momento, eu a vi e uma centelha se acendeu – Gray ergueu suas mãos entrelaçadas e beijou seus dedos – Depois, neste quarto, eu sorri. E me senti bem, Pel. Aquela centelha se transformou em algo mais, algo que eu não sentia há anos.

– Fome – ela sussurrou, com os olhos grudados em seu rosto impassível. Ela conhecia a sensação, porque a sentia neste exato momento.

– E desejo, e *vida*, Isabel. E isso tudo mesmo estando do lado de fora da sua vida. Posso apenas sonhar como seria se viesse de dentro – a voz de Gray ficou mais forte e se tornou uma rouquidão cheia de desejo, com seus olhos agora livres do tormento abjeto que ela havia flagrado nele quando retornara – Profundamente dentro de você.

– Gray...

Ele virou a cabeça e beijou a parte de cima da coxa de Isabel, queimando através do cetim de seu robe. O corpo dela tencionou em toda a parte, sua coluna se arqueou gentilmente numa silenciosa súplica por mais.

Atormentada, Isabel afastou a cabeça dele.

– E depois de satisfazer essa fome, o que acontecerá conosco? Não poderíamos mais voltar para o que tínhamos antes.

– Do que você está falando?

– Você já sentiu alguma vez como se não conseguisse mais comer uma comida que costumava gostar muito? Assim que a fome estiver saciada, o prato que você comeu se torna pouco apetitoso – Isabel se levantou e começou a andar nervosamente pelo quarto, como sempre fazia quando se sentia agitada – A distância entre nós seria enorme. Eu provavelmente buscaria outra casa para morar. Eventos sociais com nossa presença se tornariam constrangedores.

Gray também se levantou e a seguiu com o olhar. Um olhar que era quase tátil com sua intensidade.

– Você encontra seus antigos amantes todos os dias. E vocês socializam muito bem. O que me torna diferente?

– Não preciso olhar para eles no café da manhã. Não preciso deles para pagar minhas contas e cuidar de mim. Eles não usam minha aliança! – ela parou e fechou os olhos, sacudindo a cabeça diante da tolice de sua grande boca.

– Isabel – ele sussurrou.

Ela ergueu a mão para impedi-lo de continuar e olhou para o retrato na parede. Um deus dourado a olhava de volta, para sempre congelado no primor de sua aparência.

– Nós vamos encontrar uma amante para você. Sexo é sexo, e outra mulher poderia facilitar muito as coisas.

Seu marido se moveu tão discretamente que ela não percebeu sua aproximação. Seus braços a envolveram – um circulando a cintura, o outro cruzando seu torso até sua grande mão agarrar um seio. Ela soltou um grito quando seus pés saíram do chão e ele mergulhou o rosto em seu pescoço. Ela sentiu seu corpo quente e poderoso, mas gentil em seu toque.

– Eu não quero sua ajuda para encontrar sexo. Eu quero *você* – ele lambeu e mordiscou a pele sensível de sua garganta, depois inspirou seu perfume, apertando-a com os braços e soltando um gemido profundo – Quero você suada e molhada. Que Deus me dê força, pois fui amaldiçoado a querer isso da minha própria esposa.

Isabel se inflamou ao sentir sua ereção, depois se derreteu em seu abraço quando ele se esfregou nela desesperadamente.

– Não.

– Mas posso ser gentil, Pel. Posso amá-la com carinho – seu aperto suavizou e seus dedos começaram a provocar levemente os mamilos. Ela se contorcia em seus braços, sentindo uma angústia quase insuportável entre as pernas.

– Não... – ela gemeu, querendo-o com cada força de seu corpo.

– Veja seu anel em meu dedo – ele rosnou, obviamente frustrado – Saiba que eu sou seu. Que sou diferente dos outros – Gray lambeu e mordeu a curva de sua orelha – Quero que você me queira também, maldita. Igual eu quero você.

Grayson a colocou no chão praguejando e saiu do quarto, deixando Isabel guerreando contra duas forças opostas dentro de si: a parte que sabia que um caso com Gray não duraria, e a parte que não se importava que fosse assim.

CAPÍTULO 5

Gerard estava na sala de estar e silenciosamente praguejava contra as pessoas que se aglomeravam ali. As horas diurnas eram seu tempo para passar com Pel e reconstruir seu relacionamento. À noite, sabia que ela iria se aventurar lá fora e deslumbrar a nobreza com seu charme e beleza. Isabel era uma criatura social que gostava de passar um tempo na companhia dos outros, e até que ele possuísse roupas adequadas, não poderia acompanhá-la. Por isso, Gray havia determinado que aproveitaria o máximo do tempo que possuía junto com ela, talvez até a convidaria para um piquenique à tarde. Mas então as visitas começaram a aparecer. Agora, seu lar estava repleto de curiosos que queriam avaliar aos dois e o estado de seu casamento escandaloso.

Resignado, ficou observando sua esposa servir chá para as mulheres ao redor. Isabel estava sentada no meio do sofá, cercada por loiras e morenas que não se comparavam a ela, com seus cabelos ruivos tão distintos. Ela usava um vestido de cintura alta de seda cor de creme, um tom que complementava perfeitamente sua pele pálida e as mechas radiantes. Na sala de estar, que possuía decoração em listras de damasco azul, ela estava à vontade, e Gray sabia que, apesar das razões de seu casamento, Pel fora uma excelente escolha. Ela era charmosa e graciosa. Era fácil encontrá-la, bastava seguir o som das risadas. As pessoas ficavam felizes em sua presença.

Como se sentisse o peso de seu olhar, Isabel ergueu a cabeça e o flagrou. Um leve rubor subiu pelo peito e coloriu seu rosto. Gray deu uma piscadela e sorriu, observando aquela cor se intensificar.

Como nunca notara antes a maneira como ela se destacava entre outras mulheres?

Agora, era só o que podia notar. Simplesmente estar na mesma sala que ela fazia o sangue latejar nas veias, uma sensação que pensou que nunca mais sentiria na vida. Isabel havia tentado manter distância andando de uma sala a outra, mas Gray a seguia, precisando sentir aquela eletricidade que apenas a presença dela despertava.

– Ela é adorável, não é mesmo?

Gerard se virou para a mulher ao seu lado.

– Sem dúvida, milady – um sorriso apareceu em sua boca diante da visão da mãe de Isabel, uma mulher de grande beleza. Era óbvio que sua esposa envelheceria muito bem. – Ela puxou a mãe.

– Charmoso e espirituoso – Lady Sandforth murmurou, retribuindo o sorriso – Quanto tempo você vai ficar desta vez?

– Pelo tempo que minha esposa permanecer aqui.

– Interessante – ela arqueou uma sobrancelha – Se me permite a ousadia, você poderia me dizer o que o fez mudar de ideia?

– O fato de que ela é minha esposa não é suficiente?

– Os homens desejam suas esposas no começo, milorde. Não quatro anos mais tarde.

Ele riu.

– Sou um pouco lento, mas estou recuperando o atraso.

Um movimento chamou sua atenção e Gerard virou a cabeça para encontrar Bartley na porta. Tomou um instante para pensar, tentando decidir como deveria proceder. Eles foram amigos no passado, mas apenas no sentido mais mercenário da palavra.

Gray pediu licença e se aproximou do barão, oferecendo um genuíno sorriso de boas-vindas.

– Bartley, você está muito bem – e realmente estava, depois de ter perdido boa parte do peso que se acumulava em sua cintura.

– Não tão bem quanto você, Gray – Bartley respondeu – Embora eu deva admitir, agora você parece que possui o peitoral de um trabalhador. Por acaso andou trabalhando em seus próprios campos?

– Ocasionalmente – Gerard fez um gesto para o corredor perto da escadaria – Venha. Fume um charuto comigo e me conte o que você andou aprontando durante minha ausência.

– Primeiro, eu lhe trouxe um presente.

Gerard ergueu as sobrancelhas.

– Um presente?

O rosto de Bartley exibiu um estranho sorriso.

– Sim. Já que você acabou de voltar e ainda não teve tempo de socializar, eu sabia que estaria um pouco, digamos, solitário – ele acenou com a cabeça para a porta.

Curioso, Gerard seguiu o aceno e viu a linda mulher de cabelos escuros que esperava na porta da frente: era Bárbara, a Lady Stanhope. Ela curvou a boca num sorriso tão carnal que poderia apenas ser descrito como diabólico. Gray se lembrava daquele sorriso, lembrava o quanto havia incendiado sua luxúria durante um tórrido caso que durou nove meses. Bárbara também gostava de sexo selvagem e suado.

Ele se aproximou e apanhou sua mão para beijá-la. As longas unhas de Bárbara arranharam sensualmente a palma de sua mão.

– Grayson – ela disse, num tom inocente que não combinava com sua disposição. Ouvir aquela voz angelical enquanto usava seu corpo também era uma das coisas que o excitava no passado – Você está divino com essas roupas, e posso apenas imaginar como estaria sem elas.

– Você também está ótima, Bárbara, mas você já sabia disso.

– Quando soube do seu retorno, eu me apressei para chegar aqui antes que outra mulher o fizesse.

– Você não deveria ter vindo até minha casa – ele advertiu.

– Eu sei, querido, já estou de saída. Apenas pensei que teria uma chance melhor se você me visse em pessoa. Um recado é muito impessoal e não é tão divertido quanto tocar você – os olhos dela, claros como uma joia, brilhavam com divertimento – Eu gostaria de voltar a ser sua amiga, Gray.

Gerard subiu uma sobrancelha e exibiu um sorriso indulgente.

– É uma oferta adorável, Bárbara, mas preciso recusar.

Ela estendeu o braço e passou a mão na barriga dele, soltando um leve ronronar.

– Ouvi os boatos sobre sua reconciliação com Lady Grayson.

– Nós nunca estivemos separados – ele corrigiu, dando um pequeno passo para trás.

Bárbara fez um beicinho.

— Espero que você reconsidere. Já reservei um quarto em nosso hotel favorito. Estarei lá pelos próximos três dias – ela soprou um beijo para Bartley, depois voltou a olhar para Gray – Espero encontrar você lá, Grayson.

Ele fez uma reverência.

— É melhor não esperar demais.

Após o criado fechar a porta atrás dela, Bartley voltou ao seu lado.

— Você pode me agradecer com um conhaque e charuto.

— Nunca pedi seus serviços para essa tarefa em particular – Gerard disse secamente.

— Sim, sim, eu sei. Mas você acabou de chegar e eu quis poupá-lo desse trabalho. Não precisa continuar com ela depois que acabar de usá-la.

Balançando a cabeça, Gerard conduziu Bartley até seu escritório.

— Sabe, Bartley, duvido que você consiga mudar algum dia.

— Mudar? – o barão repetiu, horrorizado – Bom Deus, espero que não.

Já eram quase seis horas quando a casa finalmente voltou a ficar vazia. Quando Isabel acenou para as últimas visitas ao lado de Grayson, ela não pôde conter um suspiro de alívio. O dia inteiro havia sido um exercício de miséria e dentes cerrados. Ela podia jurar que todas as antigas amantes de Gray o haviam procurado hoje. Ao menos aquelas que estavam disponíveis, pois sabiam que Isabel não poderia rejeitá-las. E Gray se comportou com o charme de sempre, deixando todas aquelas mulheres odiosas enfeitiçadas por ele novamente.

— Bom, isso foi difícil – ela murmurou – Apesar de ser um cafajeste, você ainda é popular – ela se virou e começou a subir os degraus – E é claro, as mulheres eram maioria dentre os visitantes.

Mulheres *jovens*.

A leve risada que recebeu em resposta era convencida demais.

— Bom, você mesma queria que eu encontrasse uma amante – Gray a lembrou.

Ela o olhou de soslaio e encontrou aquela voluptuosa boca tentando segurar um sorriso. Isabel riu de volta com desdém.

— Que falta de vergonha delas por vir até a *minha* casa para ficarem babando em você.

— Talvez você prefira entrevistas com hora marcada? – ele sugeriu.

Parando de repente no penúltimo degrau, Isabel colocou as mãos na cintura e o encarou.

— Por que você está tentando me provocar de propósito?

— Minha querida, odeio apontar o óbvio, mas você já estava irritada antes – ele deixou aquele sorriso escapar, e ela agarrou o corrimão para se apoiar diante daquela visão – Devo admitir que vê-la com ciúmes desse jeito aquece meu coração.

— Eu não estou com ciúmes – Isabel subiu o último degrau e virou no corredor – Apenas peço um pouco de respeito dentro da minha própria casa. E aprendi há muito tempo que qualquer homem que provoca ciúmes numa mulher não merece atenção.

— Eu concordo.

Ouvir aquilo a surpreendeu, e seus passos falharam pouco antes de alcançar a porta de seu quarto.

— Espero que você saiba, Pel – ele murmurou –, que eu também não gostei de receber aquelas visitas.

— Mentiroso. Você adora jogar charme para as mulheres. Todos os homens são assim.

Ser fiel não faz parte da natureza de um marido, principalmente de maridos charmosos e bonitos, sua mãe dissera, e Isabel sabia disso por experiência própria. É claro, Gray não havia mentido para ela. Ele não fizera nenhuma promessa de ser fiel, apenas de ser um bom amante, fato do qual ela não duvidava.

— Eu adoro jogar charme para mulheres apenas quando elas são marquesas temperamentais com boudoirs revestidos de cetim – atrás dela, Gray estendeu o braço e girou a maçaneta, raspando contra a lateral de um seio – Por que você está irritada, Isabel? – ele perguntou, com a boca colada em seu ouvido – Onde está aquele sorriso que eu adoro tanto?

— Estou tentando ser educada, Gray – ela odiava se mostrar mal-humorada. Não era de sua natureza.

— Eu tinha outros planos para hoje.

– É mesmo? – Isabel não sabia por que ficara incomodada por ele ter algo para fazer que não a incluía.

– Sim – Gray lambeu sua orelha, bloqueando o caminho com os ombros largos – Eu esperava passar o dia te cortejando, mostrando meu lado charmoso.

Isabel empurrou seu peito, disfarçando a leve tremedeira que suas palavras provocaram nela. Ele chegou mais perto, pousando a mão sobre o batente da porta, envolvendo-a com seu aroma e corpo rígido. Uma grossa mecha de cabelo caiu sobre sua testa, deixando-o com a aparência relaxada de um jovem de vinte e seis anos.

– Já vi o suficiente do seu lado charmoso – e do lado passional. Isabel estremeceu novamente ao lembrar-se dos braços dele envolvendo-a, e os lábios tocando sua garganta.

– Você está com frio, Isabel? – ele perguntou, com a voz grave e íntima, e os olhos semicerrados – Gostaria que eu a esquentasse?

– Francamente – ela sussurrou, passando as mãos sobre os ombros largos de Gerard – Já estou sentindo muito calor agora.

– Eu também. Fique em casa comigo hoje.

Ela sacudiu a cabeça.

– Eu preciso sair – entrando em seu quarto, ela pensou que Gray a seguiria, mas ele não o fez.

– Muito bem – Gray suspirou e passou as mãos sobre os cabelos – Você jantará em seu quarto?

– Sim.

– Tenho algumas coisas para fazer, depois voltarei para assisti-la se preparando para dormir. Espero que você não se importe. Um homem precisa encontrar seus prazeres onde puder.

– Não, não me importo – ela estava começando a perceber que a ideia dele encontrando prazer em outro lugar era altamente perturbadora.

– Então, até mais tarde – Gray fechou a porta, e Isabel ficou encarando a madeira por um longo momento após sua partida.

Nas horas seguintes,v ela tomou banho e comeu uma refeição leve. Normalmente, trocaria algumas fofocas com Mary durante o banho. Os criados sempre sabem mais do que todos e ela gostava de ouvir o que eles tinham para dizer. No entanto, hoje Isabel estava quieta. Sua mente estava ocupada com os eventos da tarde. Sabia que algumas das mulheres que visitaram sua casa possuíam um conhecimento íntimo de seu marido. Nos últimos quatro anos, ela cruzara o caminho dessas mesmas mulheres e não sentira nada. Agora, incomodava-a ao ponto de não conseguir parar de pensar sobre isso.

Mas pior do que isso eram as novas mulheres, não aquelas de seu passado, mas as de seu futuro. Aquelas que vieram tocá-lo e sorrir com malícia. Todas tão certas de que Isabel não se importaria. E por que se importaria? Ela tinha Hargreaves e nunca se importara antes. Mas a verdade era que se importava. Saber que uma daquelas mulheres em breve compartilharia a cama de Gray provocava uma ebulição em suas veias. Vestida apenas com seu *chemise* e um espartilho, mesmo assim ela sentia o calor de seus pensamentos e frustrações.

Isabel fechou os olhos enquanto sua dama de companhia penteava seu cabelo e o prendia para cima, criando um penteado popular com cachos curtos emoldurando seu rosto. Ouviram uma leve batida na porta, que se abriu sem mais aviso. Aquela atitude já era irritante em si, mas o que chamou sua atenção foi a direção de onde o som veio. Abrindo os olhos, ela olhou para o lado e observou Gray entrar vindo do quarto adjunto.

– O quê? – ela exclamou.

Gray respirou fundo e depois se esticou em sua poltrona favorita.

– Você está linda – ele disse, como se fosse perfeitamente normal para ele entrar na suíte principal – Ou melhor ainda, você está matadora. Essa expressão existe, Pel? Se não, deveria, com sua imagem ao lado da definição no dicionário.

Desde que se casaram, ele manteve um quarto ao lado do dela. Isabel havia oferecido para ficar com uma suíte na área de hóspedes, já que esta era sua casa e o casamento era uma farsa, mas ele argumentou citando que ela passava muito mais tempo em casa do que ele. O que era verdade. Ela dormia em sua cama todas as noites. Gray às vezes não dormia em seu quarto por dias a fio.

Esse pensamento mudou seu humor.

– O que você estava fazendo no quarto adjunto?

Ele piscou inocentemente.

– Nada de especial. Por quê?

– Não há nada ali além de móveis vazios.

– Pelo contrário – ele disse – A maioria das minhas posses está ali. Pelo menos aquelas que uso regularmente.

Isabel apertou os dedos ao redor de sua penteadeira. A ideia de Gray dormindo a apenas alguns metros, com apenas uma porta separando-os, excitou-a instantaneamente. Imaginou seu corpo nu, igual flagrara no alfaiate. Ficou imaginando se ele dormia de bruços, com aqueles braços poderosos envolvendo um travesseiro e aquele traseiro exuberante exposto para sua vista. Ou talvez de costas? A sensação de seu pau ficara impressa no corpo de Isabel desde a noite passada. Aquela extensão quente e rígida... Nu... O lindo corpo de Gray esparramado na cama... Em meio aos lençóis...

Oh, Deus...

Engolindo com dificuldade, ela desviou os olhos antes que ele pudesse ler seus pensamentos ou enxergar sua inquietação.

– Bartley herdou uma galinha.

– Como é? – Isabel voltou os olhos para seu marido novamente. Assim como na noite anterior, ele estava vestido com calças largas e camisa com as mangas enroladas, uma visão tentadora, coisa que ele com certeza estava ciente. Eles teriam que lidar com a mudança de quartos eventualmente, mas Isabel não sentia ânimo para discutir o assunto agora. Já teria uma discussão pela frente quando encontrasse Hargreaves.

– A tia de Bartley era uma excêntrica – ele respondeu, dirigindo a voz diretamente para cima ao deitar-se de costas – Ela possuía uma galinha de estimação. Na última vez em que a visitou, ela estava tão animada com sua galinha que Bartley sentiu que era melhor concordar e dizer que era a galinha mais bonita que já havia visto na vida.

– Uma galinha bonita? – os lábios dela tremeram, segurando uma risada.

– Exatamente – ela não deixou de notar a diversão em sua voz. – Quando ela faleceu, deixou parte de suas posses para muitos parentes e...

– Bartley ficou com a galinha.

– Sim – os olhos de Gray encontraram os de Isabel pelo reflexo do espelho quando ela se levantou para ajeitar o vestido – Não, não ria, Pel. Isso é sério, sabe?

A dama de companhia também segurou uma risada.

– Oh, é claro – Isabel disse num tom de voz sério.

– A pobre criatura é maluca por Bartley. Afinal, galinhas têm cérebro do tamanho de uma ervilha, não é mesmo?

– Gray! – ela gritou, finalmente libertando a risada.

– Aparentemente, ele não pode mais sair em seu jardim. Assim que aparece por lá, a galinha começa a cacarejar atrás dele – Gray levantou-se num único movimento fluido e estendeu os braços – Ela corre atrás dele com as asas abertas de alegria e voa para os braços de seu amado.

Isabel e Mary, a dama de companhia, começaram a rir alto.

– Você está inventando essa história!

– Não, não estou. Embora eu admita que tenho uma imaginação fértil – ele disse, aproximando-se dela –, mesmo eu não poderia imaginar uma fêmea louca por Bartley, seja uma galinácea ou de qualquer outra espécie.

Gray sorriu para Mary.

– Pode deixar que eu cuido do resto aqui.

A dama de companhia fez uma reverência e se retirou. O sorriso de Isabel diminuiu quando ele chegou perto dela por trás e começou a trabalhar na fileira de pequenos botões que subiam por suas costas. Ela prendeu a respiração, tentando não aspirar seu aroma.

– Estávamos indo tão bem, Gray – ela reclamou – Por um momento, senti a amizade que tínhamos antes. Por que arruinar tudo ao me lembrar desta maldita atração?

Seus dedos acariciaram as costas de Isabel sobre o *chemise*.

– Arrepios. Você não sabe o quanto é difícil para um homem ficar tão perto de uma mulher que ele deseja, e sentir que esse desejo é recíproco, mas depois não poder fazer nada a respeito.

– Amigos – ela insistiu, secretamente surpreendida com a firmeza da própria voz – É a única maneira de fazer este casamento funcionar.

– Posso ser seu amigo e também seu amante – sua boca quente e aberta pressionou o topo do ombro de Isabel.

– E o que acontecerá conosco quando deixarmos de ser amantes?

Envolvendo os braços na cintura dela, Gray encostou o queixo em seu ombro e encarou o reflexo do casal no espelho. Ele era tão mais alto do que ela. Precisou se abaixar, envolvendo-a completamente.

– O que você quer que eu diga, Isabel? Que sempre seremos amantes?

Suas mãos abaixaram o vestido solto e tomaram os seios, apertando gentilmente, raspando os quadris contra seu traseiro. A clara evidência de sua excitação era inconfundível, e um calor se espalhou instantaneamente sobre a pele de Isabel. Ela estava pronta para o sexo, com seu corpo repetidamente excitado pelas seduções de Gray. Isabel fechou os olhos com um gemido grave.

– Olhe para nós – ele exigiu – Abra os olhos. Veja o quanto você está corada, o quanto quer isso – dedos fortes e ágeis beliscavam seus mamilos.

– Eu sei que poderia fazer você gozar assim, totalmente vestida. Você gostaria disso, Isabel? – Gray lambeu sua pele úmida – É claro que gostaria.

Com medo de ver a si mesma em seus braços, ela sacudiu a cabeça.

Gray se ajeitou, alinhando os quadris para poder esfregar seu pau contra ela, subindo e descendo, com aquela extensão rígida fazendo Isabel ofegar em quase desespero. Ele continuava a castigar seus mamilos, puxando, apertando e torcendo até ela gritar de prazer. Isabel sentia cada movimento de seus dedos como se estivessem entre suas pernas.

– Não posso dizer que seremos sempre amantes – a voz áspera deslizou por sua pele, enrijecendo ainda mais seus mamilos. Ele gemeu – Mas posso dizer que se minha luxúria for a metade do que é agora, eu ainda a desejaria desesperadamente.

Mas Isabel sabia que mesmo assim ele ainda desejaria outras mulheres. Mesmo quando estava apaixonado por Emily, Gray não era fiel. Apesar desse fato, ela arqueou as costas, impulsionando os seios nas mãos dele e o traseiro em seu pau ereto. Gray rosnou, num alerta grave e profundo.

– Fique em casa comigo.

A tentação para obedecer era quase insuportável. Ela queria jogá-lo no chão, afundar o corpo em seu pau e cavalgá-lo até ficar saciada.

– Eu nunca quis você – ela gemeu, ondulando em seus braços, cada parte de si tentando se conter. Ela estava quase louca de desejo, preparada para jogar fora tudo que pensava para ficar com ele. Mas parte de sua razão não se deixava abafar – Nem uma vez sequer olhei para você e pensei em compartilhar sua cama.

Mas agora, não conseguia parar de pensar nisso.

Forçando os olhos a abrir, Isabel encarou o espelho e observou a si mesma se contorcer entre suas mãos habilidosas e seu corpo rígido. Nesse momento, ela se odiou, odiou enxergar um eco da garota que fora há quase uma década, impotente diante de um desejo feito especialmente para o prazer de um homem.

Gray apertou o abraço, prendendo-a com força contra seu peito. Sua boca, quente e molhada, raspou por toda a garganta e ombro de Isabel.

– Deus, eu quero foder você – ele rosnou, beliscando novamente os mamilos – Estou até com medo de ser brutal demais.

Suas palavras grosseiras eram mais do que ela podia suportar. Soltando um grito, Isabel atingiu o clímax, sentindo espasmos em seu sexo tão fortes que seus joelhos fraquejaram. Gray a segurou de pé, com braços potentes e firmes.

Ofegando, Isabel desviou os olhos de seu reflexo em direção ao retrato de Pelham. Olhou para os olhos negros que a levaram no passado a uma decadência sexual e a fizeram se importar com cada uma de suas amantes. Lembrou-se de cada ocasião em que fora obrigada a sentar-se na presença de uma delas em eventos sociais, ou sentir o perfume delas na pele de seu marido. Pensou em todas as mulheres que estiveram em sua casa com seus sorrisos hipócritas e sentiu seu estômago se revirar com violência, apagando sua excitação instantaneamente.

— Solte-me — ela disse, com a voz grave e determinada. Isabel se ajeitou, afastando-o.

Gray se endireitou atrás dela.

— Ouça sua respiração e as batidas rápidas do seu coração. Você quer isto tanto quanto eu.

— Não, não quero — ela sentiu um pânico quando ele a soltou, praguejando. Então, Isabel girou de frente para ele com os punhos cerrados, cada célula de seu corpo tentando transformar desejo em apenas pura raiva — Fique longe de mim. Volte para seu quarto. Me deixe em paz.

— Qual é o seu problema? — Gray passou as duas mãos sobre os cabelos — Não consigo entender você.

— Não quero uma relação sexual com você. Já disse isso inúmeras vezes.

— Por que não? — ele disse, irritado, começando a andar nervosamente de um lado a outro.

— Não me provoque novamente, Gray. Se continuar a me forçar, serei obrigada a partir.

— *Forçá-la?* — ele apontou o dedo para ela, com seu corpo tenso denunciando sua frustração. — Nós vamos resolver isso. Hoje.

Erguendo o queixo, Isabel subiu o vestido para cobrir os seios e sacudiu a cabeça rapidamente.

— Tenho planos para hoje à noite. Já disse isso.

— Você não pode sair — ele zombou — Olhe para você. Está toda trêmula com vontade de uma boa sessão de sexo.

— Isso não é problema seu.

— É sim.

— Gray...

Ele cerrou os olhos.

– Não envolva Hargreaves nisso, Isabel. Não corra atrás dele para saciar as necessidades que eu provoquei em você.

Isabel ficou boquiaberta.

– Você está me ameaçando?

– Não. E você sabe disso. Estou fazendo uma promessa: se você for atrás de Hargreaves para aliviar os desejos que eu despertei com o *meu* toque, então eu irei desafiá-lo.

– Não posso acreditar nisso.

Ele jogou as mãos para o ar.

– Nem eu. Aí está você, cobiçando meu corpo. Aqui estou eu, pronto para fodê-la até que nenhum de nós consiga mais andar. Qual é o problema, Isabel? Você pode me dizer?

– Não quero arruinar nosso casamento!

Gray respirou fundo.

– Eu devo lembrá-la, minha querida esposa, que casamentos, por natureza, incluem sexo. Entre os cônjuges, e não terceiros.

– Não o nosso casamento – ela disse firmemente – Nós tínhamos um acordo.

– Aquele maldito acordo! Meu Deus, Pel. As coisas mudaram – ele deu um passo em direção a ela com os braços abertos e a expressão no rosto suavizando.

Ela correu para sua escrivaninha, deixando o móvel como uma barreira entre eles. Se Gray a tocasse, Isabel iria se desmanchar.

Gray fechou o rosto novamente.

– Como quiser – ele disse friamente – Mas não é isso que você deseja. Eu notei seu comportamento hoje e a maneira como olhava para cada mulher que entrava pela porta. A verdade é que, seja lá qual for seu argumento para não me querer em sua cama, você também não me quer na cama de qualquer outra mulher – Gray fez uma reverência – Entretanto, seu desejo é minha ordem. Você pode ficar pensando no seu erro sozinha.

Antes que ela pudesse reagir, ele se retirou. E embora Isabel se arrependesse imediatamente de suas palavras, ela não correu atrás dele para dizer que poderia ficar.

CAPÍTULO 6

Gerard percorria a passos largos o corredor que dava no quarto de hotel de Lady Stanhope enquanto praguejava contra sua esposa teimosa.

Havia benefícios em obedecer Isabel. Seu desejo por ela era quase insuportável, fazendo Gray forçar demais e a assustar. Isso ele entendia, e também entendia que não estava dando tempo suficiente para que ela se acostumasse com seu retorno e interesse inédito. Era verdade que transar com Bárbara aliviaria sua fome, mas *droga*! Não queria aliviar nada. Queria experimentar aquela paixão intoxicante com Isabel, não com uma substituta.

Mas a ideia de sua esposa com Hargreaves o enfurecia tanto que seu sangue parecia ferver. Não deixaria ela saciar suas necessidades enquanto ele ficava em casa sofrendo. Gerard bateu na porta de Bárbara e entrou imediatamente.

– Eu sabia que você viria – ela disse, já nua na cama, usando apenas uma fita negra ao redor da garganta. Ele endureceu instantaneamente, como qualquer homem ficaria diante daquela visão. Bárbara era uma linda mulher com um grande apetite sexual, o bastante para transformar sua raiva e frustração em um desejo adúltero.

Tirando o casaco e desabotoando o colete, Gray se aproximou da cama com uma firme determinação.

Bárbara ficou de joelhos e começou a ajudá-lo a se despir.

– Grayson – ela sussurrou com sua voz inocente, enquanto suas mãos ansiosas puxavam a calça para o chão – Você está tão excitado hoje.

Ele subiu por cima dela, prendendo-a na cama, depois rolou para o lado, trazendo-a para cima de seu corpo.

— Você sabe o que fazer — ele murmurou, depois ficou deitado lá, encarando o teto, com a mente desconectada do sexo insignificante que viria em seguida.

Tirando sua camisa, Bárbara passou as mãos sobre seu abdômen musculoso.

— Acho que eu poderia gozar apenas olhando para você — ela se inclinou sobre ele, pressionando os seios contra as coxas de Gray — Mas, é claro, farei muito mais do que apenas olhar.

Gerard fechou os olhos, e pensou em Isabel.

Isabel desceu da carruagem e entrou na residência da família Hargreaves pelos estábulos. Era um caminho que já havia percorrido centenas de vezes e que a deixava cheia de expectativa. Porém, hoje era completamente diferente. Seu estômago estava embrulhado e as mãos estavam suadas.

Gray havia saído cavalgando de casa, e ela sabia que ele tinha ido buscar outra mulher. E foi ela quem o impelira a fazer isso.

Neste momento, ele provavelmente estava profundamente mergulhado em alguém, com seu lindo traseiro flexionado enquanto penetrava alguma mulher solícita. Isabel dizia a si mesma que seu casamento era melhor assim. Era melhor ele encontrar alguém agora do que depois. Mas mesmo sabendo disso, ela não se sentia melhor. As imagens em sua mente a atormentavam, e a sensação de possessividade não diminuía. Enquanto caminhava silenciosamente pelo corredor do andar de cima, Isabel não conseguia afastar a sensação de culpa e traição.

Ela bateu suavemente na porta do quarto de John, depois entrou.

Hargreaves estava sentado ao lado da lareira. Vestido com um roupão de seda colorido e segurando uma taça de conhaque na mão, ele encarava o fogo pensativamente.

— Achei que você não viria — ele disse, sem olhar para ela. Sua voz parecia arrastada, e Isabel notou a garrafa quase vazia na mesa ao lado.

— Desculpe — ela murmurou, sentando-se no chão a seus pés — Sei que as fofocas o machucam. Isso me dói muito.

– Você dormiu com ele?

– Não.

– Mas você quer.

– Sim.

Hargreaves a olhou nos olhos e tomou seu rosto com a mão.

– Obrigado por sua honestidade.

– Mandei que ele saísse hoje – Isabel sentiu o conforto de seu toque, desfrutando a paz familiar que sempre encontrava em sua presença – Ele saiu.

– Ele continuará longe?

Encostando o rosto no joelho dele, Isabel observou o fogo.

– Não tenho certeza. Ele parece determinado.

– Sim – os dedos de John deslizaram para dentro dos cabelos de Isabel – Eu me lembro dessa idade. A noção de sua própria mortalidade o atinge, e a necessidade de produzir herdeiros se torna quase insuportável.

Isabel ficou tensa.

– Ele possui dois irmãos mais jovens. Grayson não precisa de herdeiros.

A risada de John não possuía nenhum humor.

– Quando ele disse isso para você? Quando vocês se casaram? Quantos anos ele tinha, vinte e dois? É claro que não estava interessado em filhos naquela época. É assim com a maioria dos homens. Sexo é o principal objetivo, e gravidez não diminui em nada esse desejo.

Ela pensou na animação juvenil de Gray em relação à gravidez de Emily, e sentiu suas veias congelarem. Gray já havia mostrado um desejo grande por filhos antes.

– Ele é um marquês, Isabel – Hargreaves disse, com os lábios na taça e os dedos em seus cabelos – Ele precisa de um herdeiro, e embora possua irmãos, um homem precisa produzir sangue de seu sangue. Que outra razão ele ofereceu para seu retorno?

– Ele disse que se sentia culpado por me deixar sozinha para encarar os boatos.

– Não sei se Grayson é capaz de um altruísmo desses – Hargreaves disse secamente, deixando a taça vazia na mesa ao lado – Ele teria que ser um homem totalmente diferente daquele que eu conheci há quatro anos.

Encarando o fogo, Isabel sentiu-se repentinamente tola e magoada. Ficou sentada ali por um longo tempo observando as chamas dançarem.

Mais tarde, a mão de John se moveu até chegar ao ombro dela. Isabel virou a cabeça e o encontrou dormindo. Dividida e terrivelmente confusa, ela se levantou e apanhou um cobertor. Após deixá-lo confortável, ela foi embora.

Gerard afastou o rosto quando Bárbara tentou beijá-lo. O perfume dela era enjoativo demais, um aroma almiscarado que no passado ele considerava atraente, hoje considerava insosso. Seu pau estava rígido como pedra, pulsando na mão de Bárbara: seu corpo respondia aos movimentos que ela fazia tão habilmente, embora sua mente estivesse longe. Ela sussurrava palavras chocantes e depravadas em seu ouvido, depois o montou, preparando-se para cavalgá-lo.

— Estou tão feliz por você ter voltado para casa, Grayson — ela sussurrou.

Casa.

A palavra ecoou em sua mente e fez seu estômago revirar. Nunca tivera uma casa. Na infância, a amargura de sua mãe envenenara todo o ambiente ao seu redor. A única vez que se sentira relaxado e aceito foi com Pel. Porém, isso acabou com a recém-descoberta atração entre eles, mas Gray faria o que fosse possível para recuperar aquilo.

E seu presente encontro não era a maneira certa para fazer isso.

Aqui não era sua casa. Era um hotel, e a mulher que se preparava para transar com ele não era sua esposa. Agarrando sua cintura, Gerard se virou rapidamente, jogando-a para o lado na cama.

Bárbara soltou um gemido de prazer.

— Sim! Eu estava imaginando quando você entraria no espírito da coisa.

Gerard enfiou a mão entre suas pernas e a masturbou até o orgasmo. Sabia exatamente como ela gostava, e onde ela gostava. Bárbara gozou em questão de segundos, e ele se viu livre para deixar aquele sórdido encontro.

Liberando um suspiro frustrado, ele rolou pela cama, vestiu a calça e se dirigiu para o lavabo no canto do quarto.

— O que você está fazendo? — ela ronronou, espreguiçando como um gato.

— Limpando as mãos. Depois vou embora.

— Não, não vá! — ela se sentou. Com seu rosto corado e boca vermelha, ela estava linda. Mas não era o que ele queria.

— Desculpe, querida – ele disse, esfregando as mãos na bacia – Não estou no clima hoje.

— Você está mentindo. Seu pau está tão duro quanto pedra.

Gerard se virou e apanhou o casaco.

Bárbara relaxou os ombros.

— Ela é velha, Grayson.

— Ela é minha esposa.

— Isso nunca incomodou você antes. Além disso, ela tem Hargreaves.

Ele ficou tenso e apertou o queixo.

— Ah. Acertei em cheio – o sorriso dela parecia diabólico como sempre. – Eles estão juntos agora? É por isso que você veio me procurar? – abrindo as pernas, ela se encostou nos travesseiros e desceu a mão entre as coxas – Por que só ela pode se divertir? Eu posso oferecer a mesma distração.

Abotoando o último botão do colete, Gerard começou a se retirar.

— Boa noite, Bárbara.

Ele deu apenas alguns passos no corredor quando ouviu algo frágil se espatifar contra a porta. Sacudindo a cabeça, Gerard desceu as escadas rapidamente, ansioso para chegar em casa.

Confortavelmente acomodada em seu próprio quarto, Isabel dispensou Mary logo após se despir.

— Mas traga-me um pouco de vinho – ela murmurou quando a dama de companhia fez uma reverência.

Quando ficou sozinha, ela se afundou na poltrona em frente à lareira e começou a pensar em Hargreaves. A situação era tão injusta para ele. John sempre a tratara bem, ela o adorava, e odiava a si mesma por estar tão confusa. Sua mãe diria que não existe monopólio sobre o desejo, e a vida provara que isso era verdade. A duquesa não via problema nenhum em desejar dois homens ao mesmo tempo. No entanto, Isabel sempre acreditou que uma pessoa deveria ser forte o bastante para resistir a certas demandas básicas, se ela realmente se importasse.

Vários minutos depois, uma batida na porta aberta chamou sua atenção, e ela fez um gesto para Mary entrar. A criada equilibrava numa das mãos uma garrafa de vinho e uma taça numa bandeja. A outra estava cheia de toalhas.

– Para que são essas toalhas? – Isabel perguntou.

– Perdão, milady, Edward pediu as toalhas para o banho de Lorde Grayson.

Edward era o criado de Gray. Já era quase madrugada. Seu marido estava lavando os aromas de suas atividades carnais enquanto ela sentava ali, sentindo-se culpada e melancólica. Repentinamente furiosa com essa injustiça, ela se levantou e apanhou as toalhas.

– Pode deixar que eu faço isso.

Os olhos da garota se arregalaram, mas ela obedeceu, deixando a garrafa e a taça antes de se retirar.

Isabel cruzou o boudoir até o quarto de vestir e, sem nenhum aviso, abriu a porta para a sala de banho.

Gray estava deitado na banheira em meio ao vapor d'água, apoiando a cabeça na beirada e com os olhos fechados. Ele não se mexeu quando ela entrou, e Isabel tomou um breve momento para absorver a visão de seu peito largo e pernas poderosas. Toda sua beleza estava visível através da água límpida, incluindo o impressionante pênis que ela apenas havia sentido brevemente. Isabel ficou instantaneamente excitada, o que apenas aumentou sua irritação. Um olhar cerrado para Edward fez o criado sair apressado da sala.

Gray respirou fundo, depois seu corpo ficou tenso em toda parte.

– Isabel – ele sussurrou, abrindo lentamente os olhos. Ele a encarou com aqueles olhos impossivelmente azuis, e não fez esforço algum para se cobrir.

– Você se divertiu hoje? – ela disse.

Ele franziu os lábios.

– Eu pergunto o mesmo para você.

– Não, não me diverti, e a culpa é inteiramente sua.

– É claro – o silêncio se estendeu, e o ar entre eles parecia pesado com coisas não ditas e desejos não saciados – Você transou com ele, Pel? – Gray finalmente perguntou, com um tom de voz áspero.

O olhar dela passeou sobre a extensão de seu corpo.

– Transou? – ele repetiu quando ela permaneceu em silêncio.

– Hargreaves estava mais interessado em suas bebidas. E estava se sentindo miserável – *enquanto você passava uma noite prazerosa na cama de uma mulher qualquer.* Esse pensamento a enraiveceu tanto que Isabel jogou as toalhas no rosto de Gray, e então ela girou nos calcanhares – Espero que você tenha transado bastante por todos nós.

– Mas que droga. Isabel!

Ouvindo a água se agitar, ela começou a correr. Seu quarto ficava perto, ela poderia fugir e...

Gray a agarrou pela cintura e levantou seus pés do chão. Ela se debateu, chutando e batendo os cotovelos, deslizando em seu corpo molhado e no robe de cetim que ela vestia.

– Pare com isso – ele rosnou.

– Solte-me!

Ela se virou e puxou o cabelo dele.

– Ei, isso dói!

Ele se desequilibrou, depois caiu de joelhos, jogando Isabel de cara no chão e cobrindo seu corpo com o seu próprio. O robe de cetim ficou encharcado nas costas, os seios pressionados no tapete.

– Eu odeio você!

– Não, não odeia – ele murmurou, esticando os braços dela acima da cabeça.

Isabel se contorceu o máximo que podia debaixo do peso do corpo de Gray.

– Não consigo respirar – ela ofegou. Ele deslizou para o lado, mantendo uma perna pesada sobre ela e ainda prendendo os braços – Desista, Gray. Você não tem o direito de me atacar assim.

– Tenho todo o direito. Você transou com ele?

– Sim – ela virou a cabeça para encará-lo – Transei com ele a noite inteira. De todas as maneiras imagináveis. Eu chupei seu...

Gray a beijou tão forte que ela até sentiu gosto de sangue. A língua dele deslizou para dentro de sua boca, penetrando num ritmo brutal. Ele segurou os dois pulsos dela com apenas uma mão, enquanto a outra buscou a barra de seu robe e puxou para cima.

O coração de Isabel martelava furiosamente dentro do peito. Instigada além do suportável, ela mordeu o lábio de Gray. Ele jogou a cabeça para trás, praguejando.

– Solte-me!

O robe ficou preso debaixo de Isabel, impedindo o progresso de Gray, que se moveu para tentar terminar o que havia começado. O alívio da pressão permitiu que ela o derrubasse para o lado. Ela rapidamente se apoiou nas mãos e nos joelhos.

– Isabel – ele rosnou, se lançando na direção dela. Gray agarrou a barra do robe e puxou, fazendo os frágeis laços em seus ombros se rasgarem. Ela se arrastou para fora do robe arruinado, determinada a alcançar seu quarto. Pensou que fosse conseguir, mas um segundo depois seu calcanhar foi agarrado com força. Chutando com o pé livre, ela lutou desesperadamente, mas Gray era forte demais. Ele subiu por cima dela, subjugando seus braços e enfiando a coxa entre suas pernas.

Lágrimas de frustração correram por seu rosto.

– Você não pode fazer isso – ela gritou, contorcendo-se, lutando mais contra o desejo dentro de si do que contra Gray. Enquanto se debatia, o calor de sua ereção era um peso inequívoco apertando seu traseiro.

Ele mais uma vez prendeu seus braços sobre a cabeça usando apenas uma mão. A outra desceu gentilmente por seu corpo até chegar ao meio das pernas. Ele abriu as dobras de seu sexo, deslizando dois dedos dentro de Isabel.

– Você está molhada – ele gemeu, movimentando os dedos pela evidência da excitação dela. Isabel torceu os quadris numa tentativa de escapar daquela sondagem – Acalme-se – Gray mergulhou o rosto na curva de seu pescoço – Eu não transei com ninguém hoje, Isabel.

– Mentira.

– Isso não quer dizer que não tentei. Mas no fim, era você quem eu queria.

Ela sacudiu a cabeça, chorando silenciosamente.

– Não. Eu não acredito em você.

– Sim, você acredita. Você conhece muito bem o corpo dos homens. Eu não poderia estar duro assim se tivesse gozado a noite inteira.

Seus dedos, lisos com o creme de Isabel, encontraram o clitóris e circularam ao redor. Ela arqueou as costas, sentindo o sangue nas veias engrossar com tanto desejo. Ele a cercava completamente, seu corpo rígido a prendia contra o chão. Um dedo se enterrou dentro dela até desaparecer. Isabel estremeceu e encharcou a mão de Gray.

– Shh – ele a acalmou, sussurrando num tom de voz grave e encorpado em seu ouvido – Deixe-me aliviar você. Nós dois estamos extenuados.

– Não, Gray.

– Você quer isto tanto quanto eu.

– Não, não quero.

– Quem está mentindo agora? – ele retirou o dedo, agarrando e erguendo sua coxa, liberando assim o caminho. Gray passou o braço debaixo da cabeça dela, usando o bíceps como apoio para seu rosto e agarrando o seio esquerdo – Eu preciso de você.

Ela tentou fechar as pernas, mas encontrou a ponta de seu pau, logo abaixo da entrada de seu sexo. Gray se esfregou nela e beliscou um mamilo. Isabel gemeu, com a pele já úmida de suor.

– Você está quente e molhada esperando por meu pau – ele raspou os dentes em seu ombro – Diga que você não me quer.

– Eu não quero você.

Sua leve risada retumbou pelas costas dela. A grossa ponta de sua ereção a invadiu, esticando-a, pressionando quase o bastante para ela gozar, mas ainda não o suficiente. Os quadris de Isabel se moveram por vontade própria, esforçando-se para ter mais, mas ele se segurou para manter apenas aquele pouquinho dentro dela.

– Não – ele alertou, repentinamente muito mais controlado, como se a conexão carnal o acalmasse de algum modo – Você não me quer.

– Maldito – ela raspava o rosto em seu braço, limpando as lágrimas que não paravam de cair.

– Diga que você me quer.

– Eu não quero – mas um gemido escapou de sua boca, e seus quadris mexeram inquietos, massageando o pau dentro dela.

– Isabel... – ele enterrou os dentes gentilmente em seu ombro, impulsionando a cintura para deslizar a ereção um pouco mais fundo – Pare com isso, ou vou gozar antes de você.

– Você não se atreveria! – ela ofegou, horrorizada pela ideia de ser abandonada nessa agonia.

– Se continuar assim, não vou conseguir me controlar.

Ela gemeu toda sua miséria, mergulhando o rosto em seu braço.

– Você quer me engravidar.

– O quê? – ele congelou – Que diabos você está falando?

– Confesse – ela disse com a voz rouca e o peito apertado – Você voltou para produzir um herdeiro.

Para a surpresa de Isabel, ele estremeceu diante dela.

– Que ideia ridícula. Mas sei que você não vai acreditar em mim, então prometo não gozar dentro de você. Não até você querer que eu faça isso.

– Você está certo. Eu não acredito.

– Você ainda vai me enlouquecer, sua maldita teimosa. Pare de arrumar desculpas e simplesmente admita que você me quer. Só depois eu darei isto – ele a penetrou levemente – E não meu sêmen.

– Você é uma pessoa terrível, Grayson – ela se ajeitou, desesperada para se tocar e ter um orgasmo.

– Na verdade, sou uma ótima pessoa – ele passou a língua em sua orelha – Permita que eu prove.

– Você não me dá escolha – ela estremeceu novamente, sentindo suas peles grudarem com o suor – Você não me solta.

Gray suspirou e abraçou com mais força.

– Não *posso* soltar, Isabel – ele raspou a boca contra sua garganta e inchou dentro dela – Deus, eu amo o seu cheiro.

E ela amou a sensação de acomodá-lo dentro de si, grosso e rígido, com sua ereção tão grande e viril quanto o resto de seu corpo. Pelham a havia prendido com a mesma armadilha – esse prazer enlouquecedor que fazia uma mulher querer ser jogada na cama e fodida eternamente. Uma escrava do prazer.

Isabel estava fraca demais para continuar protestando quando os dedos de Gray encontraram seu clitóris e massagearam a pele esticada ao redor para acomodar o pênis.

– Sou mais grosso na base – ele murmurou, com um tom diabólico – Imagine como será quando eu penetrar você.

Ela fechou os olhos e suas pernas se abriram num convite silencioso.

– Então, faça isso.

– É o que você quer? – a surpresa dele era sincera.

– Sim! – Isabel golpeou as costelas de Gray com o cotovelo e ouviu seu grunhido de dor – Seu cretino arrogante.

Entrelaçando os dedos com as mãos dela, Gray rosnou profundamente e começou a penetrar com movimentos curtos. Ele forçou Isabel a sentir cada centímetro, esticando-a em cada passagem, afirmando seu poder e sua posse. Com os sentidos devastados pela sensação que ele proporcionava, ela soltou um grito de prazer e alívio.

Era uma declaração de conquista, uma conquista que ela podia dizer que resistira até o fim.

Apertando as mãos juntas, Isabel se rendeu ao seu novo vício, deixando escapar um soluço de desespero.

CAPÍTULO 7

Gerard cerrava os dentes enquanto penetrava Isabel, deixando seu clitóris inchado. Apertando-a contra seu peito, ele lutava para se controlar, cada célula de seu corpo se concentrava no prazer ardente de seu sexo e os gemidos afogados que ela soltava. Naquele êxtase febril, até a raiz de seu cabelo queimava, trocando a umidade do banho pela umidade do suor.

— Oh, Pel — ele gemia, empurrando a perna dela para o lado para penetrar mais fundo — Estar dentro de você é o paraíso.

Ela se contorcia, e os movimentos dos quadris causavam um estímulo que ele mal conseguia aguentar.

— Gray...

Aquele suplício sussurrado fez Gray estremecer.

— Droga, pare de se contorcer antes que eu perca o pouco controle que ainda tenho.

— Você chama isso de controle? — ela ofegou, arqueando os quadris numa exigência silenciosa — Então, como você fica sem controle nenhum?

Ele soltou as mãos dela e abraçou seu corpo esguio.

Muitas vezes em sua vida Gray esteve naquela situação. Muitas vezes liberou seus impulsos mais básicos. Mas nunca a necessidade fora tão forte quanto com Isabel. Sua beleza, curvas e sexualidade exuberantes pareciam feitas para um homem tão primitivo em seus desejos quanto Gray. Ela estava muito acima dele há quatro anos, embora sua arrogância nunca permitiria que ele admitisse isso. Agora estava preocupado que *ele* seria demais para ela. E assustá-la não era uma opção.

Gray agarrou o corpo de Isabel e a ergueu sobre si.

— O q-quê? — ela ofegou, e seus cabelos caíram sobre o rosto e ombros dele, afogando-o com seu aroma. Seu pau ficou impossivelmente mais duro.

— Quero que me cavalgue — ele rosnou, soltando-a como se suas mãos queimassem ao tocá-la. Sentir o corpo dela debaixo de si era quase demais para ele. O que Gray queria mesmo era ficar por cima dela e penetrar seu sexo apertado sem misericórdia até ele se saciar totalmente. E então repetir. Mas ela era sua esposa e merecia um tratamento melhor. Já que não podia confiar em si mesmo para liderar, ele precisava entregar o controle para ela.

Isabel hesitou, e ele pensou por um momento que ela mudaria de ideia e o rejeitaria novamente. Mas ela apoiou as mãos no chão e ergueu o torso. Isabel desceu deslizando por seu pau, até seus lábios encharcados beijarem a base da ereção. Gray fechou os punhos ao mesmo tempo em que ela gemia. A posição do corpo dela deixava seu pênis em um ângulo delicioso.

— Meu Deus, Gray. Você é tão...

Fechando os olhos com força, Gerard prendeu a respiração diante do elogio afogado. Ele entendia aquilo que ficou no ar. Não havia palavras para isso.

Talvez fosse simplesmente por causa da montanha-russa de excitação e rejeição que ela o submetia como nenhuma outra mulher fizera antes. Talvez fosse porque ela era sua esposa, e essa nova demonstração de verdadeira posse aumentava a intensidade do momento. Seja o que fosse, o sexo nunca fora assim, e eles mal tinham começado.

— Você precisa se mexer, Pel — abrindo os olhos, ele engoliu em seco quando ela estendeu os braços para trás e seus cabelos se acumularam no peito de Gray. Ele pensou em como fariam isso. Ela levantaria para encará-lo? Observá-la gozando seria um grande prazer, mas a ideia de separar seu pau do corpo dela era quase insuportável.

— Eu preciso? — ela ronronou com um tom de voz provocador, e embora não pudesse enxergar seu rosto, ele sabia que seu olhar era manhoso. Ela ergueu uma mão, deixando o peso se assentar mais firme sobre o outro braço e o traseiro se aninhar entre as coxas dele. Gray permaneceu parado e ofegando quando Isabel levou a mão entre as pernas, primeiro provocando suas bolas, depois passando em si mesma.

Inferno. Se ela se masturbasse em seu pau, ele iria explodir.

– Você vai...? – ele começou a dizer.

E, sim, ela iria.

Ele grunhiu quando o sexo dela se apertou como um punho ao redor de sua ereção.

– Maldita!

Agarrando os quadris dela em quase pânico, Gerard a segurou levemente para cima e começou a penetrar violentamente como um homem possuído.

– Sim! – ela gritou, jogando a cabeça para trás, enterrando a garganta e boca de Gray com suas mechas ruivas. E por todo o tempo, seu corpo apertava a ereção, sugando seu sêmen, com os espasmos pulsantes quase brutais em sua intensidade.

O primeiro orgasmo inflamado de Isabel durou uma eternidade, mas Gray mordeu os lábios até sangrar e aguentou bravamente. Ele se liberou apenas quando ela desabou em seus braços, gozando forte, jorrando rios escaldantes de luxúria e desejo por suas coxas e pelo tapete.

O que ele queria era chegar ao ápice.

Mas eles mal haviam arranhado a superfície.

Pel se deitou sobre ele, ofegando, e Gray agarrou seus seios e beijou sua têmpora. Seu aroma misturado com sexo era inebriante. Ele pressionou o nariz contra sua pele e aspirou.

– Você é um homem terrível – ela sussurrou.

Gerard suspirou. É claro, ele teve que se casar com a mulher mais obstinada do planeta.

– *Você* apressou as coisas. Mas irei me certificar que a próxima vez será mais devagar. Talvez então você fique mais confortável – ele os impulsionou até sentarem.

– Próxima vez?

Gray percebeu que ela estava prestes a começar outra discussão, então levou a mão entre as pernas dela e passou os dedos levemente sobre seu clitóris. Quando ela gemeu, ele sorriu.

– Sim, na próxima vez, que irá começar daqui a pouco, assim que eu nos limpar e mudarmos para um lugar mais agradável.

Isabel se levantou, girando para encará-lo. Sua absoluta perfeição carnal atingiu Gray em cheio. Nua, Isabel Grayson era uma sereia, uma Vênus: seios fastos e quadris generosos, além de uma boca emoldurada por lábios exuberantes. Seu pau respondeu com uma pressa admirável. Os olhos de Isabel se abaixaram para testemunhar a reação, depois se arregalaram.

— Meu Deus. Acabamos de saciá-lo e você já despertou de novo?

Ele encolheu os ombros e tentou segurar um sorriso enquanto ela continuava a olhar, obviamente admirada e apenas um pouco intimidada. Levantando-se, ele apanhou a mão de Isabel e começou a conduzi-la para o banheiro.

— Não posso evitar. Você é simplesmente a mulher mais atraente que já conheci.

Isabel riu com desdém, mas o seguiu sem protestar, embora mantivesse distância. Gray olhou sobre o ombro para saber por que ela estava ficando para trás, e a flagrou com os olhos grudados em seu traseiro. Ela parecia hipnotizada, e Gray aproveitou sua distração para flexionar os músculos. Depois ele riu quando ela ficou ruborizada. Seja lá qual fosse sua objeção contra o sexo entre eles, não era por falta de interesse.

— Que tal você me contar agora sobre sua noite? — ele perguntou educadamente, testando um território novo. Gray não estava acostumado a ter conversas casuais no meio de um encontro amoroso. Sua ereção completamente inchada também não o ajudava a se concentrar. Mas não podia evitar. O olhar de sua esposa parecia queimar sua pele.

— Por quê?

— Porque você está irritada por causa disso — Gerard virou e a empurrou numa cadeira, tomando um momento para escovar aqueles cabelos que tanto admirava.

— Isso é tão constrangedor — ela reclamou, cruzando os braços sobre o peito enquanto ele apanhava uma das toalhas molhadas na banheira — O que você está fazendo? — ela perguntou, observando ele torcer a toalha para tirar o excesso de água.

— Eu já disse — Gray se abaixou diante dela, e com uma mão em cada joelho de Isabel, abriu suas pernas.

— Pare com isso! — Isabel deu um tapa em suas mãos. Ele ergueu uma sobrancelha e devolveu o tapa, embora de um jeito muito mais gentil.

– Seu bruto – ela resmungou, com olhos arregalados.

– Sua maldita. Permita-me limpar um pouco.

– Você já fez bastante, muito obrigada. Agora me deixe em paz, posso cuidar de mim mesma.

– Mas eu ainda nem comecei – ele retrucou.

– Besteira. Você já teve aquilo que queria. Vamos esquecer que isso aconteceu e continuar como estávamos.

Gerard se equilibrava em seus calcanhares.

– Já tive o que queria? Você está maluca, Pel? – ele abriu novamente suas pernas e forçou a toalha – Ainda não fiz as coisas que eu quero. Ainda não dobrei você sobre a mesa e comi você por trás. Ainda não chupei seus mamilos, ou sua... – ele passou a toalha gentilmente pelos lábios de seu sexo, depois seguiu com uma lambida repentina, parando por um breve momento para provocar o clitóris – Você ainda não ficou de costas e me recebeu propriamente. Em suma, estamos longe de terminar.

– Gray – ela o surpreendeu ao segurar seu rosto. O olhar dela parecia sincero e direto. E muito quente – Nós começamos isso com um acordo. Vamos terminar com outro.

Os olhos dele cerraram com desconfiança.

– Que tipo de acordo?

– Um acordo muito agradável. Se eu lhe der uma noite, e prometer fazer tudo que você quiser, você em troca prometeria voltar com nosso acordo original a partir de amanhã?

Seu maldito pau se levantou concordando, mas a mente de Gerard não estava assim tão disposta.

– Uma noite? – ela estava louca se pensava que seria suficiente para os dois. Ele estava tão duro agora quanto antes de gozar. Ela o afetava demais.

Gray voltou a atenção para sua tarefa, abrindo seus lábios e limpando gentilmente. Isabel era linda, corada e reluzente, e abençoada com deslumbrantes cachos negros e ruivos.

Ela passava os dedos sobre os cabelos de Gerard, e então puxou a cabeça dela para que seu olhar voltasse para seu rosto. Isabel passou os dedos sobre suas feições, seguindo primeiro o arco das sobrancelhas antes de acariciar a face, depois os lábios. Ela parecia resignada.

— Essas linhas ao redor dos seus olhos e boca... deveriam envelhecer sua aparência, diminuir sua beleza. Mas fazem o contrário.

— Me desejar não é uma coisa ruim, Isabel — ele deixou a toalha cair e envolveu sua cintura, mergulhando o rosto entre os seios, onde seu aroma era mais forte. Isabel estava nua em seus braços, mas mesmo assim havia uma barreira entre eles. Por mais forte que a abraçasse, Gray não conseguia chegar perto o bastante.

Virando a cabeça, ele apanhou seu mamilo com a boca, sugando, buscando intimidade. Lambeu e esticou a ponta, massageou com a língua e desfrutou da suavidade aveludada. Ela gemeu, agarrando sua cabeça e puxando-o para mais perto.

O desejo de Gray era como uma dor física. Ele soltou o seio e agarrou seu corpo. As pernas dela envolveram sua cintura, os braços envolveram o pescoço, e ele grunhiu sua aprovação diante daquela aceitação longamente esperada. Ele se apressou para levá-la até seu quarto, aposento que havia escolhido para ficar próximo dela. Apenas horas atrás, ele estava naquele mesmo quarto, desanimado, pensando que sua atitude havia afastado Isabel ainda mais.

Agora, ela iria marcar seus lençóis com seu cheiro, iria aquecer seu sangue e saciar sua fome. Ao deitá-la cuidadosamente na cama, sua garganta se fechou. Acima dela, a cabeceira exibia seu brasão, abaixo, estava seu cobertor de veludo. A ideia de desfrutar sua esposa num cenário tão íntimo o excitou além do possível.

— Uma noite — ela murmurou.

Gerard estremeceu, tanto por causa da respiração dela em sua pele, quanto pela percepção de que não poderia tomá-la do jeito que realmente queria. Teria que cortejá-la com seu corpo e mostrar o quanto podia ser gentil. Teria que fazê-la mudar de ideia. Teria que fazer Isabel desejá-lo incondicionalmente.

E tudo isso em apenas uma noite.

Isabel afundou entre travesseiros cobertos de linho sobre a cama de Gray e notou novamente o quanto ele havia mudado. No passado, ele preferia lençóis de seda. O que essa mudança significava, ela não sabia, mas gostaria de saber. Isabel abriu a boca para perguntar, mas ele a beijou imediatamente, pressionando os lábios com firmeza, penetrando a língua com lentas e deliberadas passadas. Gemendo, ela acolheu todo seu peso.

Gray era rígido em toda parte, cada pedaço de sua pele dourada se esticava sobre músculos poderosos. Em toda sua vida, ela nunca havia visto um corpo masculino tão lindamente formado como o de seu marido. Considerando que Pelham era ele próprio um exemplo de beleza, o elogio a Gray não era algo que ela concedia à toa.

— Pel — Gray disse em sua boca, num longo e sedutor sussurro —, vou lamber você inteira, beijar em todos os lugares, fazer você gozar a noite toda.

— E eu farei o mesmo com você — ela prometeu, passando a língua suavemente sobre seu lábio machucado. Após tomar a decisão de exaurir seu desejo mútuo, ela estava agora preparada para entregar-se de corpo e alma.

Afastando o rosto levemente para encará-la, Gray ofereceu a oportunidade para ela tomar o controle. Ela então passou o calcanhar sobre a perna dele e rolou, subindo sobre seu corpo. Depois riu quando ele rolou novamente e retomou o domínio.

— Oh, não, espertinha — ele disse, encarando-a com sorridentes olhos azuis — Eu já deixei você ficar por cima.

— E você não reclamou nem um pouco.

A boca de Gray tremeu com um sorriso represado.

— E terminou tão rápido que não tive tempo de protestar.

Ela ergueu uma sobrancelha.

— Eu acho que você ficou simplesmente sem palavras de tanto prazer.

Gray riu alto, e o som provocou o corpo de Isabel ao vibrar em seu peito. Seus mamilos enrijeceram em resposta. Os olhos cerrados de Gray denunciaram que ele percebeu a reação.

— Qualquer coisa que eu quiser — ele a lembrou, baixando a mão e separando suas pernas. Com um movimento dos quadris, a ponta de sua ereção a invadiu, forçando-a a se abrir, seu tamanho quase desconfortável, mas altamente excitante.

Isabel se derreteu imediatamente, molhando a ponta da ereção com seu creme. Seus dedos se curvaram, seu peito se apertou. Ele cheirava maravilhosamente bem, com o perfume do banho eclipsado pelo aroma primitivo de seu suor.

– Gray – seu nome era ao mesmo tempo um pedido por mais e uma súplica por menos. Ela não sabia como lutar contra a súbita sensação de conexão. Nos anos desde o falecimento de Pelham, seus encontros sexuais tinham a ver com gratificação e saciedade. Mas agora, ela sentia uma pura rendição.

Suas grandes mãos deslizaram debaixo dos ombros de Isabel, apoiando seu corpo para não esmagá-la com seu peso.

– Você vai dispensar Hargreaves.

Era uma afirmação, uma ordem, e embora Isabel desejasse poder argumentar com ele por causa de sua arrogância, ela sabia que ele estava certo. Estar tão atraída por Gray era prova de que seu interesse por John já não era o mesmo.

Mesmo assim, reconhecer isso a entristeceu, e Isabel virou a cabeça para esconder seus olhos avermelhados.

Gray raspou a boca sobre seu rosto e penetrou apenas mais um centímetro. Ela gemeu e curvou as costas, tentando esquecer o perigo de sua decisão de se entregar por uma noite.

– Eu posso fazer você feliz – ele prometeu – E prazer nunca lhe faltará, isso eu posso assegurar.

Talvez ele pudesse fazê-la feliz, mas ela não poderia fazer o mesmo por ele, e assim que ele começasse a buscar prazer em outros lugares, seu contentamento logo se transformaria em miséria.

Isabel enlaçou as pernas ao redor da cintura dele e se ergueu, lentamente envolvendo seu pau. Ela fechou os olhos e se concentrou no prazer que Grayson a proporcionava. Ele era tão longo, tão grosso. Não era de admirar que suas amantes tolerassem suas indiscrições. Não era fácil substituí-lo.

– Você prefere sexo lento, Pel? – ele perguntou num tom de voz afogado – Diga como você gosta.

– Sim... Lento... – ela arrastava as palavras e cravava as unhas nas costas dele. Isabel gostava de todos os jeitos e maneiras, mas estava rapidamente perdendo a habilidade de pensar coerentemente.

Ela se afundou no colchão enquanto ele a penetrava. Embora fosse a segunda vez na noite, seu sexo o forçava a ganhar cada centímetro novamente. Seu pau empurrava e saía num ritmo constante, e se aprofundava em cada estocada.

O suor dele pingava sobre a garganta e peito de Isabel.

– Deus, você é apertada – ele gemeu.

Ela flexionou os músculos internos apenas para aumentar seu tormento.

– Se me provocar demais, você vai se arrepender – ele alertou – Eu não quero gozar dentro de você, mas não vou parar. Você me permitiu uma noite, e vou aproveitar ao máximo.

Isabel estremeceu. *Não vou parar.* Ele iria tomá-la de um jeito ou de outro. Essa ideia a excitou, como evidenciado pela súbita onda molhada que o permitiu se aprofundar ainda mais.

– Abra mais as pernas – seus lábios tocaram a orelha de Isabel. – Quero que me receba por inteiro.

Ela já estava tão preenchida que mal conseguia respirar, mas se ajeitou de maneira que permitiu que ele chegasse até a base.

– Perfeito – ele elogiou, raspando seu rosto suado contra o dela – Agora podemos continuar tão lentos quanto você quiser.

Começando a se mexer, Gray a penetrou com uma lentidão enlouquecedora, movendo com deliberadas ondulações de seu corpo inteiro: o peito flexionando sobre ela, as coxas separando suas pernas, os dedos arranhando o topo de seus ombros.

Isabel lutou contra os sons que queriam escapar de sua garganta até não conseguir mais, jogando a cabeça para trás e gemendo angustiadamente.

– Isso – ele encorajou – Deixe-me ouvir o quanto você gosta disso – impulsionando os quadris, Gray a invadia fundo. Ela estava tão molhada que os sons ecoavam pelo quarto. Isabel gritou, arranhando as costas dele. – Meu Deus, Isabel...

Ela igualou seu ritmo, jogando a cintura para cima quando ele a penetrava. A ereção acertava um ponto sensível que ela nem sabia que existia. Isabel gemia e se contorcia, cada vez mais desesperada com aquela lentidão cadenciada.

– Mais... Quero mais...

Gray rolou para o lado e ancorou as coxas de Isabel em seus quadris. Ao penetrar mais forte, não mais rápido, os quadris batiam e estalavam nela. Aquela era uma posição íntima, com seus corpos pressionados juntos, os rostos apenas a centímetros um do outro. O ar que exalavam se misturava enquanto os dois se esforçavam em sintonia para alcançar um objetivo mútuo. Um bíceps apoiava a cabeça de Isabel, uma grande mão agarrava seu traseiro mantendo-a no lugar para receber as estocadas. Aquele olhar azul a encarava, cintilando com luxúria, o queixo se apertava e os dentes cerravam. Gray parecia sofrer uma dor física, com seu pau rígido e impossivelmente grosso.

– Goze – ele disse entre os dentes – Goze agora!

Aquela ordem em sua voz grave foi uma ameaça deliciosa que a jogou para o abismo com uma força brutal. Ela gritou um orgasmo tão poderoso que seu corpo inteiro tremeu em cada espasmo.

Gray apertava os dedos sobre ela, marcando-a, golpeando-a fundo. Ele só se retirou quando ela terminou de gozar, e então jogou a perna de Isabel para o lado para penetrá-la entre suas coxas fechadas. Ela permaneceu parada e ficou admirada quando ele gozou entre suas pernas, gemendo em cada movimento, com os lábios abertos ofegando em sua testa.

Mesmo quando Gray despejou o sêmen sobre o cobertor, Isabel sabia que estava arruinada. Agora, ela queria *isto*, queria sentir esse nível de sensações durante o sexo.

Ela o odiou por lembrá-la de como poderia ser, lembrá-la do que estava perdendo, lembrá-la daquilo que evitara nos últimos sete anos. Ele ofereceu uma amostra viciante daquilo que em breve tiraria dela.

Isabel já sentia saudade disso, e já sofria essa perda.

Foi o som dos criados trabalhando no quarto de banho que primeiro fez Gerard abrir os olhos, mas foi o aroma de sexo e flores exóticas que fez o resto dele acordar. Resmungando por causa da intrusão, ele analisou rapidamente a situação.

Seu braço esquerdo estava dormente por servir como travesseiro para a cabeça de Isabel. Ele estava deitado de costas, com o traseiro de sua esposa sobre seus quadris e as costas dela aninhadas ao seu lado. Ela se cobria com um lençol, ele estava descoberto. Gray não tinha noção das horas, mas isso não importava. Ainda estava cansado, e se a leve respiração rítmica de Isabel era alguma indicação, ela também estava.

Transara com ela por horas, saciando sua fome apenas um pouco a cada vez. Mesmo agora seu membro ainda estava de pé, excitado pela sensação da proximidade e o cheiro de Isabel. Embora estivesse exausto, Gray sabia que não dormiria com uma ereção daquelas. Ele rolou sobre Isabel, tirando o lençol que a cobria e trazendo a perna dela sobre seu corpo. Usando dedos gentis, ele tocou seu sexo, sentindo o calor e o inchaço.

Gray lambeu a ponta do dedo médio e acariciou o clitóris, circulando, esfregando, provocando. Ela gemeu e tentou afastar sua mão sem muito entusiasmo.

— Chega, seu maldito — ela murmurou, com a voz rouca de sono e mau humor. Mas quando mergulhou nela, descobriu que já estava molhada.

— Seu sexo discorda de você.

— Meu sexo não sabe de nada — ela empurrou seu braço novamente, mas ele apenas se aconchegou mais perto. — Estou exausta, seu bruto. Deixe-me dormir.

— Vou deixar, sua maldita — ele prometeu, beijando o topo de seu ombro. Gray circulou os quadris contra o corpo dela para que sentisse o quanto ele estava excitado — Deixe-me cuidar disso, depois poderemos dormir o dia todo.

Isabel gemeu em seu braço dormente.

— Sou muito velha para você, Gray. Não consigo acompanhar seu apetite.

— Besteira — ele posicionou o pau entre as pernas dela — Você não precisa fazer nada — Gray mordeu gentilmente o ombro quando a invadiu com suaves e curtas estocadas. Sonolento e intoxicado pela sensação arrebatadora, ele se moveu sensualmente, circulando o clitóris com os dedos, mergulhando o rosto nas mechas selvagens de seus cabelos ruivos — Apenas fique deitada aí e goze. Quantas vezes quiser.

— Oh, Deus — ela sussurrou. Isabel gemia baixinho, tocando seu braço forte enquanto ele lhe dava prazer.

Velha demais. Mesmo enquanto ele ria da ideia, a pequena parte de seu cérebro que não estava perdida no sexo começou a se perguntar se ela se importava com aquilo tanto quanto a sociedade. Para Gray, não era problema algum. Será que isso tinha a ver com sua resistência? Será que ela pensava que não seria capaz de satisfazê-lo? Será que vinha daí sua insistência em arranjar uma amante? Se fosse isso, as demandas sexuais de Gray não estavam ajudando em nada. Talvez ele devesse...

O sexo de Isabel se apertou ao redor de sua ereção e Gray perdeu o raciocínio.

Ele aumentou a pressão em seu clitóris e rosnou quando ela atingiu o orgasmo com um grito agudo e repentino. Gray nunca se cansaria dessa sensação. Apertada como uma luva desde o início, quando gozava Isabel produzia fortes espasmos. Como um punho apertando-o num ritmo cadenciado. Ele inchou em resposta, e as costas dela se curvaram em seu peito.

– Deus, Gray. Não há espaço para você crescer mais.

Como se quisesse desafiá-la, ele se enterrou mais fundo.

Gray queria tudo, queria fodê-la loucamente, queria gritar de prazer, queria sentir suas unhas cravando nas costas, queria marcar seus mamilos com os dentes. Ela o deixava insano, e até que aquele animal selvagem dentro de si fosse libertado e alimentado, ele nunca ficaria realmente saciado.

Eles simplesmente teriam que transar muitas vezes, ele pensou, escondendo um sorriso atormentado nos cabelos de Isabel. Era um objetivo que suspeitava que não seria fácil de obter, considerando o estado dela de exaustão e dor. Além de sua natureza obstinada e a ideia ridícula de que era velha demais para ele. E Gray não fazia ideia de quais seriam suas outras objeções. E, claro, também havia aquele maldito acordo.

E Hargreaves...

Com os obstáculos entre eles se acumulando, Gray soltou um gemido. Não deveria ser tão difícil assim seduzir a própria esposa.

Mas quando ela gozou em seus braços, tremendo o corpo inteiro, gritando seu nome, ele soube, assim como soube na primeira vez em que pousara os olhos sobre ela, que Isabel valia a pena.

CAPÍTULO 8

Isabel fechou a porta do boudoir silenciosamente e dirigiu-se para a escadaria. Gray permaneceu estirado na banheira, com sua linda boca curvada num sorriso triunfal e satisfeito. Ele pensava que a havia seduzido de fato, e talvez tivesse mesmo. Com certeza, ela se movia diferente, seu corpo parecia relaxado e lânguido. Saciada. *Louca.*

Isabel franziu o nariz. Ela estava muito encrencada.

Agora, controlá-lo seria, no mínimo, mais difícil. Ele sabia o que provocava nela, sabia como deveria tocá-la, como falar para enlouquecê-la de desejo. Dali em diante, ele ficaria insuportável, com certeza. Sair da cama foi simplesmente uma tarefa colossal. Aquele homem era insaciável. Se fosse por escolha dele, certamente eles nunca se levantariam.

Isabel suspirou num longo e dolorido gemido. Os primeiros meses de casamento com Pelham foram semelhantes. Mesmo antes de trocarem votos, ele a havia capturado numa teia de sedução. O lindo conde de cabelos dourados e conhecida reputação aparecia em todos os lugares onde ela estava. Mais tarde, ela entendeu que aquilo não era coincidência, como seu coração estúpido havia acreditado. Mas, na época, parecia que estavam destinados um ao outro.

Os sorrisos e piscadelas que ele lhe dava criaram uma sensação de familiaridade, como se compartilhassem um segredo. Isabel pensara que era amor, boba como era. Recém-saída do colégio, as atenções amorosas de Pelham a deixaram completamente impressionada, com gestos doces como pagar para sua dama de companhia lhe entregar seus recados. Aquelas linhas escritas com uma cuidadosa caligrafia masculina a devastaram.

Você fica linda em azul.

Sinto saudades.

Pensei em você o dia todo.

Depois que se casaram, ele transou com sua dama de companhia, mas na época Isabel considerou a adoração da criada como um sinal de que ele era a escolha certa para ser seu marido.

Na semana anterior ao seu baile de debutante, ele escalou as treliças da varanda de seu quarto e audaciosamente invadiu seu quarto. Ela tinha certeza de que apenas amor verdadeiro poderia incentivá-lo a correr o risco. Pelham sussurrava no escuro, num tom de voz cheio de luxúria enquanto a despia de sua camisola, depois fez amor com ela com a boca e as mãos.

Espero que alguém nos flagre. Pois assim você certamente será minha.

É claro que eu serei sua, ela sussurrou de volta, perdida na glória de um orgasmo. *Eu te amo.*

Não há palavras para aquilo que sinto por você, ele respondeu.

Uma semana de encontros à meia-noite a deixaram de joelhos. A consumação na sétima noite foi a garantia de que ela seria dele. Isabel debutara na sociedade completamente fora do mercado, e embora seu pai preferisse um noivo de condição mais alta, ele não negou sua escolha.

Esperaram apenas o tempo de praxe para anunciar o casamento antes da cerimônia em si, depois partiram para o campo em lua de mel. Lá, Isabel passou os dias na cama com Pelham, levantando-se apenas para se banhar e comer, desfrutando os prazeres carnais da mesma maneira que Gray gostaria de fazer agora. As semelhanças entre os dois homens não podiam ser ignoradas. Não quando pensar sobre eles fazia seu coração acelerar e as mãos suarem.

– Que diabos você está fazendo, Bella?

Isabel piscou de volta para o presente. Ela estava no topo da escadaria, parada segurando o corrimão, perdida em pensamentos. Sua mente estava lenta por causa da falta de sono, e seu corpo estava dolorido e cansado. Sacudindo a cabeça, ela olhou para o saguão abaixo e encontrou o rosto fechado de seu irmão mais velho, Rhys, o Marquês de Trenton.

– Você pretende ficar aí parada o dia todo? Se for o caso, vou considerar minha obrigação cumprida, e partirei para encontrar tarefas mais agradáveis.

– Obrigação? – ela desceu os degraus até ele.

Rhys sorriu.

– Se você se esqueceu, não olhe para mim para se lembrar. Não é como se eu quisesse ir.

Seus cabelos tinham um tom castanho-escuro, uma cor gloriosa que complementava sua pele bronzeada e olhos cor de avelã. As mulheres se excitavam ao seu redor, mas, ocupado com seus próprios prazeres, ele não prestava muita atenção nelas. A menos que as considerasse sexualmente atraentes. Em suma, ele era basicamente como sua mãe com relação ao sexo oposto. Para ele, uma mulher era apenas uma conveniência física, e quando deixava de ser conveniente, era facilmente descartada.

Isabel sabia que nem sua mãe ou irmão tinham intenções maldosas. Eles simplesmente não conseguiam enxergar por que seus amantes se apaixonariam por um indivíduo que não tivesse o mesmo sentimento.

– O chá na casa de Lady Marley – ela disse quando se lembrou – Que horas são?

– Quase duas – Rhys a olhou desconfiado de cima a baixo – E você acabou de sair da cama – ele sorriu maliciosamente – Pelo visto, os rumores sobre sua reconciliação com Grayson são verdadeiros.

– Você acredita em tudo que ouve? – alcançando o chão de mármore do saguão, ela ergueu a cabeça para encarar seu irmão.

– Eu acredito em tudo que vejo. Olhos avermelhados, boca inchada, roupas que escolheu sem pensar direito.

Isabel olhou para seu vestido simples. Não seria sua escolha caso tivesse se lembrado de seu compromisso do dia. É claro, pensando agora, Mary realmente questionara sua escolha, mas Isabel estava tão ansiosa para sair do quarto antes que Gray a agarrasse novamente que ela simplesmente dispensou o comentário da criada.

– Não vou discutir meu casamento com você, Rhys.

– Eu agradeço a Deus por isso – ele disse, encolhendo os ombros – Acho terrivelmente entediante quando as mulheres começam a discutir seus sentimentos.

Revirando os olhos, ela requisitou seu sobretudo para a criada mais próxima.

– Eu não tenho sentimentos por Grayson.

– Muito sábio de sua parte.

– Somos apenas amigos.

– Obviamente.

Enquanto prendia o chapéu com um alfinete, Isabel o olhou de soslaio.

– O que foi mesmo que eu prometi a você em troca de me acompanhar hoje? Seja lá o que for, vale mais do que sua companhia.

Rhys sorriu e Isabel silenciosamente reconheceu seu apelo. Existe algo sobre homens que não podem ser domados. Felizmente, ela já havia superado a fascinação por esse tipo de homem há muito tempo.

– Você vai me apresentar para a adorável Lady Eddly.

– Ah, sim. Sob circunstâncias normais eu não aceitaria formar um par tão óbvio, mas nesse caso, acho que vocês são perfeitos um para o outro.

– Eu definitivamente concordo.

– Irei oferecer um jantar... eventualmente. Você e Lady Eddly estão convidados – a presença de Rhys poderia acalmar seus nervos. E ela precisaria de toda ajuda possível com esse assunto. O mero pensamento de sobreviver a um jantar com Gray e um bando de suas antigas amantes fazia seu estômago embrulhar.

Suspirando diante da situação, Isabel sacudiu a cabeça.

– Que atitude horrível usar sua irmã dessa maneira.

– Ah – Rhys desdenhou, apanhando o sobretudo que a criada trouxera e entregando para Isabel – Que horrível da sua parte me arrastar para esse chá, e na residência dos Marley, ainda por cima. Lady Marley sempre cheira a cânfora.

– Eu também não quero ir, então pare de choramingar.

– Assim você me ofende, Bella. Homens não choramingam – com a mão em seu ombro, ele a girou para encará-lo – então por que estamos indo?

– Você sabe a razão.

Ele riu levemente.

– Eu gostaria que você se importasse menos com o que as pessoas dizem. Eu pessoalmente acho você a pessoa menos irritante que conheço. Você é sincera, bonita e espirituosa.

– Pelo jeito a sua opinião é a única que importa.

– E não é mesmo?

– Eu gostaria de poder ignorar as fofocas – ela resmungou –, mas a viúva Lady Grayson sente a necessidade de chamar minha atenção para isso sempre que pode. Fico enfurecida com aqueles recados horríveis que ela me envia. Eu gostaria que ela simplesmente cuspisse seu veneno de vez, em vez de tentar escondê-lo sob uma leve camada de civilidade. – Isabel continuou encarando o rosto resignado de seu irmão. – Nem imagino como Grayson cresceu são com aquela bruxa como mãe.

– Você entende que mulheres com uma beleza como a sua geralmente provocam ciúmes em outras mulheres, não é? Vocês são criaturas felinas. Vocês não aguentam quando uma mulher atrai a atenção masculina em excesso. Não que você mesma tenha sentido esse tipo de ciúme em particular – ele completou secamente – Você é sempre a pessoa que provoca a ciumeira.

Mas ela havia experimentado outro tipo de ciúme, aquele que esposas sentem quando seus maridos buscam prazer em outras camas.

– É por isso que tenho mais amigos homens do que mulheres, embora isso também provoque certas dificuldades – Isabel estava ciente de que outras mulheres se perturbavam com sua aparência, mas não havia nada que pudesse fazer – Então, vamos.

Rhys ergueu as duas sobrancelhas.

– Preciso falar com Grayson. Não posso simplesmente fugir com sua esposa. Na última vez que fiz isso, ele me castigou no ringue de pugilismo do Remington's. Ele é muito mais jovem do que eu, tenha piedade.

– Escreva um recado – ela disse com irritação, estremecendo ao pensar em seu marido com os cabelos ainda úmidos. Só de pensar nisso ela se lembrou da noite anterior e da maneira como transaram.

– Certo, não sente nada por Grayson – o olhar castanho de Rhys exibia um ceticismo óbvio.

– Espere até você se casar, Rhys. A necessidade de escapar ocasionalmente ficará óbvia – com isso em mente, ela fez um gesto impaciente para a porta.

– Disso eu não duvido – ele ofereceu o braço e apanhou seu chapéu com o mordomo que aguardava ao lado.

– Você não está ficando mais jovem, sabe?

– Estou muito ciente do avanço dos meus anos. Por isso, fiz uma lista de potenciais noivas.

– Sim, a mamãe me contou sobre sua "lista" – ela disse secamente.

– É dever do homem escolher sua noiva sabiamente.

Isabel assentiu com uma seriedade zombeteira.

– É claro, os sentimentos nunca devem ser considerados.

– Achei que já tínhamos concordado em não discutir nossos sentimentos.

Segurando uma risada, ela perguntou:

– E você poderia me dizer quem está no topo da sua lista?

– Lady Susannah Campion.

– A segunda filha do Duque de Raleigh? – Isabel piscou, incrédula.

Lady Susannah era realmente uma escolha sensata. Sua criação fora excepcional, sua conduta era impecável, e sua adequação para o posto de duquesa não podia ser negada. Mas a delicada loira não possuía fogo, paixão.

– Ela iria entediá-lo até a morte.

– Ora. Ela não pode ser tão ruim assim.

Os olhos de Isabel se arregalaram.

– Você ainda não se encontrou com a garota com quem está considerando se casar?

– Eu já a vi! Eu não me casaria com uma desconhecida – Rhys limpou a garganta – Eu simplesmente ainda não tive o prazer de conversar com ela.

Sacudindo a cabeça, Isabel sentiu mais uma vez que não se encaixava em sua família. Sim, deixar de amar alguém era uma experiência horrível, mas se apaixonar não era tão ruim assim. Ela certamente era uma pessoa mais sábia do que fora antes de conhecer Pelham.

– Graças a Deus você vai me acompanhar, pois Lady Susannah certamente estará no chá. Por favor, não deixe de conversar com ela.

– É claro – ao deixar a casa e se aproximar da carruagem, Rhys ajudou Isabel a subir – Isso poderá fazer valer a pena lidar com Grayson.

– Ele não ficará bravo.

– Talvez não com você.

A garganta de Isabel se fechou com irritação.

– Com ninguém.
– Ele sempre foi um pouco sensível quando o assunto é você – Rhys disse.
– Não é verdade!
– É verdade, sim. E se realmente decidiu exercer seus direitos de marido, eu tenho pena de quem se intrometer. Tenha cuidado, Bella.

Soltando um longo suspiro, Isabel manteve os pensamentos para si mesma, mas o nó em seu estômago voltou com toda força.

Gerard olhou seu reflexo e soltou um suspiro de frustração.
– Quando o alfaiate virá?
– Amanhã, milorde – Edward respondeu com óbvio alívio.
Virando para encarar seu criado de longa data, Gerard perguntou:
– As minhas roupas são realmente tão horríveis?
O criado limpou a garganta.
– Não foi isso que eu disse, milorde. Entretanto, remover roupas sujas e reparar joelhos rasgados não são exatamente a melhor utilização dos meus talentos.
– Eu sei – ele suspirou novamente, de um jeito dramático – Eu considerei dispensá-lo em várias ocasiões.
– Milorde!
– Mas já que atormentar você era meu único entretenimento, eu resisti à tentação.

A leve risada do criado fez Gerard rir também. Deixando o quarto, ele mentalmente arranjou a agenda do dia. Seus planos começavam com uma conversa com Pel sobre redecorar o escritório e terminavam com ela mais uma vez compartilhando sua cama. Estava satisfeito com aquela agenda até que seu pé pousou no chão de mármore do saguão.
– Milorde.
Ele encarou o criado que fazia uma reverência.
– Sim?
– A marquesa viúva chegou.

Seu sangue ferveu. Conseguira passar quatro abençoados anos sem vê-la, e continuaria pela vida inteira se fosse possível.

— Onde ela está?

— No saguão, Milorde.

— E Lady Grayson?

— Partiu com Lorde Trenton há meia hora.

Normalmente, Gerard teria se aborrecido com Trenton, assim como com qualquer outro que o privasse da companhia de sua esposa sem avisá-lo antes, mas hoje ele ficou aliviado por tê-la poupado da visita de sua mãe. Poderiam existir centenas de desculpas para sua vinda, mas a verdade era que ela simplesmente queria o repreender. Ela adorava fazer isso, e agora possuía quatro anos de veneno para destilar. Seria desagradável, sem dúvida, e Gerard se preparou para o tormento que se seguiria.

Também tomou um momento para reconhecer aquilo que evitara enxergar antes: que sempre ficava com ciúmes de quem roubava a atenção de Pel. O sentimento de posse aumentava devido a seu profundo interesse nela.

Mas, naquele momento, ele não tinha tempo para contemplar o que isso significava, então Gerard assentiu para o criado, respirou fundo e dirigiu-se para o saguão. Parou na porta aberta, estudando os fios prateados que agora se encontravam entre as mechas pretas. Diferentemente da mãe de Isabel, cujo amor pela vida preservava muito bem sua beleza, a viúva simplesmente aparentava cansaço e velhice.

Sentindo sua presença, ela se virou para encará-lo. Seus pálidos olhos azuis o analisaram de cima a baixo. No passado, isso o fazia sentir diminuído. Agora, sabia seu valor.

— Grayson — ela disse, com a voz apertada.

Ele fez uma reverência, notando que ela ainda usava vestidos pretos de luto mesmo depois de todos esses anos.

— Suas roupas são uma desgraça — ela comentou.

— É muito bom vê-la também, mamãe — ele ironizou.

— Não zombe de mim — ela suspirou longamente e depois se afundou no sofá — Por que você precisa sempre me envergonhar?

— Eu envergonho você só de respirar, e temo que não estou disposto a parar de fazer isso apenas para agradá-la. O melhor que posso fazer é dar uma folga de vez em quando.

— Sente-se, Grayson. É falta de educação ficar de pé e me forçar a esticar o pescoço para enxergá-lo.

Gerard sentou-se numa cadeira próxima. De frente para sua mãe, ele pôde estudá-la melhor. Suas costas estavam retas, retas demais, e os punhos tão cerrados que embranqueciam os nós dos dedos. Gerard sabia que herdara sua coloração – o retrato de seu pai mostrava um homem de cabelos e olhos castanhos –, mas aquela tensão era bem diferente de sua habilidade de relaxar quando necessário.

– O que a aflige? – ele perguntou, preocupado apenas superficialmente. Tudo afligia sua mãe. Ela era simplesmente uma mulher miserável.

Ela ergueu o queixo.

– Seu irmão Spencer.

Isso foi capaz de prender a atenção de Gerard.

– Continue.

– Sem possuir qualquer tipo de autoridade masculina, ele decidiu adotar seu estilo de vida.

– De que maneira?

– De todas as maneiras: com bebidas, mulheres, uma completa irresponsabilidade. Dorme o dia todo e fica fora a noite toda. Não fez esforço algum para se sustentar desde que saiu do colégio.

Esfregando o rosto, Gerard não conseguia associar a imagem que ela descrevia a seu jovem irmão de quatro anos atrás. Era sua culpa, ele sabia. Deixar qualquer criança sob cuidados de sua mãe só podia dar nisso.

– Você deve conversar com ele, Grayson.

– Conversas não servem para nada. Mande-o morar comigo.

– Perdão?

– Junte suas posses e mande-o morar comigo. Eu o farei entrar na linha.

– Imagine! – ele não sabia como aquilo era possível, mas as costas de sua mãe endireitaram ainda mais. – Nunca permitirei Spencer sob o mesmo teto daquela meretriz com quem você se casou.

– Cuidado com o que diz – ele alertou com uma suavidade ameaçadora, seus dedos se curvando em volta do braço de sua cadeira.

– Você já provou seu argumento e me envergonhou profundamente. Acabe logo com essa farsa. Divorcie-se daquela mulher alegando adultério e faça seu dever.

– *Aquela mulher* – ele pontuou as palavras –, é a Marquesa de Grayson. E você sabe muito bem que uma petição de divórcio bem-sucedida requer evidência de harmonia no casamento antes do adultério. A corte poderia argumentar que foi minha própria inconstância que a levou a isso.

Sua mãe estremeceu.

— Se casar com uma mulher dessas. Onde você estava com a cabeça? Não poderia encontrar uma maneira de me machucar sem prejudicar nosso título? Seu pai ficaria extremamente desapontado.

Gerard escondeu a maneira como aquela afirmação o magoou.

— Independentemente das minhas razões para ter escolhido Lady Grayson, é uma escolha da qual não me arrependo. Espero que você aprenda a conviver com isso, mas não perco meu sono me preocupando se você não conseguir.

— Ela nunca honrou seus votos — a viúva retrucou — Você vive como um marido traído.

Gerard sentiu seu orgulho ferido.

— E não sou culpado por isso? Não fui um marido para ela de nenhuma forma, com exceção do dinheiro.

— E eu dou graças a Deus por isso. Você pode imaginar que tipo de mãe aquela mulher seria?

— Não seria pior do que você.

— Touché.

O orgulho silencioso de sua mãe fez Gerard sentir-se culpado.

— Vamos lá, mamãe — ele suspirou — Estávamos tão perto de terminar esta adorável visita sem derramamento de sangue.

Mas, como sempre, ela não sabia quando parar.

— Seu pai faleceu há décadas, mas mesmo assim eu permaneci fiel à sua memória.

— Você acha que era isso que ele queria? — Gerard perguntou, genuinamente curioso.

— Estou certa de que ele não iria querer que a mãe de seus filhos fornicasse por aí indiscriminadamente.

— Não, mas uma companhia verdadeira, um homem que pudesse oferecer os confortos que uma mulher necessita para...

— Eu sabia o que estava prometendo quando declarei meus votos: honrar seu nome e título, fornecer e criar bons filhos que o orgulhassem.

– Mas nunca conseguimos isso – ele disse secamente – Como você sempre observa, nós o envergonhamos constantemente.

Ela uniu as sobrancelhas num olhar furioso.

– Era minha responsabilidade ser mãe e pai para vocês, e ensinar como ser igual a ele. Sei que você acha que falhei, mas fiz o melhor que pude.

Gerard segurou sua resposta, com sua mente cheia das memórias de surras de cinta e palavras maldosas. Sentindo uma repentina vontade de ficar sozinho, ele disse:

– Estou mais do que disposto a cuidar de Spencer, mas só farei isso aqui, em minha casa. Tenho meus próprios assuntos para cuidar.

– Sei muito bem que assuntos são esses... – ela resmungou.

Ele pousou a mão sobre o coração, respondendo ao sarcasmo na mesma medida.

– Você me julga tão injustamente. Sou um homem casado.

Ela cerrou os olhos ao tentar compreendê-lo.

– Você mudou, Grayson. Se para melhor ou pior, ainda não sabemos.

Com um sorriso irônico, ele se levantou.

– Preciso arrumar algumas coisas antes da chegada de Spencer, então se já terminou o que tinha para dizer...

– Sim, é claro – sua mãe ajeitou as saias ao se levantar – Tenho minhas dúvidas sobre isso, mas vou apresentar sua solução para Spencer e, se ele concordar, então eu também estarei de acordo – a voz dela endureceu – E mantenha aquela mulher longe dele.

Gerard levantou uma sobrancelha.

– Minha esposa não tem uma doença contagiosa, sabe?

– Isso é discutível – ela retrucou, deixando o saguão num revoar de saias negras e uma fria altivez.

Gerard terminou a conversa sentindo alívio e um repentino desejo pelo conforto de sua esposa.

– Eu alertei.

Rhys olhou para sua irmã. Debaixo de uma árvore no jardim da residência dos Marley, os dois estavam sozinhos e separados dos outros convidados.

– Ela é perfeita.

– Perfeita demais, se quiser minha opinião.

– Mas não quero – ele disse secamente, mas por dentro Rhys concordava com a avaliação de Isabel. Lady Susannah era equilibrada e sensata. E muito bonita, mas quando conversou com ela, Rhys a comparou mentalmente com uma estátua falante. Havia pouca vitalidade nela.

– Rhys – Isabel se virou para encará-lo, com seus cabelos ruivos presos debaixo do chapéu – Você consegue enxergar a si mesmo mantendo uma amizade com ela?

– Amizade?

– Sim, amizade. Você terá que viver com sua futura esposa, dormir com ela ocasionalmente, discutir questões relativas ao lar e aos filhos. Todas essas coisas ficam muito mais fáceis se você é amigo de sua cônjuge.

– É isso que você tem com Grayson?

– Bom... – Isabel franziu as sobrancelhas – No passado, éramos apenas conhecidos.

– Conhecidos? – ela estava corando, algo que ele raramente presenciava.

– Sim – Isabel desviou os olhos, e de repente parecia que estava muito longe dali – Na verdade – ela disse suavemente –, ele era um amigo muito querido.

– E agora? – não pela primeira vez, Rhys começou a imaginar que tipo de relação havia entre sua irmã e seu segundo marido. Sempre pareceram felizes no passado, rindo e compartilhando olhares íntimos que denunciavam o quanto se conheciam bem. Seja lá qual fosse a razão para buscarem sexo fora do casamento, não era por falta de afinidade – Os rumores dão conta que vocês logo terão um casamento mais... tradicional.

– Não quero um casamento tradicional – ela resmungou, cruzando os braços e voltando sua atenção para o presente.

Ele ergueu as mãos, tentando se defender.

– Não desconte em mim.

– Não estou descontando nada.

– Descontou, sim. Para uma mulher que acabou de sair da cama, você parece irritada demais.

Isabel grunhiu. Rhys levantou as sobrancelhas.

A cara fechada de Isabel não durou muito e logo ela fez um beicinho.

– Desculpe.

– O retorno de Grayson está sendo tão difícil assim? – ele perguntou – Você não parece você mesma.

– Eu sei – ela soltou um longo suspiro frustrado – E não comi nada desde o jantar.

– Isso explica muita coisa. Você sempre fica mal-humorada quando está com fome. – Ele ofereceu o braço. – Está pronta para enfrentar as dondocas e preparar um prato?

Isabel cobriu o rosto com a mão e riu.

Momentos depois, ela estava de frente a ele enchendo seu prato do outro lado da longa mesa de comida. Rhys sacudiu a cabeça e desviou os olhos, escondendo um sorriso indulgente. Afastando-se um pouco dela, Rhys apanhou seu relógio de bolso e se perguntou quanto tempo mais precisaria aguentar nesse lugar horrível.

Eram apenas três da tarde. Ele fechou o relógio dourado com um clique.

– É o cúmulo do mau gosto olhar para o relógio como se não pudesse esperar para ir embora.

– Perdão? – ele girou nos calcanhares buscando a fonte daquela voz feminina angelical – Onde está você?

Ninguém respondeu. Mas os cabelos em sua nuca se arrepiaram de repente.

– Vou encontrar você – ele prometeu, estudando os arbustos ao redor.

– Encontrar implica algo escondido ou perdido, e não sou nenhuma dessas coisas.

Aquela voz era ao mesmo tempo doce como a de um anjo e sensual como a de uma sereia. Sem se importar com sua calça bege, Rhys pulou por cima dos arbustos, circulou uma grande árvore e encontrou uma pequena clareira do outro lado, onde uma morena sentava-se num banco com um livro nas mãos.

– Tem uma passagem lá na frente – ela disse sem tirar os olhos da leitura.

Rhys observou sua pequena forma, notando os sapatos velhos, a barra gasta do vestido florido e o espartilho apertado demais. Ele fez uma reverência e disse:

– Sou Lorde Trenton, e a senhorita...?

– Sim, eu sei quem você é – fechando o livro repentinamente, ela ergueu a cabeça e o estudou com a mesma intensidade.

Rhys a encarou de volta. Não podia evitar. Ela não tinha nenhuma grande beleza. De fato, suas feições delicadas não tinham nada de especial. Seu nariz era petulante e cheio de sardas, a boca igual a de qualquer mulher. Ela não era jovem nem velha. Perto dos trinta, era seu palpite. No entanto, seus olhos eram tão agradáveis quanto sua voz. Eram grandes e redondos, de um azul impressionante. Também eram cheios de inteligência, e mais intrigante ainda, cheios de travessura.

Demorou um momento até ele perceber que ela não dissera nada.

– Você está me olhando demais – ele comentou.

– Você também – ela respondeu, com uma franqueza que o fez se lembrar de Bella – Eu tenho uma desculpa. Você não.

Ele ergueu as sobrancelhas.

– E qual é a sua desculpa? Talvez eu possa usá-la também.

Ela sorriu, e ele de repente sentiu um calor desconfortável.

– Duvido. Veja bem, você provavelmente é o homem mais bonito que eu já vi. Confesso que meu cérebro precisou de um tempo para reclassificar minhas noções de beleza masculina para poder compreender totalmente a sua.

Rhys devolveu o sorriso.

– Pare com isso – ela disse, acenando um dedo cheio de marcas de tinta – Vá embora.

– Por quê?

– Porque você está afetando minha capacidade de pensar direito.

– Então, não pense – ele se aproximou dela, imaginando qual era seu aroma e por que suas roupas eram gastas e os dedos manchados. Por que estava sozinha, lendo, no meio de uma reunião social? A súbita onda de questões e a necessidade incontrolável de saber tudo sobre ela deixaram-no surpreso.

Quando ela sacudiu a cabeça, seus negros cabelos ondulados rasparam seu rosto rosado.

– Você é realmente o libertino que todos dizem que é. Se eu não fizer nada para afastá-lo, o que você fará comigo?

Aquela garota impertinente estava flertando com ele, mas Rhys suspeitava que não era intencional. Ela estava realmente curiosa, e aquela curiosidade descarada apenas aumentava seu interesse.

– Não sei ao certo. Que tal descobrirmos juntos?

– Rhys! Seu maldito – Isabel resmungou a distância – Você não vai receber sua parte do acordo se desaparecer.

Ele praguejou baixinho.

– Salva por Lady Grayson – a garota disse com uma piscadela.

– Quem é você?

– Ninguém importante.

– Você não acha que eu deveria decidir isso? – ele perguntou, sentindo uma relutância em deixá-la.

– Não, Lorde Trenton. Isso foi decidido há muito tempo – ela se levantou e apanhou seu livro – Tenha um bom dia – e antes que pudesse pensar numa razão para fazê-la ficar, a garota desapareceu.

CAPÍTULO 9

Isabel parou no saguão de sua casa ao ouvir vozes masculinas. Uma delas parecia apressada e urgente. A outra, a de seu marido, era de um tom baixo e resoluto. Se a porta do escritório de Gray não estivesse fechada, ela espiaria, só de curiosidade. Em vez disso, ela olhou para o mordomo que recebia suas luvas e chapéu.

— Quem está com Lorde Grayson?

— Lorde Spencer Faulkner, milady — o criado fez uma pausa, depois acrescentou: — Ele chegou junto com bagagens.

Isabel piscou, mas não deixou sua surpresa transparecer. Dispensando-o, ela foi até a cozinha para certificar-se de que a cozinheira estava ciente da boca extra para alimentar. Depois, subiu para o quarto para tirar um cochilo. Ela estava exausta, tanto pela noite de paixão como pela tarde medíocre com mulheres que falavam mal dela pelas costas. Rhys deveria servir de apoio e distração, mas ele próprio parecia distraído, olhando ao redor como se estivesse procurando por algo. Provavelmente um jeito de escapar, ela pensou.

Com a ajuda de sua dama de companhia, Isabel se despiu das roupas diurnas, depois soltou o cabelo. Em questão de minutos após deitar-se, ela estava dormindo e sonhando com Gray.

Isabel, ele sussurrava numa voz cheia de pecado. Sua boca, quente e molhada, se movia sobre o ombro exposto. A mão que acariciava era igualmente quente, com a palma calejada causando uma deliciosa fricção mesmo sobre a seda que cobria suas pernas.

O coração de Isabel a alertou dizendo para recusá-lo, e ela moveu o braço para afastar seu toque.

Eu preciso de você, ele disse asperamente.

Isabel sentiu as veias latejando com desejo e soltou um gemido, cada terminação nervosa acordando e esperando pelo prazer que ele podia lhe dar. Ela sentia seu cheiro e seu calor, que irradiava para fora, acendendo o fogo de Isabel. Era um sonho, mas ela não queria acordar. Nada que fizesse iria afetá-la.

A mão de Isabel começou a deslizar para baixo.

Boa garota, ele incentivou, tocando os lábios em sua orelha. Gray ergueu a coxa dela e a pousou sobre sua perna.

– Senti sua falta, hoje.

Isabel acordou com um sobressalto. E encontrou um corpo muito rígido e excitado ao seu lado.

– Não! – debatendo-se, Isabel se livrou de seu abraço e se sentou – O que você está fazendo na minha cama?

Ele girou até ficar de costas e apoiou a cabeça nas mãos, completamente orgulhoso de sua ereção descarada. Vestido com uma camisa de gola aberta e uma calça curta, seus olhos azuis brilhavam com luxúria e diabruras.

– Estou fazendo amor com minha esposa.

– Então, pare com isso – ela cruzou os braços sob peito e os olhos dele baixaram até os seios. Os mamilos responderam com entusiasmo – Nós tínhamos um acordo.

– Ao qual eu nunca concordei.

O queixo de Isabel caiu.

– Traga essa boca até aqui – ele murmurou, baixando as pálpebras num olhar sombrio.

– Você é terrível.

– Não foi isso que você disse ontem. Ou hoje de manhã. Se não me engano, você disse "Oh, Deus, Gray, isso é *tão* bom" – ele tentou esconder um sorriso.

Isabel jogou um travesseiro nele.

Gray riu e usou o travesseiro para apoiar a cabeça.

– Como foi sua tarde?

Ela suspirou e encolheu os ombros, seu corpo ciente demais da presença daquele homem.

– Lady Marley ofereceu um chá.

– Foi agradável? Confesso que fiquei surpreso por você conseguir arrastar Trenton para um evento desses.

– Ele quer um favor meu.

– Ah, uma extorsão – ele sorriu – Agora faz sentido.

– Para você, é claro que sim – apanhando um dos travesseiros, ela se recostou de frente a ele – Você poderia me passar meu robe?

– De jeito nenhum – ele disse, sacudindo a cabeça.

– Não quero aumentar ainda mais seu apetite sexual – ela disse secamente.

Gray apanhou sua mão e beijou os dedos.

– Só de pensar em você eu já fico com fome. Pelo menos assim eu também tenho uma visão adorável.

– Seu dia foi melhor do que o meu? – ela perguntou, tentando ignorar o quanto seu toque era eletrizante.

– Meu irmão chegou para uma visita prolongada.

– Foi o que ouvi – arrepios se espalharam por sua pele enquanto Gray continuava a acariciar sua mão – Aconteceu alguma coisa?

– Não exatamente. Pelo visto, ele está seguindo o mau caminho.

– Hum... Bom, ele está na idade – mas ao estudar Gray, Isabel percebeu sua preocupação. – Você parece tão sério. Ele se meteu em problemas?

– Não. – Gray voltou a deitar de costas e encarou o teto ornamentado – Ele ainda não contraiu nenhuma dívida e nem irritou o marido de alguém, mas certamente está correndo em direção a uma dessas coisas. Eu deveria estar presente para guiá-lo, porém, mais uma vez, minhas próprias necessidades eram mais importantes.

– Você não pode se culpar – ela protestou – Qualquer malcriação dele é própria de garotos da idade dele.

Seu marido virou a cabeça lentamente e revelou olhos cerrados.

– Garotos da idade dele?

– Sim – ela se encolheu, repentinamente cautelosa.

– Ele tem a mesma idade que eu tinha quando nos casamos. Você também me considerava um garoto? – ele girou para cima dela, prendendo-a contra o colchão – Você ainda acha que eu sou um garoto?

O coração dela acelerou.

– Gray, por favor...

– Por favor, responda – ele sussurrou, apertando o queixo ameaçadoramente enquanto passava a mão por seu traseiro e a puxava para mais perto. Ele girou os quadris, esfregando o pau num lugar perfeito entre as pernas dela – Quero saber. Você me trata diferente porque sou mais jovem do que você?

Isabel engoliu em seco, com seus músculos tensos debaixo dele.

– Não – ela sussurrou. Ao respirar fundo, sentiu todo seu aroma exuberante. Grayson era viril, temperamental e definitivamente um homem.

Ele a encarou por um longo tempo enquanto seu pau endurecia ainda mais entre as coxas de Isabel. Baixando a cabeça, ele tomou sua boca, lambendo entre seus lábios separados.

– Passei o dia todo querendo fazer isso.

– Você *fez* isso o dia todo – Isabel agarrou a cabeceira da cama para evitar tocá-lo.

Gray apoiou a testa contra a dela e riu.

– Espero que você não tenha objeções quanto à visita de Spencer.

– É claro que não – ela o assegurou, conseguindo sorrir em meio àquela dolorosa atração. Que diabos faria com ele? Consigo mesma? Podia apenas para rezar que Lorde Spencer o distraísse de sua sedução.

– Obrigado – ele raspou a boca contra a dela, depois se contorceu para passar o corpo dela por cima do seu.

Isabel franziu as sobrancelhas, intrigada.

– Não é preciso agradecer. Esta é a sua casa.

– É a *nossa* casa, Pel – Gray se acomodou entre os travesseiros. Quando Isabel tentou deslizar para longe, ele agarrou sua cintura – Fique aqui.

Quando ela abriu a boca para protestar, ele sorriu maliciosamente.

– O que foi? – antes que pudesse pensar direito, Isabel tocou seu rosto. Gray se aninhou em seu toque e suspirou.

– Spencer disse que me considera seu herói.

Isabel levantou as sobrancelhas.

– Que coisa adorável de se dizer.

– Não, não é. Nem um pouco. Entende, para ele, eu sou o irmão que ele conheceu no passado. Aquele é o homem que ele e seus amigos imitam. Eles bebem em grandes quantidades, convivem com pessoas questionáveis, não mostram preocupação com o efeito que suas ações possam ter sobre os outros. Ele disse que ainda não conseguiu manter duas amantes, mas está se esforçando.

Isabel estremeceu, seu estômago se apertou ao lembrar de como seu marido era selvagem. Ele pode ter mudado um pouco, mas não era menos perigoso do que antes. Até agora, estava preso em casa por causa das roupas, mas logo estaria livre lá fora. Assim que isso acontecesse, tudo mudaria.

Ele mordiscou a palma de sua mão e grudou os olhos nela.

– Eu disse a ele que deveria encontrar uma esposa como você, Isabel. Você dá mais trabalho do que duas amantes, mas vale cada esforço.

– Grayson!

– É verdade – o sorriso dele era diabólico.

– Você não tem jeito, milorde – ela precisou morder os lábios para não deixar um sorriso escapar.

As mãos dele deixaram sua cintura e seguiram a curva das costas de Isabel.

– Senti sua falta, minha querida Pel, nesses últimos quatro anos – ele agarrou seus ombros e a puxou gentilmente, mas com firmeza, para seu peito – Preciso recomeçar minha vida. Você é tudo que tenho no momento, e sou muito grato por ser tudo que preciso.

Isabel sentiu o coração se apertar.

– Darei o que você precisar... – ele riu; ela arregalou os olhos, horrorizada. – Você entendeu, com o seu irmão. Não para... – ela franziu o nariz e ele riu alto – Você é terrível.

– Não para sexo. Eu entendi o que você quis dizer – Gray passou o rosto nos cabelos de Isabel e inspirou profundamente – Agora, você precisa entender o que *eu* quero dizer – agarrando seu traseiro, ele pressionou Isabel contra sua ereção. Com os lábios perto de seu ouvido, ele sussurrou: – Eu sofro por você. Por seu corpo, seu cheiro, os sons que você faz quando transamos. Se acha que vou me privar desses prazeres, você está muito enganada.

– Pare com isso – a voz dela saiu tão fraca que quase não foi ouvida. Ele era como mármore debaixo dela: duro, rígido, sólido. Ela podia quase acreditar que Gray poderia lhe dar apoio, ser sua âncora, mas ela conhecia homens como ele muito bem. E não o culpava. Simplesmente aceitava.

– Farei um acordo com você, minha querida esposa.

Levantando a cabeça, Isabel prendeu a respiração diante do fogo que queimava em seus olhos.

– Você não honra seus compromissos, Grayson.

– Esse, eu honrarei. O dia que você não mais me desejar, então eu também não mais a desejarei.

Ela o encarou, analisando sua sobrancelha erguida, antes de suspirar dramaticamente.

– Você consegue fazer crescer uma verruga?

Gray piscou.

– Como é?

– Ou engordar? Talvez parar de tomar banho?

Ele riu.

– Eu nunca faria nada que me deixasse menos atraente para você – os dedos que acariciavam seus cabelos eram gentis, o sorriso que ele exibia era afetuoso – Eu também te acho irresistível.

– Você nunca prestou atenção em mim antes.

– Isso não é verdade, e você sabe. Assim como todos os outros homens, eu não sou imune aos seus charmes – ele apertou os músculos do queixo – E é por isso que Spencer irá acompanhá-la quando você sair hoje à noite.

– Seu irmão não tem interesse nos eventos sociais entediantes que eu frequento – ela disse com uma risada.

– Agora, tem.

Isabel levou um momento para absorver a súbita intensidade no tom de voz de seu marido, depois deslizou para fora de seu abraço e deixou a cama. O fato de Gray deixá-la se afastar tão fácil a deixou desconfiada.

– Por acaso eu também tenho hora para voltar? – ela perguntou.

– Às três – ele sentou-se na cama e cruzou os braços. O desafio velado estava óbvio em seu tom de voz e postura.

Ela aceitou o desafio.

– E se eu não voltar?

– Bom, então terei que ir atrás de você – ele respondeu com uma suavidade ameaçadora – Não posso perder você, agora que eu a encontrei.

– Você não pode fazer isso, Gray. – Ela começou a andar nervosamente pelo quarto.

– Eu posso, e farei, Pel.

– Eu não sou sua propriedade.

– Mas você pertence a mim.

– E essa posse é recíproca?

Ele franziu as sobrancelhas.

– O que você está querendo dizer?

Ela parou ao lado da cama e pousou as mãos nos quadris.

– Você sempre retornará às três quando eu não estiver com você?

Gray fechou ainda mais o rosto.

– Quando você não voltar numa hora razoável, eu terei o direito de ir atrás de você? Poderei invadir a espelunca onde você estiver para arrancá-lo dos braços de sua amante?

Gray levantou-se da cama com um olhar predatório.

– É isso que você vai fazer quando sair? Vai atrás de um amante?

– Não estamos falando sobre mim.

– Sim. Estamos – circulando a cama, ele se aproximou dela, descalço. Por algum motivo, Isabel se excitou com a visão, o que apenas piorou seu humor. Aquele homem era tudo que ela não queria, mas mesmo assim ela o desejava mais do que qualquer coisa.

– Não sou uma mulher obcecada por sexo, Grayson, como sua pergunta insinua.

– Você pode ser tão obcecada quanto quiser. *Comigo*.

– Não consigo manter o seu ritmo – ela zombou, dando um passo para trás – Eventualmente, você buscará saciar seu desejo em outro lugar.

– E por que se preocupar com *eventualmente* agora? – Seu olhar a penetrava enquanto a perseguia – Esqueça o passado e o futuro. Se existe uma coisa que aprendi nos últimos quatro anos é que *este* momento é o único que importa.

– E como isso é diferente da maneira como você vivia antes? – Isabel deu um rápido passo para o lado e praticamente correu para a porta que dava em seu boudoir. Ela quase engasgou quando ele a agarrou pela cintura. A sensação do corpo de Gray atrás do seu inundou Isabel de memórias.

– Antes – ele disse asperamente em seu ouvido –, tudo em minha vida podia esperar até o dia seguinte. Visitas às minhas propriedades, reuniões com meus contadores, encontros com Lady Sinclair. Às vezes, o dia seguinte nunca chega, Pel. Às vezes, o hoje é tudo que temos.

– Vê o quanto somos diferentes? Eu sempre pensarei no futuro e como minhas ações voltarão para me assombrar.

Com uma mão segurando sua cintura, ele usou a mão livre para tocar um seio dela. Contra sua vontade, Isabel gemeu.

– *Eu* vou assombrá-la – Gray a cercou, dominou, provocou com seu toque sedutor – Não sou tolo o bastante para prendê-la dentro de casa, Isabel, não quando já estamos presos pelo casamento – praguejando, ele a soltou – Eu a lembrarei disso todas as vezes que for necessário.

Ela girou para encará-lo.

– Não admito ser vigiada como uma prisioneira.

– Não tenho intenção alguma de privar sua liberdade.

– Então, por quê?

– Logo, os outros ficarão sabendo que você dispensou Hargreaves. Eles irão farejar você como uma presa, e, por enquanto, não serei capaz de fazer nada sobre isso.

– Não será capaz de perseguir sua conquista? – ela perguntou friamente.

– Não serei capaz de proteger você – espreguiçando-se, Gray repentinamente parecia cansado – Eu voltei com o objetivo expresso de ser um marido para você, já disse isso desde o princípio.

– Por favor. Não conseguiremos sustentar essa situação.

– Confie em mim – ele disse suavemente – Um dia de cada vez, é só o que peço. Com certeza você pode me permitir isso, não é?

– Eu já...

– De que outra maneira poderemos viver juntos? Responda-me isso – sua voz endureceu – Os dois sofrendo um pelo outro... famintos... Estou faminto por você, Isabel.

— Eu sei — ela sussurrou, sentindo uma grande distância entre eles, embora estivessem tão perto. Tremendo com desejo, Isabel sentiu seus mamilos enrijecerem. E apesar de estar dolorida, ela ficou molhada por ele — E não sou capaz de saciar você.

— Eu também não saciei você. Passamos meras horas juntos. Não chega nem perto de ser suficiente — Gray se aproximou da porta para se retirar do quarto.

— Ainda não terminamos de discutir sua regra das três horas, Grayson.

Ele congelou, mas não olhou para ela. Sob a luz das velas, seus cabelos brilhavam com a vitalidade que o definia.

— Você está seminua, seu corpo está molhado e implorando por sexo. Se eu ficar aqui mais um instante, é exatamente isso que você vai receber, Pel.

Ela hesitou e estendeu o braço em direção às costas tensas de Gray, num momentâneo sinal de fraqueza.

De que outra maneira poderemos viver juntos?

Não poderiam. Não por muito tempo.

Ela baixou a mão.

— Voltarei antes das três.

Gray assentiu e foi embora sem olhar para trás.

Gerard olhou para Spencer de trás de sua escrivaninha e soltou um suspiro cansado. Havia muita turbulência em sua vida no momento. Desde seu retorno, só conseguia se sentir remotamente em paz quando estava na presença de Isabel.

Quando conversavam. Não quando discutiam.

Rezava para que pudesse entendê-la. Por que ela se concentrava tanto num possível desastre de uma relação que nem havia começado realmente? Para ele, isso fazia tanto sentido quanto usar um casaco forrado de pele num clima quente apenas porque choveria algum dia.

— Não foi isso que eu esperava quando concordei em vir até aqui — Spencer resmungou, sacudindo a cabeça. Seu cabelo estava longo demais e uma mecha grossa caía sobre sua testa de uma maneira que Gerard sabia que excitaria as mulheres. Sabia porque foi um estilo que ele próprio usara para esse mesmo objetivo – Pensei que você e eu sairíamos pela noite para nos divertir.

– E faremos isso, assim que eu tiver roupas adequadas. Enquanto isso, ofereço uma noite na companhia de Lady Grayson. Você vai se divertir, posso assegurar.

– Sim, mas eu esperava passar a noite na companhia de uma mulher com quem eu pudesse transar.

– Você irá conduzir minha esposa de volta para casa antes das três horas, depois disso estará livre para fazer o que quiser – Gerard quase o aconselhou a se divertir, já que seria sua última noite de diversão por muito tempo. Mas achou melhor omitir essa parte.

– Mamãe a odeia, sabia? – Spencer disse, parando brevemente em frente à escrivaninha – Realmente a detesta.

– E quanto a você?

Spencer arregalou os olhos.

– Você realmente quer ouvir minha opinião?

– É claro – Gerard se recostou em sua desconfortável cadeira e fez uma anotação mental para jogá-la fora quando redecorasse o escritório – Estou curioso para saber o que você pensa sobre ela. Vocês irão compartilhar um lar. Portanto, seus pensamentos são pertinentes.

Spencer encolheu os ombros.

– Não consigo decidir se invejo você ou se tenho pena. Não consigo entender como uma mulher pode ter um corpo daqueles. O cabelo. A pele. Os seios. E, por Deus, onde diabos conseguiu aqueles lábios? Sim, eu pagaria uma fortuna por uma mulher como aquela em minha cama. Mas casar com uma? – ele sacudiu a cabeça – Só que você e Pelham buscaram prazer fora do casamento. Você pode me dizer por quê?

– Estupidez.

– Ah! – Spencer riu e se aproximou das garrafas de bebidas. Após se servir, ele se virou e encostou o quadril na mesa de mogno. Seu corpo estava em forma com sua juventude, e Gerard o analisou, tentando entender como Isabel o enxergava na época do casamento. Talvez o contraste entre ele e Spencer pudesse facilitar seu argumento. Certamente, ela não poderia deixar de notar a diferença.

– E eu não quero provocá-lo, Gray, mas prefiro mulheres que preferem a mim.

– Talvez isso fosse possível, se eu estivesse presente para cuidar dela.

– É verdade – tomando a bebida num gole só, Spencer pousou a taça e cruzou os braços – Você está pensando em colocá-la na linha?

– Ela nunca esteve fora da linha.

– Se você insiste – Spencer disse, com um tom de voz cético.

– Eu insisto. Agora, quero que você fique com Lady Grayson durante a noite toda. Fique longe do carteado e controle sua libido até ela voltar para casa sã e salva.

– O que exatamente você acha que pode acontecer com ela?

– Nada, porque você estará com ela.

Gerard se levantou quando Isabel apareceu na porta. Ela vestia um rosa pálido, uma cor que deveria deixá-la com uma aparência de doce inocência; mas em vez disso, apenas enfatizava sua vibrante sensualidade. Os seios fartos se exibiam lindamente no aperto do vestido de cintura alta. O efeito, para ele, o lembrava de um confeito apetitoso, que ele gostaria de devorar e consumir até se empanturrar.

Ele soltou um suspiro; sua resposta para a mera visão dela era primitiva e instintiva. Queria jogá-la sobre os ombros, correr pelas escadas, transar como coelhos. A imagem era tão absurda que ele precisou rir levemente.

– Ora – ela murmurou, com um pequeno sorriso – Não posso estar tão mal assim.

– Bom Deus – Spencer murmurou, aproximando-se para apanhar sua mão e levar até os lábios – Acho que precisarei de uma espada para manter os homens longe. Mas não tema, minha querida cunhada, eu a protegerei até o fim.

A leve risada de Isabel ecoou pelo escritório e enfraqueceu ainda mais a disposição de Gerard de deixá-la sair. Ele não era ciumento por nature-za, mas a resistência de Isabel e sua tênue posição na vida dela causavam um raro nível de ansiedade.

– Que gentil de sua parte, Lorde Spencer. Já faz algum tempo desde a última vez que compartilhei a companhia de um jovem tão audacioso.

A satisfação nos olhos de seu irmão fez Gerard cerrar os dentes.

– Farei de tudo para preencher essa lacuna.

– E tenho certeza de que o fará admiravelmente bem.

Gerard limpou a garganta, chamando a atenção dos dois. Ele conse-guiu exibir um sorriso que acendeu um brilho nos olhos de Isabel. Palavras se formaram, mas ficaram presas antes que pudessem se libertar. Ele estava desesperado para dizer coisas que a fariam ficar – qualquer coisa para não precisar passar a noite sozinho. A noite anterior sem ela fora uma tortura. O ar parecia cheio de seu aroma, evidenciando o quanto a casa parecia fria e vazia sem sua presença vibrante.

Ele suspirou resignado e ofereceu-lhe a mão, sentindo cada músculo flexionar quando Isabel aceitou e seus dedos tocaram suavemente a palma. Gray a conduziu até a porta, vestiu-a com a capa que um criado havia trazido e voltou ao escritório para observar a carruagem levá-la para longe.

Assim com suas tantas propriedades, Isabel pertencia a ele. Nada, nem ninguém, poderia mudar isso. Gray gostaria de conquistar seu respeito, assim como conquistara o respeito de seus inquilinos. Numa relação de posse, o orgulho é uma via de mão dupla, e Gray só conquistou o apreço deles depois de ter se juntando a eles no trabalho nos campos, participado de suas celebrações e comido de sua comida.

Seus métodos pareciam extremos, e sempre que voltava a atenção para uma nova propriedade, precisava recomeçar todo o processo. Mas isso foi revigorante. Foi uma chance de encontrar um lar, um lugar para pertencer, coisas que ele nunca teve.

Agora, sabia que tudo fora um treino para este momento em sua vida. Aqui era seu verdadeiro lar. E se pudesse encontrar uma maneira de compartilhar com Isabel, integralmente, se pudesse esfriar seu ardor e controlar suas necessidades básicas, talvez conseguisse uma vida agradável com ela.

Era um objetivo que valia a pena o sacrifício.

– Ela o dispensou, não é mesmo, Lorde Hargreaves? – perguntou uma jovem voz feminina ao seu lado.

John desviou os olhos de Isabel, que estava do outro lado do salão, e fez uma reverência para a adorável morena que falava com ele.

– Lady Stanhope, é um prazer encontrá-la.

– Grayson arruinou sua confortável relação – ela disse, olhando para Isabel. – Veja como Lorde Spencer não sai de seu lado. Você sabe tanto quanto eu que ele não estaria aqui se não fosse por ordens de Grayson. O que levanta a questão: por que ele não veio pessoalmente?

– Não tenho intenção nenhuma de conversar sobre Lorde Grayson – ele disse secamente.

Incapaz de resistir, John ficou olhando para sua ex-amante. Ainda não conseguia entender como tudo pôde mudar tão drasticamente em tão pouco tempo. Sim, notara a crescente inquietude de Isabel, mas a amizade estava forte e o sexo tão gratificante quanto sempre fora.

– Mesmo se conversar sobre ele pudesse reparar sua relação com Lady Grayson?

Olhou imediatamente para ela. Vestida em cetim vermelho-sangue, a viúva de Stanhope era difícil de ignorar, mesmo no meio da multidão. Já havia reparado nela várias vezes na noite, principalmente porque ela parecia muito interessada nele.

– O que você quer dizer com isso?

A boca vermelha de Lady Stanhope se curvou num sorriso portentoso.

– Eu quero Grayson. Você quer a esposa dele. Poderíamos nos beneficiar se trabalhássemos juntos.

– Não tenho noção do que você está falando – Mas estava intrigado. E não conseguia esconder isso.

– Tudo bem, querido – ela disse, arrastando as palavras – Deixe as noções por minha conta.

– Lady Stanhope...

– Somos aliados. Pode me chamar de Bárbara.

Seu queixo erguido e os olhos resolutos diziam para John que ela estava determinada. Ele olhou para Isabel mais uma vez e a flagrou olhando de volta com seus dentes mordendo os lábios num claro sinal de preocupação. John sentiu uma pontada de orgulho.

Bárbara enlaçou seu braço.

– Vamos caminhar um pouco, então poderei contar meu plano...

CAPÍTULO 10

Sentada atrás da escrivaninha em seu boudoir, Isabel endereçou o último convite para seu jantar com um floreio que traía a apreensão que sentia. Grayson nunca fora o tipo de homem que aceitava ser passado para trás. Ele era travesso e não possuía a moralidade que restringia os outros, e embora admirasse quando a vítima era outra pessoa, ele não se dispunha a ser tão gentil com quem tentava o enganar.

Totalmente ciente de que estava cutucando a onça com vara curta, ela hesitou por um momento, olhando para a pilha de convites sobre a mesa.

– Gostaria que eu enviasse imediatamente, milady? – sua secretária perguntou.

Após um segundo, ela sacudiu a cabeça.

– Ainda não. Por ora, você pode se retirar.

Levantando-se, Isabel sabia que estava apenas prolongando o inevitável ao não dar início à sua busca por uma amante para Gray, mas ela precisava de um pouco mais de força interna para isso. A tensão e o calor entre os dois era uma maldição para sua saúde mental.

Isabel dormira mal na noite anterior. Seu corpo, embora dolorido, sentia falta de Gray. Se ao menos soubesse o que havia causado essa alteração tão grande em sua relação, poderia encontrar uma maneira de restaurar as coisas.

Como Gray havia pedido antes, ela se dirigiu para a sala adjunta para conversar, sentindo o estômago dar um nó com o mero pensamento de vê-lo. Isabel congelou ao ouvir vozes alteradas do outro lado da porta.

– O que me preocupa são as fofocas, Gray. Já que eu costumo evitar esses eventos sociais enfadonhos, eu não tinha noção do quanto são ruins. São realmente terríveis.

– Você não deve se preocupar com o que dizem sobre mim – Gray respondeu.

– É claro que devo me preocupar! – Spencer exclamou – Também sou um Faulkner. Você me repreende por causa do meu comportamento, mas Pel possui uma reputação muito pior. Eles se perguntam se você possui a coragem para colocá-la nos eixos. Eles sussurram sobre a razão de sua fuga, dizendo que talvez sua esposa seja demais para você. Dizem que você não é homem o bastante para...

– Sugiro que você pare de falar – a interrupção de Gray estava cheia de ameaça.

– Ignorar não ajuda em nada a corrigir o estrago. Ela não passou mais do que alguns minutos no banheiro, e nesse tempo eu ouvi coisas que fizeram meu sangue congelar. A mamãe está certa. Você deveria entrar com o pedido de divórcio. Você pode achar facilmente duas testemunhas do adultério. Na verdade, centenas.

– Você está andando sob um gelo muito fino, meu irmão.

– Não irei tolerar a depreciação de nosso nome, e estou surpreso por você não fazer nada!

– Spencer – o tom de voz de Gray ficou ainda mais grave – Não faça nada estúpido.

– Farei o que é necessário. Ela é uma amante, Grayson. Não uma esposa.

Isabel ouviu um grunhido alto e a parede tremeu violentamente. Ela cobriu a boca e abafou um gemido.

– Insulte Pel mais uma vez – Gray rosnou –, e eu não vou me segurar. Não vou tolerar qualquer difamação de minha esposa.

– Maldição – Spencer ofegou. Sua voz surpresa estava tão próxima da abertura na porta que Isabel teve certeza de que seria descoberta – Você me atacou! O que aconteceu com você, Gray? Você não é mais o mesmo.

– Você diz que eu mudei? Por quê? Por escolher honrar minhas promessas e compromissos? Isso é imaturidade.

– Ela não honra você de igual maneira.

O grave rosnado de Grayson amedrontou Isabel.

– Vá embora. Não consigo aguentar sua presença agora.

– Eu digo o mesmo de você.

Passos raivosos precederam o bater da porta que dava no corredor.

Com o coração correndo enlouquecidamente, Isabel se encostou na parede e sentiu náusea. Ela sabia muito bem sobre as fofocas, que começaram quando eles se casaram e pioraram após a separação. O título de Gray era poderoso o suficiente para ela não ser excluída dos círculos sociais, e considerava os rumores o preço por suas decisões e a liberdade que desejava. Gray parecia imune, por isso ela pensou que ele não se importava. Agora, sabia que não era verdade. Ele se importava. Muito. Descobrir que ela havia machucado Gray foi tão doloroso que Isabel mal conseguia respirar.

Sem saber o que fazer ou o que dizer para minimizar o estrago que causara, Isabel permaneceu imóvel até ouvir o suspiro cansado de Gray. Aquele som a comoveu profundamente, derretendo algo que há muito estava congelado. Ela tocou a maçaneta, abriu a porta...

... e se chocou com a visão que a recebeu.

Gray vestia apenas calças curtas que pareciam novas, o que a fez se lembrar da visita mais cedo do alfaiate. Ele estava de pé ao lado da cama, com a mão apoiada na cabeceira e as costas tensas.

– Grayson – ela chamou silenciosamente, sentindo o sangue se aquecer com sua presença.

Ele se endireitou, mas continuou de costas para ela.

– Sim, Pel?

– Você queria falar comigo?

– Peço perdão. Agora, não é uma boa hora.

Ela respirou fundo, e deu um passo adiante.

– Sou eu quem deve pedir desculpas.

Ele se virou para encará-la, e Isabel reagiu agarrando o encosto de uma cadeira próxima. A visão de seu torso nu tirou seu fôlego.

– Você ouviu nossa conversa – ele disse.

– Não foi minha intenção.

— Nós não vamos discutir isso agora. No momento, não sou uma boa companhia.

Sacudindo a cabeça, Isabel usou a cadeira para impulsionar o corpo e se aproximou.

— Diga o que posso fazer para ajudar.

— Você não vai gostar da minha resposta, então sugiro que vá embora. Agora.

Com a respiração pesada, ela sentiu o estômago revirar.

— Como conseguimos errar tanto? — ela perguntou, quase para si mesma. Mudando de direção, Isabel começou a andar para o outro lado do quarto — Ignorância, eu presumo. E arrogância. Onde estávamos com a cabeça quando pensamos que poderíamos viver daquela maneira sem o julgamento da sociedade?

— Vá embora, Isabel.

— Eu me recuso a ficar entre você e sua família, Gray.

— Dane-se a minha família! — ele retrucou — E direi o mesmo a você se continuar aqui.

— Não fale assim comigo — Isabel cerrou os olhos — Você costumava compartilhar seus problemas comigo. Agora que *eu* sou o problema, considero esse hábito ainda mais importante. E pare de me olhar assim... O que você está fazendo?

— Eu alertei você — ele disse sombriamente. Movendo-se tão rápido que ela não pôde desviar, Gray a agarrou pela cintura e a carregou para o quarto de banho. Sua pele estava quente, seus braços a apertavam. Ele a colocou no chão, empurrou para dentro e bateu a porta entre eles.

— Gray! — ela gritou atrás da porta de madeira.

— Estou me sentindo violento, e seu cheiro está me deixando excitado. Continuar com essa conversa sem sentido vai apenas resultar em você de joelhos usando a boca para algo muito mais útil.

Isabel piscou em choque. Aquela grosseria deveria afastá-la, deveria amedrontá-la, e quase conseguiu as duas coisas. Nunca um homem se dirigira a ela de maneira tão insolente e com tanta raiva. Isso provocou reações estranhas dentro dela.

De pé com a mão pressionada na porta, ela tentou ouvi-lo. Isabel não sabia o que deveria fazer, mas afastar-se quando ele parecia tão inflamado parecia covardia. Porém... ela não era tola. Conhecia os homens muito melhor do que as mulheres, e a melhor coisa a fazer com um homem irritado é ficar fora de seu caminho. Sabia muito bem o que aconteceria se decidisse entrar em seu quarto novamente.

– Grayson?

Ele não respondeu.

Não havia nada que pudesse fazer por ele, nada que pudesse mudar os fatos ou fazê-lo sentir-se melhor além do alívio temporário de um orgasmo. Mas talvez fosse isso mesmo que ele precisava após ser questionado sobre sua virilidade. Talvez fosse também o que ela precisava, para se esquecer por um breve momento que seus dois casamentos haviam fracassado. Na primeira vez, ela era jovem e ingênua. Mas, desta vez, tinha mais experiência. Como fora tola por ter pensado que Gray não amadureceria com o tempo, mas a acolhida de Lorde Spencer provara o contrário. E isso a fez imaginar se talvez Pelham também teria mudado, se tivesse tido tempo.

– Posso ouvi-la pensando através da porta – Gray disse secamente, com a voz diretamente do outro lado da barreira.

– Você ainda está bravo?

– É claro, mas não com você.

– Eu *quero* pedir desculpas, Grayson.

– Pelo quê? – ele perguntou, desta vez num tom de voz mais suave – Por ter se casado comigo?

Ela engoliu em seco, com a palavra "não" presa na garganta porque ela se recusava a dizer isso.

– Isabel?

Suspirando, ela se afastou. Ele estava certo. Agora não era hora de discutir isso, não quando ela não conseguia pensar direito. Odiava a porta entre eles. Bloqueava seu aroma, seu toque, seus olhos famintos... coisas que ela não deveria desejar.

Por que ela não conseguia ser mais prática em relação ao seu casamento, como era o resto de sua família? Por que suas emoções tinham que se envolver e estragar tudo?

– Só para esclarecer – ele disse – Eu não me arrependo de nada, e de tudo que foi dito a mim na última hora, ouvir você dizendo que erramos é o que mais me perturba.

Isabel sentiu os joelhos fraquejarem. Como poderia não se arrepender do casamento que causara tanta dor? Se isso não era suficiente para diminuir sua determinação de construir uma verdadeira relação matrimonial, então nada seria.

Uma raiva de si mesma surgiu em seu peito diante desse amolecimento que ela começou a sentir por ele. Isabel não permitiria se derreter por Grayson. Sua mãe não se derreteria. Nem seu irmão. Eles apenas desfrutariam do sexo até ficarem saciados, depois seguiriam em frente. Após pensar nisso, ela ergueu o queixo. Era isso que também faria, se quisesse mesmo ser prática em relação a tais assuntos.

Ela saiu do quarto de banho pela porta oposta e entrou lentamente em seu boudoir. O fato era que podia ser prática porque as regras foram estabelecidas no começo e o final já era antecipado. Não havia posse, como sentia por Pelham e estava começando a sentir por Gray.

Maldito! Eles eram amigos. Depois, retornou como um estranho, e agora resolvera assumir o posto de seu marido.

Um marido significa posse. Diferente de um amante.

Sentiu o estômago revirar novamente.

Ela é uma amante, Grayson. Não uma esposa.

As palavras enraivecidas de Lorde Spencer eram, simplesmente, a solução.

Tocando o sino, Isabel esperou impacientemente a chegada da dama de companhia e então, com a ajuda da criada, ela se despiu. Completamente. E soltou os cabelos. Depois, endireitou os ombros e rapidamente cruzou a distância de volta para o quarto de Gray. Abriu a porta, viu seu marido estender o braço para apanhar uma camisa sobre a cama, e com um impulso, ela pulou em suas costas.

– O que...

Surpreendido, ele se desequilibrou e caiu de cara na cama. Isabel não se abalou. Levando um braço para trás, Gray a virou sobre a coberta com um grave rosnado.

– Finalmente você recobrou o juízo – ele murmurou, antes de abaixar a cabeça e sugar um mamilo para dentro da boca.

– Oh – ela gemeu, surpreendida pelo calor instantâneo que a preenchera. Céus, aquele homem se recuperava rapidamente! – Espere.

Ele grunhiu e continuou chupando.

– Eu tenho regras!

Olhos azuis ardentes a encararam e Gray soltou o mamilo dramaticamente.

– Você. Nua. Sempre que eu quiser. Onde eu quiser. Essas são as únicas "regras".

– Sim – ela assentiu e ele permaneceu parado, com seu grande corpo enrijecendo como pedra. – Nós vamos criar um acordo e...

– Nós já temos um acordo por escrito, madame. Chama-se "certidão de casamento".

– Não. Eu serei sua amante e você será meu amante. O acordo será claro e por escrito, já que eu não confio em você para manter sua parte do acordo.

– Apenas por curiosidade – ele começou, apoiando-se na cama para ficar por cima dela. Suas mãos buscaram os botões da calça – Você está maluca?

Ela se apoiou nos cotovelos, sentindo água na boca quando ele jogou a calça no chão e de repente estava gloriosamente nu e excitado.

Ele se lançou sobre ela sem nenhum aviso.

– Sua insanidade não vai diminuir meu ardor, então você não precisa se preocupar com isso. Você pode me explicar toda essa besteira enquanto eu estiver montando você. Não vou me importar nem um pouco.

– Gray, estou falando sério.

Apanhando seu joelho, ele abriu suas coxas e posicionou os quadris no meio.

– Uma esposa deve ser tratada com gentileza. Uma amante é apenas sexo conveniente. Tem certeza que quer alterar sua condição em nosso quarto?

Foi então que ela percebeu que ele ainda estava bravo, cerrando os dentes perigosamente. O calor de sua ereção era como eletricidade atingindo sua pele. Arrepios se espalharam por seu corpo, e os seios incharam dolorosamente.

– Você não me assusta.

O corpo dele estava tão rígido e quente que parecia queimá-la.

– Você não capta muito bem os avisos – ele murmurou, e antes que ela pudesse processar a informação, ele a penetrou. Ainda não totalmente molhada para ele e ainda um pouco dolorida, Isabel gemeu de dor e dobrou as costas para cima.

Gray agarrou seus cabelos, mantendo a cabeça dela para trás e sua garganta exposta. Isso também a manteve indefesa e presa no lugar, enquanto ele começava a penetrar com movimentos ferozes e poderosos.

– Quando terminarmos um com o outro – ela ofegou, ainda determinada –, iremos nos separar. Eu voltarei para minha antiga residência. Seremos amigos, e você poderá reconstruir sua imagem.

Ele continuou penetrando, tão fundo que fez Isabel perder o fôlego.

– Você poderá apenas transar comigo – ela conseguiu dizer um momento depois – Se cair nos lençóis de outra mulher, você anulará nosso acordo.

Gray baixou a cabeça e chupou forte em seu pescoço. Ele grunhia a cada estocada profunda. Ao segurar a cabeça dela para trás, os seios impulsionavam para cima, e os cabelos do peito de Gray raspavam sobre os mamilos de Isabel. Ela gemeu com a sensação, perdendo qualquer capacidade de pensar claramente.

Não deveria gostar tanto disso. Sua posição era desconfortável, o toque dele era rude, a boca e dentes machucavam sua garganta sensível. Gray impulsionava os quadris e seu pau grosso era uma intrusão que pressionava internamente... Mas, mesmo assim, a determinação de seu toque, a completa falta de hesitação, sua arrogância suprema em usar o corpo *dela* para o prazer *dele* resultavam numa sensação arrebatadora.

– Sim... – enquanto seu corpo tremia prestes a alcançar o clímax, ela gemeu uma súplica. Isabel arranhava o corpo de Gray, cravava os calcanhares em seu traseiro, e se entregava na mesma medida que recebia.

– Isabel – ele rosnou, pressionando a boca em sua orelha – Atrevida o bastante para pular sobre um homem nu, mas facilmente dominada por um pau rígido.

Nada seria como antes!

– Minhas regras – ela o lembrou, depois cravou os dentes em seu peito.

– Dane-se as suas regras – Gray se retirou dela, agarrando o pau com a mão livre, soltando sons guturais e masturbando-se até disparar o sêmen sobre sua barriga. Foi uma atitude primitiva e crua, muito diferente do cuidado que tivera no dia anterior, e isso deixou Isabel se contorcendo de desejo.

– Seu egoísta safado.

Gray rolou para o lado. Sua linda boca estava apertada, seu rosto corado e os olhos vidrados.

— Não espera que um homem se preocupe com o prazer de uma amante.

— Então você aceita o acordo — ela afirmou. Agora, Isabel tinha o controle, independentemente do que ele quisesse.

Quando Gray começou a esfregar seu sêmen sobre a barriga de Isabel, ele forçou um sorriso gelado.

— Se você deseja fazer um acordo desses, que seja — ele prendeu um mamilo entre os dedos e beliscou.

Isabel deu um tapa em sua mão.

— Já chega!

— Eu deveria deixar você ir embora assim, toda irritada, excitada e molhada. Talvez você entendesse um pouco do que eu sinto.

— Poupe-me — ela zombou — Você teve seu prazer.

— Você realmente acredita que eu posso ficar saciado se você não estiver?

— Por acaso o sêmen em minha barriga não é óbvio?

Gray virou para oferecer uma visão sem obstáculos da extensão rígida de seu pau. Aquilo foi quase demais para o corpo já excitado de Isabel. Mesmo o sorriso arrogante não diminuiu seu desejo. Ele parecia feito para o prazer de uma mulher, e o maldito sabia muito bem disso.

— Acredito que você já provou sua resistência, Grayson.

Ele cerrou os olhos, o que levantou a desconfiança dela. Isabel podia ver sua mente trabalhando. Com certeza considerando alguma diabrura.

— Qualquer homem diante das suas pernas abertas ficaria pronto para devorar você.

— Que poético — ela murmurou ironicamente — Meu coração quase parou.

— Eu reservo minha poesia apenas para minha esposa — ele deslizou para baixo, com um sorriso malicioso que a deixou apreensiva — Se fosse ela em minha cama, eu não a deixaria tão angustiada.

— Não estou angustiada.

Gray lambeu o pedaço de pele que precedia os cachos úmidos de seu sexo. Ela ofegou.

— É claro que não — ele disse, sorrindo — Amantes não esperam receber orgasmos.

— Nunca esperei.

Ignorando-a, ele baixou a cabeça e passou a língua pelos lábios de seu sexo. Ela arqueou os quadris involuntariamente.

– Eu diria para minha esposa o quanto amo seu sabor e a suavidade de sua pele. Diria o quanto o aroma combinado de nossa luxúria me excita e me mantém duro apesar das muitas vezes que eu gozo com ela.

Ela observou suas mãos poderosas, com as unhas cortadas e os calos ásperos, abrirem ainda mais suas pernas. A visão da pele morena de Gray contra sua pele pálida era altamente erótica, assim como a mecha de cabelo que caiu sobre a testa e fez cócegas em suas coxas.

– Eu diria a ela o quanto amo a cor de seus cabelos aqui embaixo. É como um farol que me atrai, prometendo delícias incontáveis e horas de prazer – Gray beijou seu clitóris, e quando ela gemeu baixinho, ele chupou, passando a língua lentamente para frente e para trás.

Soltando a coberta que ela agarrava com força, Isabel levou as mãos até os cabelos molhados de suor de Gray. Ele fez aquele som que ela adorava, uma mistura de um grunhido arrogante com um gemido encorajador, depois ele a recompensou com lambidas mais rápidas.

Passando as pernas sobre os ombros dele, ela o puxou para mais perto, levantando os quadris para raspar contra aquela boca especialista. Isabel esperava que ele fosse parar a qualquer momento, apenas para provocá-la. Desesperada para gozar, ela implorou:

– Por favor... Gray...

Ele murmurou algo tranquilizador, com suas mãos largas apoiando-a enquanto sua língua entregava o orgasmo que ela tanto esperava. Isabel congelou, cada músculo e tendão travado com o prazer que desabrochou primeiro lentamente, depois aumentando em intensidade até ela tremer descontroladamente.

– Adoro isso – ele sussurrou, cuidadosamente subindo de volta para ela – Quase tanto quanto adoro isto – Ele soltou um grunhido e penetrou em meio aos espasmos de Isabel.

– Oh, meu Deus! – ela não conseguia abrir os olhos para vê-lo em ação, algo que adorava tanto. Isabel estava embriagada com ele: seu cheiro, seu corpo, tudo nele a extasiava.

Se o visse agora, estaria perdida.

– Sim – ele disse, penetrando fundo, seu pau rígido e quente derretendo-a por dentro. Passando os braços sobre os ombros dela, Gray a envolveu da cabeça aos pés. Com a boca em sua orelha, ele sussurrou:

– Eu diria para minha esposa o quanto ela é quente e molhada, como se meu pau mergulhasse num pote de mel aquecido.

Ela sentiu o abdômen definido de Gray flexionar contra sua barriga quando ele se retirou num lento e torturante movimento, apenas para penetrar novamente com força.

– Eu amaria seu corpo do jeito que um marido ama sua esposa, cuidando de seu conforto e atendendo ao seu prazer.

As mãos dela acariciaram a curva de suas costas até agarrarem o traseiro, sentindo a flexão dos músculos numa estocada perfeita.

– Continue fazendo isso – ela sussurrou, deixando a cabeça cair para o lado.

– Isto? – ele se retirou, depois, circulando os quadris, penetrou outra vez.

– Hum... um pouco mais forte.

O movimento seguinte a atingiu no fundo. Deliciosamente.

– Você é uma amante exigente – ao seguir a curva de seu rosto com a boca, ele riu.

– Eu sei o que eu quero.

– Sim – a mão dele desceu até agarrar a cintura de Isabel, mudando o ângulo para penetrar ainda mais perfeitamente. – Eu.

– Gray – os braços dela se apertaram, seu corpo estava tomado pela luxúria.

– Diga meu nome – ele exigiu com a voz rouca, penetrando em longos movimentos rítmicos.

Isabel forçou as pálpebras pesadas a abrirem, olhando Gray nos olhos. O pedido não era banal. As feições em seu rosto pareciam abertas, juvenis, sem a arrogância de sempre. Uma amante não usaria seu nome. Nem a maioria das esposas. Aquela intimidade era surpreendente. E em meio àquele prazer, era também devastadora.

– Diga – agora, foi uma ordem.

– Gerard – ela gemeu ao começar a gozar.

E Gray continuou fazendo amor com ela e dizendo palavras apaixonadas em seu ouvido.

Como um marido faria.

CAPÍTULO 11

– O que foi que eu fiz?

Apesar de ouvir o sussurro de Isabel, Gerard permaneceu de olhos fechados, fingindo que dormia. Ela usava seu braço como travesseiro, e o ar no quarto parecia carregado de sexo e flores exóticas. Ele se sentia no paraíso.

Mas obviamente sua esposa pensava diferente.

Ela soltou um suspiro cansado e pressionou os lábios na pele de Gray. O impulso de girar e abraçá-la era arrebatador, mas ele resistiu. De algum jeito, precisava entendê-la. Precisava encontrar a chave para desvendá-la.

O que ela estava pensando quando barganhou sua fidelidade? Gray sentia-se lisonjeado e comovido, mas muito curioso para entender seus motivos. Por que não simplesmente pedir para que fosse fiel? Por que se dar ao trabalho de ameaçar deixá-lo?

Ser fiel a uma mulher era algo desconhecido para ele. Sua necessidade às vezes era violenta, assim como fora hoje, e embora algumas mulheres servissem para tal propósito, outras, como sua esposa, foram feitas para se fazer amor. Não precisava abrir os olhos para saber que o corpo de Isabel estava dolorido por causa de seu ardor. Se continuasse a submetê-la a um tratamento desses, ela começaria a temê-lo, e isso Gray não poderia suportar.

Mas, por ora, tinham um compromisso, e isso permitiria um tempo para pesquisar. Precisava aprender mais sobre ela para poder entendê-la. Com essa compreensão, ele teria a habilidade para fazê-la feliz. Pelo menos, era o que esperava.

Gerard esperou Pel voltar a dormir antes de sair da cama. Apesar de querer continuar ali com ela, era hora de encontrar Spencer e tentar se explicar. Talvez ele entendesse, talvez não, mas Gerard não podia permitir que a situação entre eles continuasse assim.

Ele suspirou. Aquela irritação era algo a que ainda precisava se acostumar. No passado, nunca se importava com nada o bastante para sentir raiva.

Ao passar pelo espelho, Gerard parou ao vislumbrar seu reflexo. Ele se virou e encarou a si mesmo, notando a marca de mordida em seu peito. Girando os quadris, analisou as costas e os arranhões nos dois lados da coluna. Acima do traseiro, marcas redondas prenunciavam hematomas onde os calcanhares de sua esposa se apoiaram.

– Quem diria – ele sussurrou, arregalando os olhos. Gerard estava tão dolorido e marcado quanto Isabel. De amante passiva ela não tinha nada. Na verdade, era uma parceira perfeita para ele.

Algo maravilhoso vibrou em seu peito, e então ele riu baixinho.

– Você é uma criatura estranha – disse uma voz sonolenta atrás dele. – Rir não é a primeira coisa que eu penso em fazer quando vejo você nu.

Um calor se espalhou por sua pele. Gray voltou a se aproximar da cama, e quando o fez, não pôde deixar de notar as marcas de dentes no pescoço de Isabel. Sentiu o coração acelerar com essa visão. Ele era uma fera primitiva, mas ao menos estava ciente disso.

– Então, qual é a primeira coisa que você pensa?

Pel sentou-se na cama. Despenteada e corada, ela tinha um ar de satisfação que a acompanharia por todo o dia.

– Eu penso que seu traseiro é divino, e eu gostaria de mordê-lo.

– Morder? – ele piscou, incrédulo – Minha bunda?

– Sim – ela passou o lençol debaixo do braço, e seu rosto não mostrava o bom humor que denunciaria uma provocação.

– Por que diabos você gostaria de fazer uma coisa dessas?

– Porque ela parece firme e gostosa. Como um pêssego – lambendo os lábios, ela ergueu uma sobrancelha desafiadora – Quero saber se continuaria tão firme entre meus dentes.

Ele cobriu o traseiro com as mãos quase involuntariamente.

– Você está falando sério.

– Muito.

– Muito – Gerard estudou sua esposa com um olhar cerrado. Nunca ocorreu a ele que Isabel pudesse ter... *taras* na cama. Já que ela aceitara satisfazer seu ímpeto anômalo, considerou que seria justo satisfazer os desejos dela também, mesmo que seus músculos ficassem tensos só de pensar nisso.

Os olhos castanhos de Isabel se tornaram sombrios com o convite silencioso que Gray não poderia recusar. Era isso que ele queria, que ela estivesse disposta, e se isso significava permitir que ela mordesse sua bunda, então faria isso. Seria rápido. Depois, se vestiria para conversar com Spencer.

– Isso é um pouco estranho – ele murmurou, deitando-se de bruços ao lado dela.

– Eu não quis dizer agora mesmo – ela disse secamente – Nem mesmo que gostaria de transformar esse pensamento em realidade. Eu simplesmente respondi sua pergunta.

Ele soltou um suspiro aliviado.

– Graças a Deus – mas quando se mexeu para sair da cama, ela deixou o lençol cair e expôs os seios. Gemendo, ele perguntou: – Como você quer que eu vá cuidar da minha vida se fica me tentando dessa maneira?

– Então, não vá – movendo seu corpo de cortesã em meio aos lençóis, ela o atordoou com sua beleza enquanto subia por cima dele – Ou você se sente confortável apenas quando é você quem morde?

Isabel montou suas costas em posição reversa, com os pés perto das mãos dele, os quadris em seus ombros, os seios pousando nas costas. A sensação de suas curvas voluptuosas e o calor sedutor de seu corpo sonolento provocou outra ereção em Gerard.

E por um momento havia pensado que estava esgotado.

Agarrando os calcanhares de Isabel, Gerard esperou. Depois, sentiu suas pequenas mãos acariciarem a curva de seu traseiro antes de apertar gentilmente. Não poder enxergar o que ela fazia apenas aumentou o erotismo da situação. Por mais ridículo que parecesse, a ideia de Isabel admirando outro homem dessa maneira o deixava nervoso.

– Você sempre teve essa fascinação?

– Não. Você tem uma bunda singular.

Ele esperou por mais, mas ela ficou em silêncio. Isabel começou a murmurar um som de aprovação, e Gerard sentiu o pau endurecer quase ao ponto de doer. As pontas dos dedos de Isabel raspavam sua pele, esfregando e pressionando de um jeito que fazia seus pelos se arrepiarem. Fechando os olhos, ele enterrou o rosto na cama.

Um toque suave seguiu a marca onde o traseiro se juntava às coxas. Então, ele sentiu o calor da respiração de Isabel sobre sua pele. Seus músculos ficaram tensos por todo o corpo numa onda que partia de seu traseiro. A espera parecia interminável.

E então, ela o beijou.

Primeiro de um lado, depois do outro. Suaves beijos de boca aberta. Ele sentiu os mamilos de Isabel enrijecerem sobre suas costas, e ficou um pouco aliviado por não estar sozinho nisso. Seja lá o que *isso* fosse.

Depois, sua esposa o mordeu gentilmente, e ele apertou os dedos dos pés. *Seus malditos dedos dos pés!*

— Meu Deus, Isabel — ele disse com a voz rouca, movendo inquietamente os quadris e pressionando a ereção contra a cama. Ele tinha certeza que nenhuma outra mulher poderia morder sua bunda e conseguir excitá-lo dessa maneira. Tinha certeza que se fosse qualquer outra mulher na posição de Isabel, ele estaria rindo agora. Mas isso não era nada engraçado. Era uma tortura do tipo mais sensual.

Algo quente e molhado deslizou sobre sua pele.

— Você me *lambeu*?

— Shhh — ela murmurou — Relaxe. Não vou machucá-lo.

— Você está me matando!

— Quer que eu pare?

Gerard cerrou os dentes e considerou. Depois, disse:

— Apenas se você quiser parar. Do contrário, não. No entanto, devo avisá-la de que meu corpo é seu sempre que desejar.

— Eu desejo agora.

Ele sorriu diante da determinação na voz de Isabel.

— Então, por favor, continue.

O tempo passou sem ele perceber, perdido em meio ao aroma sensual de sua esposa e a satisfação masculina por ser tão profundamente admirado. Eventualmente, ela se afastou de seu traseiro e seguiu para as pernas. Quando alcançou os pés, ele riu com as cócegas produzidas por aquele toque suave. Quando ela alcançou os ombros e os cabelos rasparam sobre suas costas, ele suspirou.

Certa manhã, não muito tempo atrás, ele se sentou na varanda e tentou se lembrar de como era sorrir com verdadeira alegria. Que bênção de Deus ter encontrado a resposta ali, em sua casa. Com Pel.

Então, ela o fez virar na cama e o montou de novo, recebendo-o lentamente dentro de si. Ela estava encharcada e ardente, e Gerard observou, tremendo, seu pau ser envolvido centímetro por centímetro entre os lábios brilhantes do sexo de Isabel.

— Oh... Deus — ela sussurrou, com as coxas tremendo, os olhos pesados e vidrados nos seus. Os leves gemidos se transformaram numa respiração ofegante. Era mais do que óbvio que ela adorava seu pau ao extremo.

— Não vou durar muito — ele alertou, puxando-a para baixo com impaciência. Gerard já havia tomado Isabel várias vezes, mas nunca acontecera o contrário, e ela era uma mulher madura ciente de seus próprios desejos. Desde o momento em que foram apresentados, ele admirava sua confiança e equilíbrio. Agora, achava fascinante e gratificante compartilhar o controle na cama — Estou pronto para gozar.

— Mas você não vai.

E ele obedeceu. Um medo o fez conter-se, pois ela era sua esposa — para proteger, agradar e desfrutar. Não a perderia igual perdera Emily.

Sua. Ela era sua.

Agora, precisava apenas convencê-la disso.

Quando Gerard finalmente encontrou a força para sair da cama, ele foi diretamente para o aposento de Spencer, mas não o encontrou lá. Uma busca rápida pela casa também foi em vão. Foi então que descobriu que seu irmão havia partido logo depois da discussão que tiveram. Dizer que estava preocupado era um eufemismo. Não tinha noção do tipo de fofoca que Spencer ouvira na noite anterior, nem a pessoa que proferira as palavras que tanto o irritaram.

Não irei tolerar a depreciação de nosso nome... Farei o que for necessário.

Rosnando, Gerard foi até seu escritório e escreveu dois recados. Um deles deveria esperar por Isabel, o outro foi despachado imediatamente. Ele havia planejado acompanhar sua esposa onde quer que ela fosse, e Gerard estava ansioso pela companhia dela e a chance de dissipar os rumores que os perseguiam. Agora, seria forçado a fazer uma busca por clubes, tavernas e bordéis para ter certeza de que Spencer não havia se afundado em problemas.

Maldição, ele pensou, enquanto esperava por seu cavalo ser selado. Uma tarde inteira de esforço físico o deixara com as pernas bambas e, se precisasse lutar, não estaria em sua melhor forma. Por causa disso, rezou para que Spencer não estivesse atrás de brigas, apenas de mulheres e bebidas. E dessas duas opções, Gerard preferia que fosse a última. Bêbado, talvez seu irmão o ouvisse mais facilmente.

Montando a sela, ele conduziu o cavalo para longe da casa que agora era um lar e pensou em quantas decisões de seu passado ainda machucariam as pessoas que lhe eram queridas.

— O que você está fazendo aqui, Rhys? — Isabel perguntou ao entrar no saguão. Por mais que tentasse, não conseguia esconder a irritação em sua voz. Acordar sem Gray já era ruim o bastante; ler seu recado curto e vago apenas aumentou seu descontentamento.

Preciso encontrar Spencer.
Amor,
Grayson.

Ela sabia como os homens se relacionavam: eles discutiam, depois faziam as pazes com cerveja e mulheres. Sabendo da disposição de seu marido, ela não poderia pensar que seria diferente com ele.

Seu irmão se levantou da poltrona e fez uma rápida reverência. Vestido elegantemente com roupas pretas, ele era uma visão notável.

— Estou aos seus serviços, madame — ele disse, imitando o tom de voz de um criado.

— Meus serviços? — ela franziu as sobrancelhas — Por que eu precisaria de você?

— Grayson me enviou. Ele me escreveu dizendo que não poderia acompanhá-la nesta noite e sugeriu que eu o fizesse. Pois se concordasse, eu com certeza ficaria cansado demais para juntar-me a ele no clube de pugilismo do Remington's pela manhã. Então, como gratidão por minha ajuda, ele me dispensaria dos ringues. Indefinidamente.

Os olhos dela se arregalaram.

– Ele ameaçou você?

– Eu disse a você que ele me castigaria por tê-la sequestrado ontem à tarde.

– Ridículo – ela murmurou.

– Concordo – ele disse secamente – Entretanto, felizmente eu já tinha planos de comparecer ao baile na residência dos Hammond, já que Lady Margaret Crenshaw estará lá.

– Outra vítima da sua lista? Pelo menos você já conversou com essa?

Rhys jogou um olhar cerrado.

– Sim, já conversei, e ela me pareceu muito agradável. Então, se você estiver pronta...

Embora ela estivesse vestida para sair à noite, Isabel havia considerado permanecer em casa esperando por Gray. Mas seria tolice. Ele obviamente queria que ela fosse ao baile, já que se esforçara tanto para lhe arranjar uma companhia. Ela já não era uma garota ingênua. Não deveria se importar nem um pouco por Gray ter passado horas desfrutando de seu corpo para depois deixá-la sozinha. Uma amante não se importaria, ela disse a si mesma.

E Isabel continuou a se lembrar desse fato com o decorrer da noite. Mas quando viu de relance um rosto familiar no meio do salão lotado, ela descartou esse lembrete. Amante ou não, um nó se formou em seu estômago, que logo foi substituído por uma pontada de raiva.

– Lorde Spencer Faulkner está aqui – Rhys comentou casualmente quando o jovem entrou no salão a poucos metros deles.

– Pois é – mas Grayson não estava. Então, ele mentira. Por que ficaria surpresa?

Ela estudou seu cunhado cuidadosamente, notando as similaridades e diferenças com seu marido. Diferentemente de sua própria semelhança com Rhys, Gray e Lorde Spencer possuíam apenas uma vaga familiaridade física, o que dava uma breve noção de como o pai deles provavelmente se parecia.

Como se percebesse seu interesse, Spencer virou a cabeça e a encarou. Por um breve momento, ela enxergou algo decidamente desagradável, que depois foi mascarado com uma diligente frieza.

152

— Ora, ora – Rhys murmurou. – Acho que finalmente encontramos um homem imune aos seus charmes.

— Você também reparou?

— Infelizmente, sim – Rhys olhou ao redor da multidão – Posso apenas esperar que você e eu tenhamos sido os únicos que... Bom Deus!

— O que foi? – alarmada pelo choque de Rhys, Isabel ficou na ponta dos pés e também olhou ao redor. *Será que era Gray?* Seu coração acelerou. – O que você viu?

Rhys entregou sua taça de champanhe para ela tão rapidamente que o líquido quase se derramou em seu vestido de cetim.

— Com licença – e então ele se foi, deixando Isabel consternada para trás.

Rhys seguiu a garota esguia que andava no meio dos convidados. Como se fosse um fantasma, ela se movia despercebida, uma mulher normal vestindo uma roupa normal. Mas Rhys estava arrebatado. Ele conhecia aqueles cabelos pretos. Tinha sonhado com aquela voz.

Ela deixou o salão e entrou rapidamente num corredor. Ele a seguiu. Quando ela entrou por uma porta, Rhys desistiu de disfarçar sua perseguição. Apanhou a maçaneta pouco depois de fechar atrás dela e abriu. O pequeno rosto da garota se virou e o encarou.

— Lorde Trenton.

Ele entrou no terraço e fechou a porta, abafando os sons do baile. Fazendo uma leve reverência, Rhys apanhou sua mão e a beijou.

— Lady Misteriosa.

Ela riu, e ele apertou a mão. Ela inclinou a cabeça, parecia não entender aquilo.

— Você me acha atraente, não é? Mas não consegue dizer a razão. Francamente, eu estou igualmente intrigada.

Rhys deixou escapar uma leve risada.

— Você me permite investigar um pouco? – ele abaixou o rosto lentamente, permitindo tempo para ela se afastar antes do encontro de seus lábios. O leve toque o afetou de modo estranho, assim como seu aroma, que era tão suave que quase desaparecia no ar frio da noite – Acho que alguns experimentos cairiam muito bem.

– Oh – ela gemeu, e sua mão livre pousou em sua barriga – Isso me fez sentir um frio aqui.

Ironicamente, um calor surgiu no peito de Rhys, depois desceu até entre suas pernas. Engraçado, ela não era nem um pouco seu tipo. Miúda. Sabichona. Certamente gostava de sua franqueza, mas por que queria arrancar sua saia era algo que ele não entendia. Era magra demais para seu gosto e não possuía as curvas femininas que ele gostava. Mesmo assim, não podia negar que a desejava e queria descobrir seus segredos.

– Por que você está aqui fora?

– Porque prefiro aqui do que lá.

– Então, vamos dar uma volta – ele murmurou, enlaçando seu braço e a conduzindo para fora.

– Você irá flertar comigo descaradamente? – ela perguntou. Eles encontraram um caminho escuro em meio ao jardim e prosseguiram lentamente.

– É claro. Também vou descobrir seu nome antes de nos separarmos.

– Você parece muito certo disso.

Ele sorriu para seus olhos iluminados pelo luar.

– Eu tenho meus métodos.

Ela se mostrou cética.

– Divirta-se tentando ser mais esperto do que eu.

– Não tenho dúvida de que seu cérebro seja formidável, mas essa não é a parte de você em que eu usaria meus charmes.

Ela empurrou seu ombro com a mão livre.

– Não é justo falar dessa forma com uma mulher inexperiente como eu. Você está bagunçando minha mente.

Rhys se encolheu, um pouco envergonhado.

– Sinto muito.

– Não, não sente – a mão dela raspou onde havia tocado nele antes, e o sangue de Rhys se aqueceu. Como poderia se excitar assim apenas com o raspar de uma mão sobre suas roupas?

– É com esse tipo de gracejo que os homens falam com as mulheres com quem sentem intimidade? Lady Grayson sempre ri das coisas que homens entediantes dizem a ela.

Parando de repente, Rhys a encarou.

– Não quis ofender! – ela disse rapidamente – Na verdade, considero Lady Grayson uma mulher versátil da maneira mais lisonjeira possível.

Estudando-a cuidadosamente, ele concluiu que ela estava sendo sincera e recomeçou a andar.

– Sim, uma vez que você se torna amigo de um membro do sexo oposto, a conversa pode se tornar íntima.

– Sexualmente íntima?

– Muitas vezes, sim.

– Mesmo que o objetivo não seja sexual, meramente para um divertimento temporário?

– Você é uma garota muito curiosa – seu sorriso era indulgente. Que coisa extraordinária um flerte tão banal se tornar algo tão excitante quando visto pelos olhos dela. Rhys desejou poder conversar com ela por horas e responder a todas as suas perguntas.

– Temo que eu não possuo o conhecimento necessário para gracejar dessa maneira. Então, espero que me perdoe por pedir diretamente que me beije.

Ele quase tropeçou, espalhando cascalho por todo o lado.

– Perdão?

– Você me ouviu, milorde – seu queixo se ergueu – Eu gostaria muito que você me beijasse.

– Por quê?

– Porque ninguém nunca irá.

– Por que não? Você subestima a si mesma.

O sorriso dela veio travesso e cheio de divertimento.

– Eu me estimo muito bem, obrigada.

– Então você certamente sabe que outros homens a beijariam – mesmo quando ele disse isso, Rhys percebeu o quanto essa ideia o perturbava. Os lábios dela eram macios como pétalas de rosas, e agora os considerava os mais bonitos que já vira. A imagem em sua mente de outro homem a beijando fez seus punhos se fecharem.

– Outros homens podem até querer, mas não vão me beijar – ela deu um passo para frente e ficou na ponta dos pés, oferecendo a boca para ele – Pois eu não vou permitir.

Contra sua vontade, Rhys a agarrou. Ela era magra, com curvas tímidas, mas se encaixava perfeitamente nele. Rhys tomou um momento para absorver aquela sensação.

— Nós combinamos — ela sussurrou, com olhos arregalados — Isso é comum?

Ele engoliu em seco e sacudiu a cabeça, levando uma das mãos para o rosto dela.

— Não sei o que fazer com você — ele admitiu.

— Apenas me beije.

Rhys baixou a cabeça, pairando sobre ela apenas a alguns centímetros.

— Diga o seu nome.

— Abby.

Ele lambeu seu lábio inferior.

— Quero me encontrar com você novamente, Abby.

— Para podermos nos esconder em jardins e fazer coisas escandalosas?

O que poderia dizer? Rhys não sabia nada sobre ela, mas suas roupas, idade e o fato de andar por aí sem companhia denunciavam sua falta de consequência. Era tempo de se casar, e ela não era uma mulher que ele podia cortejar.

O sorriso de Abby dizia que ela entendia o que ele estava pensando.

— Apenas me beije e diga adeus, Lorde Trenton. Fique contente por ter me dado a fantasia de um charmoso pretendente.

Ele ficou sem palavras, então a beijou, profunda e emocionalmente.

Ela se derreteu em seus braços e gemeu de um jeito tão suave que o deixou arrebatado. Ele queria tomar liberdades com ela. Queria despi-la, compartilhar tudo o que sabia e enxergar o sexo através dos olhos dela.

Então, quando Abby o deixou no jardim, o adeus que ele deveria dizer não saiu de sua garganta. E mais tarde, quando retornou para a mansão fingindo um exterior calmo, Rhys percebeu que ela também não se despedira.

CAPÍTULO 12

– É interessante notar que ela veio sem Grayson – Bárbara murmurou, com o braço enlaçado com Hargreaves. Virando a cabeça, ela mais uma vez o procurou pela multidão.

– Talvez ele pretenda se juntar a ela mais tarde – o conde respondeu, com muito mais indiferença do que ela gostaria. Se ele de repente decidisse que não queria mais Isabel, Bárbara ficaria sozinha em sua tentativa de atrair Grayson de volta para sua cama.

Ela o soltou e deu um passo para trás.

– Trenton finalmente a deixou sozinha. Agora é um bom momento para abordá-la.

– Não – Hargreaves a olhou com a sobrancelha levantada – Agora *não* é um bom momento. Pense no falatório que isso provocaria.

– A fofoca é nosso objetivo – ela argumentou.

– Grayson não é alguém com quem se brinca.

– E você também não.

Ele olhou pelo salão, cerrando os olhos ao vislumbrar sua ex-amante.

– Veja o quanto ela parece melancólica – Bárbara comentou – Talvez já esteja se arrependendo de sua decisão. Mas você nunca saberá se não conversar com ela.

Foi essa última ideia que conseguiu os resultados que ela queria. Resmungando, Hargreaves começou a andar, com os ombros cheios de determinação.

Ela sorriu e se virou na direção oposta, procurando e encontrando o jovem Lorde Spencer. Fingindo tentar passar por ele, Bárbara raspou os seios em seu braço, e quando ele se virou com olhos arregalados, ela corou.

— Perdão, milorde — ela o olhou por trás de seus longos cílios.

Ele ofereceu um sorriso indulgente.

— Não é necessário se desculpar — ele disse suavemente, apanhando a mão oferecida. Ao tentar dar espaço para ela passar, Bárbara continuou parada. Ele ergueu uma sobrancelha — Milady?

— Eu gostaria de alcançar as mesas de bebida, mas está cheio demais. E estou com tanta sede.

Spencer soltou um sorrisinho cínico.

— Eu ficaria honrado em servi-la.

— Que galante de sua parte vir ao meu socorro — ela disse, começando a andar ao seu lado. Bárbara o estudou discretamente. Ele era muito bonito, embora não da mesma maneira que seu irmão mais velho. Grayson possuía um lado perigoso que não podia ser ignorado, apesar de sua aparência exterior de despreocupação. No caso de Lorde Spencer, sua indiferença não era apenas uma fachada.

— Eu tento ser útil para mulheres bonitas o máximo que posso.

— Que sorte de Lady Grayson possuir dois homens da família Faulkner à sua disposição.

O braço dele ficou tenso sobre a mão dela e Bárbara não conseguiu esconder um sorriso. Algo estava errado no lar dos Grayson, uma circunstância que poderia ser vantajosa. Ela teria que dobrar o jovem Faulkner com seus charmes para descobrir qual era o problema, mas essa era uma tarefa que ela encarava com toda alegria.

Com uma rápida olhada sobre o ombro para ter certeza que Hargreaves estava com Isabel, Bárbara endireitou os ombros, ansiosa para desfrutar do resto da noite com Lorde Spencer.

— Isabel.

John parou numa distância discreta. Ele a olhou de cima a baixo, observando as pérolas que envolviam seu cabelo ruivo e seu adorável vestido verde-escuro, cuja cor profunda complementava perfeitamente a palidez de sua pele. O longo colar de pérolas fazia um trabalho admirável escondendo as marcas em seu pescoço, mas ele as notou mesmo assim.

– Você está bem?

O sorriso dela era triste e afeiçoado ao mesmo tempo.

– Tão bem quanto possível – Isabel inclinou o corpo na direção dele. – Eu me sinto horrível, John. Você é um bom homem que merece ser tratado melhor do que eu o tratei.

– Você sente minha falta? – ele se atreveu a perguntar.

– Sim – Isabel o encarou nos olhos – Mas talvez não da mesma maneira que você deve estar sentindo a minha falta.

Ele sorriu. Como sempre, admirava sua honestidade. Ela era uma mulher que falava sem artifícios.

– Onde está Grayson nesta noite?

Ela ergueu o queixo levemente.

– Não vou conversar sobre meu marido com você.

– Então não somos mais amigos, Pel?

– Certamente não seremos se o seu objetivo for bisbilhotar meu casamento – ela retrucou. Depois, seu rosto ficou corado e os olhos se abaixaram.

John abriu a boca para pedir desculpas, mas desistiu. O mau humor de Isabel apenas crescera enquanto a relação entre eles progredia. Agora, ele começava a considerar se isso teria começado antes do retorno de Grayson e ele tinha sido muito estúpido para perceber.

Soltando um longo suspiro, ele tentou considerar essa possibilidade, mas uma súbita agitação e a tensão de Pel chamaram sua atenção. Ele olhou para trás e viu o Marquês de Grayson de pé do outro lado do salão. O olhar de Grayson primeiro grudou em Isabel, depois lentamente pousou sobre John.

Congelado pela situação, John estremeceu. Depois, Grayson desviou os olhos.

– Seu marido chegou.

– Sim, sim. Eu sei. Com licença.

Ela já havia se afastado um pouco quando ele se lembrou do plano de Bárbara.

– Eu a acompanharei até o terraço, se quiser.

– Obrigada – ela respondeu com um aceno que balançou seus cabelos ruivos. John sempre amara aqueles cabelos. A combinação de mechas ruivas e castanhas era incrível.

A visão foi quase suficiente para distraí-lo do gélido olhar azul penetrante em suas costas.

Quase.

– Grayson!

Gerard olhava para sua esposa tentando entender sua irritação. Ela estava obviamente brava com algo que ele fizera, embora não soubesse o quê. Mas não estava surpreso. Com exceção do sexo maravilhoso à tarde, o resto do seu dia fora horrível.

Ele suspirou e se virou.

– Sim, Bartley?

– Parece que seu irmão estava falando sério quando disse que viria aqui. Ele chegou faz uma hora, e de acordo com o criado na porta, ainda não foi embora.

Olhando para a multidão, Gerard não enxergava Spencer em lugar algum, mas viu quando Isabel entrou num terraço junto com Hargreaves. Queria falar com ela, mas já havia aprendido que era melhor cuidar de um problema por vez, e Spencer era a questão mais grave naquele momento. Ele confiava em Isabel. Mas não podia dizer o mesmo de seu irmão.

– Vou começar pelo salão de cartas – ele murmurou, aliviado por ter encontrado Bartley quando estava saindo da Nonnie's Tavern. Este baile seria o último lugar onde procuraria por Spencer.

– Aquele não é Hargreaves junto com Lady Grayson? – Bartley perguntou.

– Sim – Gerard se virou.

– Você não deveria dizer algo a ele?

– E o que eu diria? Ele é um bom homem e Isabel é uma mulher inteligente. Nada de mais vai acontecer.

– Bom, até eu sei disso – Bartley disse rindo – Mas se você está falando sério sobre cortejar sua esposa, eu sugiro ao menos que finja um pouco de ciúme.

Gerard sacudiu a cabeça.

– Ridículo. E tenho certeza de que Isabel diria o mesmo.

– Mulheres são criaturas estranhas, Gray. Talvez eu saiba algo sobre o sexo frágil que você não saiba – Bartley ironizou.

– Disso eu duvido – Gerard começou a andar na direção do salão de cartas – Você disse que meu irmão estava apenas um pouco irritado?

– Foi o que me pareceu. Entretanto, ele certamente sabe da minha amizade com você. Isso pode tê-lo incentivado a ficar de boca fechada.

– Posso apenas rezar para que tenha continuado discreto assim no resto da noite.

Bartley o seguiu a passos rápidos.

– O que você fará quando o encontrar?

Gerard parou de repente, absorvendo o impacto de Bartley em suas costas.

– Mas que diabos? – Bartley resmungou.

Virando-se, Gerard disse:

– Será mais fácil procurar se estivermos separados.

– Mas não tão divertido.

– Não estou aqui para me divertir.

– E como encontrarei você depois, caso eu encontre Spencer?

– Tenho certeza de que você pensará em algo – Gerard continuou, deixando Bartley para trás. Sua gravata estava engomada demais, Isabel estava tão perto e tão longe, o confronto com seu irmão o deixava nervoso... Juntando tudo, seu humor não estava dos melhores.

E com o estender da busca, não melhorou em nada.

Isabel pisou no terraço lotado e tentou ignorar o quanto estava magoada com a mentira de Grayson. Pensou que seria uma tarefa difícil, mas quando enxergou uma familiar cabeça com cabelos grisalhos, seus pensamentos imediatamente foram direcionados a outro lugar. Ela suspirou. Soltando Hargreaves, ela disse:

– É melhor nos separarmos agora.

Seguindo o olhar dela, John assentiu e rapidamente se retirou, permitindo que ela se aproximasse da Marquesa viúva de Grayson. A velha senhora a encontrou no meio do caminho, elas enlaçaram os braços, e a viúva a conduziu para longe dos convidados.

– Você não tem vergonha? – a viúva sussurrou.

– Você realmente espera que eu responda a isso? – Isabel retrucou. Quatro anos e ela ainda não havia aprendido a tolerar aquela mulher.

– Como pode uma mulher com o seu berço mostrar tanto desprezo pelo título que carrega? Grayson sempre fez o máximo que podia para me irritar, mas casar-se com você superou tudo.

– Você poderia, por favor, encontrar outra coisa para reclamar?

Sacudindo a cabeça, Isabel se soltou. Agora que estavam longe da vista dos convidados, podiam parar com a cordialidade fingida. O fervente desejo da viúva de manter a estima da linhagem e do nome de sua família era compreensível, mas Isabel não suportava a maneira como ela tentava alcançar esse objetivo.

– Eu o farei se livrar de você, nem que seja a última coisa que eu faça.

– Boa sorte com isso – Isabel murmurou.

– Perdão? – a viúva ergueu o queixo.

– Já falei com Grayson sobre nos separarmos muitas vezes desde seu retorno. Ele se recusa.

– Você não deseja continuar casada com ele? – a completa surpresa da viúva teria divertido Isabel se ela não estivesse tão perturbada pelo comportamento de Gray. A mentira... Ter sido ignorada tão diretamente... Ter confiado nele... Tudo isso doía, e Isabel havia prometido para si mesma que nunca mais passaria por isso.

– Não, não quero. As razões para nosso casamento podem parecer tolas agora. Tenho certeza de que também eram na época, mas nós estávamos obstinados demais para perceber.

– Isabel – a viúva cerrou os lábios e começou a manusear seu colar de safira enquanto exibia um olhar pensativo – Você está falando sério?

– Sim.

– Grayson insiste que uma petição de divórcio irá fracassar. De qualquer modo, o escândalo seria terrível para todos.

Tirando uma das longas luvas, Isabel tocou as pétalas de uma rosa. Então, Gray estava considerando romper seu vínculo. Ela deveria saber.

Que infelicidade a sua por ser uma mulher que gostava do companheirismo dos outros. Era assim que prosperava. Talvez se não fosse assim, ela não sentiria a necessidade de ter apoio e de se sentir amada, portanto, não estaria nessa posição. Muitas mulheres se abstêm. Mas ela não poderia fazer isso.

Isabel suspirou. As críticas que recairiam sobre eles se entrassem com o pedido de divórcio seriam devastadoras, mas o casamento com Grayson poderia ser ainda pior. Ela quase fora destruída por seu último marido, e sua atração por Gray provou ser tão forte quanto a que sentira por Pelham.

– O que você quer que eu diga? Que estou preparada e que aceito o futuro de uma mulher divorciada por adultério? Pois não estou.

– Mas você está decidida, posso ver em seus ombros. E irei ajudá-la.

Isabel se virou ao ouvir aquilo.

– Você irá *o quê*?

– Você me ouviu – um leve sorriso suavizou as feições da viúva. – Não tenho certeza de *como* irei ajudar. Apenas sei que farei isso, da maneira que eu puder. Talvez eu até garanta que você fique com uma boa parte do dinheiro.

De repente, os eventos do dia foram demais para Isabel.

– Com licença – ela encontraria Rhys e pediria para a ele que a levasse de volta para casa. Ainda estava dolorida com as marcas que Gray deixara durante a tarde, e desejava seu quarto e uma garrafa de vinho mais do que qualquer outra coisa.

– Entrarei em contato, Isabel – a viúva disse atrás dela.

– Que ótimo – ela murmurou tristemente, acelerando os passos – Mal posso esperar.

Frustrado por não encontrar Spencer, Gerard estava prestes a cometer um ato de violência quando virou uma esquina e parou de repente, bloqueado por uma mulher saindo de uma sala escura.

Ela se virou e teve um sobressalto.

– Deus do Céu – Lady Stanhope exclamou, levando a mão ao coração. – Você me assustou, Grayson.

Ele a estudou com uma sobrancelha levantada. Corada e despenteada, ela obviamente tinha acabado de transar. Quando a porta se abriu novamente e Spencer apareceu com a gravata amarrotada, a outra sobrancelha de Gerard se juntou à primeira.

— Estive procurando você por horas.

— É mesmo?

Seu irmão estava claramente mais relaxado do que antes. Intimamente familiarizado com o apetite sexual de Bárbara, Gerard não ficou surpreso. Ele sorriu. Era exatamente assim que esperava encontrar Spencer.

— Eu gostaria de conversar com você.

Spencer ajeitou o casaco e jogou um olhar para Bárbara.

— Talvez amanhã?

Analisando-o cuidadosamente, Gerard perguntou:

— Quais são seus planos para esta noite? – ele não esperaria se seu irmão ainda tivesse a intenção de causar problemas.

Outro olhar para Bárbara aliviou a preocupação de Gerard. Se Spencer fosse transar, então não arranjaria brigas.

— Então, espero você para o café da manhã em meu escritório.

— Muito bem.

Beijando a mão de Bárbara, Spencer fez uma elegante reverência e se retirou, provavelmente para arranjar sua partida juntos.

— Voltarei em breve, minha querida – os olhos de Bárbara permaneceram grudados em Gerard.

Quando ficaram sozinhos, ele disse:

— Fico agradecido por sua associação com Lorde Spencer.

— Oh? – Ela fez uma careta – um pouco de ciúme cairia bem, Grayson. Ele riu.

— Não existe nada entre nós para eu sentir ciúme, e nunca houve.

Ela pousou a mão no abdômen de Gerard, com seus olhos verdes brilhando com pensamentos travessos.

— Poderia existir, se ao menos você esquentasse minha cama novamente. Embora nosso encontro na outra noite tenha sido lamentavelmente curto, foi o suficiente para me lembrar do quanto nós dois combinamos.

— Ah, Lady Stanhope – Isabel disse atrás dele – Obrigada por encontrar meu marido.

Gerard não precisava se virar para saber que as coisas estavam prestes a piorar.

A condessa se afastou, e Isabel não pôde deixar de notar que ela parecia ter acabado de transar. Grayson a olhou cansado, tenso com expectativa enquanto ela decidia o que fazer. No passado, Isabel lutou por Pelham, mas o esforço fora em vão. Maridos mentem e traem. Esposas práticas entendem isso.

Com o coração preso no bloco gelado no qual ela aprendera a se apoiar, Isabel simplesmente virou-se de costas para Gray com a intenção de deixar tudo para trás: o baile, sua casa, *ele*. Em sua mente, ela já estava arrumando as malas, com o cérebro rapidamente listando suas posses.

– Isabel.

Aquela voz. Ela estremeceu. Por que ele tinha que ter aquela voz rouca que provocava tanta luxúria e decadência?

Ela não diminuiu os passos, e quando ele agarrou seu cotovelo, Isabel pensou em sua antiga casa e em como seus móveis estariam tão fora de moda.

A mão de Gray tocou seu rosto. Ele a forçou a encará-lo. Os olhos azuis a fizeram se lembrar de seu antigo sofá, que possuía uma cor semelhante. Teria que jogá-lo fora.

– Meu Deus – ele murmurou – Não olhe para mim desse jeito.

O olhar dela desceu para onde a grande mão de Gray agarrava seu cotovelo.

Antes que pudesse perceber, ele a puxou para o quarto escuro que cheirava a sexo e fechou a porta. O estômago de Isabel congelou, e sentindo uma incrível urgência para escapar, ela correu pelo espaço iluminado pela lua em direção à sala do outro lado. Era uma biblioteca cujas janelas davam no lado de fora. Uma vez lá, ela parou e se apoiou numa poltrona de couro, respirando fundo o ar fresco.

– Isabel – as mãos de Gray pousaram sobre seus ombros, depois desceram até seus braços e terminaram entrelaçando seus dedos. Seu corpo parecia incandescente nas costas de Isabel. Ela começou a suar.

Talvez verde? Não, isso não funcionaria. O escritório de Gray era verde. Então, violeta? Um sofá violeta seria uma boa mudança. Ou rosa. Nenhum homem iria visitar um salão rosa. Isso não seria adorável?

– Você pode, por favor, conversar comigo? – ele era muito bom em persuasão. E era também charmoso e bom de cama. As mulheres podem perder a cabeça com ele se baixarem a guarda.

– Dourados.

– O quê?

Ele a virou para que ela o encarasse.

– Rosa com detalhes dourados no salão – ela disse.

– Certo. Rosa complementa minha coloração.

– Você não será convidado para meu salão.

Gray franziu o rosto.

– É claro que vou. Você não vai me deixar, Pel. O que você ouviu não significa o que você pensa.

– E não penso nada, milorde – ela disse calmamente – Se me der licença...

Ela deu um passo ao lado.

Ele a beijou.

Como um licor, o beijo desceu esquentando primeiro seu estômago, depois se espalhou pelo resto do corpo. Foi intoxicante. Seus pensamentos começaram a se arrastar. Precisando de ar, ela respirou fundo pelo nariz e sentiu o aroma de Gray. Gravata engomada. Rosto barbeado.

O abraço dele se apertou, erguendo-a levemente até que apenas as pontas dos pés mantivessem contato com o tapete no chão. Contra a barriga, Isabel sentiu seu pau reagir violentamente, embora sua boca continuasse gentil. Com o gelo interno se derretendo, ela gemia. Os lábios dele eram tão lindos, tão suaves. Eram os lábios de um anjo... com a habilidade de enganar de um diabo.

Pele lisa.

A boca de Gray passeou pelo rosto de Isabel até chegar à orelha.

– Por mais impossível que pareça, eu quero você de novo – ele circulou a poltrona e se afundou nela, colocando-a em seu colo como se fosse uma criança pequena – Depois da tarde de hoje, minha fome deveria diminuir, mas agora parece pior do que antes.

– Eu sei o que ouvi – ela sussurrou, recusando-se a acreditar naquilo que seu olfato sugeria que era verdade.

– Meu irmão é muito impetuoso – ele continuou, ignorando-a – E fiquei horas procurando por ele. Porém, apesar de saber que ele poderia estar ferido, ou que poderia ferir alguém seriamente, foi o desejo de estar com você que mais contribuiu para minha impaciência.

– Você esteve íntimo com aquela mulher. Recentemente.

– Eu fiquei aliviado por ele ter ventilado sua frustração com uma transa rápida.

Isabel congelou.

– Lorde Spencer?

– Fiquei ainda mais satisfeito ao vê-lo sair com Lady Stanhope para continuarem suas atividades num local mais adequado. Ao fazer isso, eu fico com o resto da noite para seduzi-la.

– Ela quer você.

– Você também me quer – ele disse suavemente – Sou um homem atraente, com dinheiro atraente e um título atraente – Ele a empurrou gentilmente para poder olhar em seus olhos – E também tenho uma esposa atraente.

– Você transou com ela desde o seu retorno?

– Não – ele passou a boca sobre os lábios de Isabel – E sei que você acha isso difícil de acreditar.

Estranhamente, não achava.

– Se eu fosse você, Pel, também não acreditaria num patife como eu, principalmente com o meu passado.

Ela endireitou as costas.

– Meu passado não significa nada – já recebera piedade para uma vida inteira, não precisava de mais. E certamente não vinda de Gray.

– Ah, mas não é isso que estou começando a perceber – a perfeição de seu rosto era gritante. Gray cerrou os olhos, e as linhas duras que emolduravam a boca e os lábios estavam de volta. Sinais de uma tristeza profunda.

– Eu não sou um bom homem para você, Pel. Nem um pouco. Todos os homens possuem defeitos, mas temo que eu não tenha nada além de defeitos. Porém, eu pertenço a você, e você deve aprender a ter paciência comigo, pois sou egoísta e me recuso a deixar você partir.

– Por quê?

Ela prendeu a respiração, mas foram as palavras seguintes que a fizeram sentir tonturas.

– Você é a minha cura.

Ele fechou os olhos e pressionou seus rostos juntos. Esse gesto carinhoso a surpreendeu profundamente. O Marquês de Grayson era conhecido por muitas coisas, mas ternura não era uma delas. O fato de que essas demonstrações estavam aumentando aterrorizava Isabel.

Ela não poderia ser o remédio que o curava de outra mulher.

– Talvez eu possa curar você também – ele sussurrou contra sua boca – Se você me permitir.

Por um breve momento, ela pressionou os lábios contra os dele. Exausta com tudo, Isabel desejava se aninhar em seu peito e dormir por dias. Em vez disso, ela se levantou.

– Se para você "curar" significa "esquecer", então não quero ter nada a ver com isso.

Gray soltou um suspiro que parecia tão cansado quanto ela se sentia.

– Aprendi muito com meus erros, Gray, e estou feliz por ter aprendido. – ela torcia os dedos nervosamente – Esquecer não é meu objetivo. Eu *nunca* quero esquecer.

– Então me ensine como viver com meus erros, Pel.

Ele se levantou. Ela o encarou.

– Nós deveríamos deixar Londres – ele disse, com uma urgência na voz. Aproximando-se, Gray apanhou suas mãos.

– O quê? – Isabel arregalou os olhos e estremeceu. *Sozinha com Gray?*

– Não podemos funcionar como um casal aqui.

– Um casal? – ela sacudiu a cabeça violentamente.

A porta se abriu, assustando aos dois. Gray a puxou instantaneamente, protegendo-a com um abraço envolvente.

Lorde Hammond, o dono da biblioteca, piscou sem entender.

– Perdoe-me – ele começou a se afastar, mas então parou – Lorde Grayson? É você mesmo?

– Sim – ele disse lentamente.

– Com Lady Grayson?

– Quem mais estaria comigo numa sala escura?

– Bom... hum... – Hammond limpou a garganta – Ninguém mais, é claro.

A porta começou a se fechar novamente e Gray tomou a oportunidade para tocar nos seios de Isabel. Sua boca se abaixou até a dela, aproveitando a impossibilidade de ela se mover.

– Hum, Lorde Grayson? – Hammond chamou.

Gray suspirou e levantou a cabeça.

– Sim?

– Lady Hammond está preparando uma festa neste fim de semana em nossa propriedade perto de Brighton. Ela ficaria muito feliz se você e Lady Grayson pudessem comparecer. E eu adoraria a oportunidade para retomarmos nossa amizade.

Isabel ofegou enquanto Gray apertava ritmicamente seus seios. Sem a ajuda da luz de velas, não era possível vê-los claramente. Mesmo assim, o fato de que outra pessoa estava a apenas alguns metros fez o coração de Isabel acelerar.

– Qual o tamanho da festa?

– Não muito grande. A última lista possuía uma dúzia de nomes, mas lady Hammond...

– É perfeito – Gray o interrompeu enquanto seus dedos apertavam os mamilos de Isabel – Nós aceitamos seu convite.

– É mesmo?

– Sim – apanhando a mão dela, Gray puxou Isabel para fora da biblioteca, passando pelo visconde, surpreso demais para se mover tão rápido.

Com suas emoções mergulhadas num atoleiro, ela o seguiu sem oferecer resistência.

Hammond seguiu atrás deles.

– Nós partimos na sexta pela manhã. Está de acordo?

– É a *sua* festa, Hammond.

– Oh, sim... Isso é verdade. Bom, então nos vemos na sexta-feira.

Com um aceno delicado, Gray sinalizou para um criado próximo para trazer sua capa e carruagem, depois se virou para outro criado.

– Diga a Lorde Trenton que eu disse que sua obrigação já foi cumprida.

Isabel não deixou de notar a facilidade com que seu marido conseguiu mudar seu humor. Ela quase desejava poder ficar brava por causa disso, mas estava atordoada demais.

Seu marido não havia mentido nem traído.

Mas ela ainda não sabia se isso era uma bênção ou uma maldição.

CAPÍTULO 13

Quando a carruagem da família Grayson parou na frente lotada da residência dos Hammond, Isabel não conseguiu segurar um gemido. Uma convidada em particular a enchia de medo.

Sentado de frente a ela, Gray ergueu uma sobrancelha numa pergunta silenciosa.

Sua mãe, ela disse apenas movendo os lábios, mostrando cautela para não irritar Lorde Spencer, que compartilhava o banco com seu marido.

Gray apertou os olhos soltando um longo suspiro.

De repente, toda a ansiedade que ela tivera por causa da festa do fim de semana sumiu. Descendo da carruagem com a ajuda de Gray, Isabel conseguiu sorrir e mentalmente fez uma lista dos convidados presentes. Estremeceu quando a viúva Lady Grayson a presenteou com uma piscadela conspiratória.

A verdade era que preferia a viúva quando eram inimigas.

– Bella.

O alívio que sentiu ao ouvir a voz atrás dela foi imenso. Virando-se, Isabel apanhou as mãos oferecidas por Rhys como se fossem uma corda jogada a uma pessoa que se afoga. Seu sorriso era brilhante, e um charmoso chapéu cobria seu rico cabelo castanho.

– O que você está fazendo aqui? – ela perguntou, ciente que esse tipo de festa enfadonha não era de sua preferência.

Ele deu de ombros.

— Eu estava precisando de um pouco de companhia respeitável.

Ela cerrou os olhos.

— Você está doente?

Rindo, ele sacudiu a cabeça.

— Não, mas acho que estou um pouco melancólico. Algo que tenho certeza que melhorará com alguns dias no campo.

— Melancólico? – tirando sua luva, Isabel pressionou a mão em sua testa.

Rhys revirou os olhos.

— Desde quando tristeza causa febre?

— Você nunca ficou triste em toda a sua vida.

— Sempre há uma primeira vez.

Um aperto firme em sua cintura chamou sua atenção.

— Grayson – Rhys cumprimentou.

— Trenton – Gray respondeu – Eu não esperava encontrá-lo aqui.

— É um caso temporário de insanidade.

— Ah – Gray puxou Isabel para perto, num movimento que a fez arregalar os olhos. Eles possuíam um acordo não verbal para evitar se tocarem em público, já que isso desencadeava uma onda de luxúria que os dois pareciam não conseguir controlar – Acho que estou sofrendo da mesma condição.

— Grayson. Isabel. Que ótimo ver vocês dois aqui – a viúva disse ao se aproximar.

Ao abrir a boca para responder, Gray apertou o traseiro de Isabel. Ela deu um pulo, assustando sua mãe. Esticando o braço para trás, ela revidou com um tapa na mão dele.

— Você não está se sentindo bem? – a viúva perguntou, franzindo o rosto em desaprovação – Você não deveria ter vindo se está doente.

— Ela está perfeitamente saudável – Gray disse – Como eu posso muito bem atestar.

Isabel pisou no pé de Gray, embora o gesto não tenha causado nenhum dano. *Qual era a intenção dele?* Isabel não entendia. Provocá-la tão abertamente...

— Você não é do tipo de homem que age tão grosseiramente – sua mãe reprovou.

— Mas, mamãe, é tão divertido.

– Lorde e Lady Grayson! Que bom que vieram.

Virando a cabeça, Isabel olhou para Lady Hammond descendo as escadas da porta principal.

– Estamos muito felizes pelo convite – ela respondeu.

– Agora que vocês chegaram – a viscondessa continuou – podemos partir. Que dia adorável para se viajar, não acha?

– Concordo – Isabel murmurou, ansiosa para voltar à carruagem.

– Irei acompanhá-los, Grayson – a viúva disse.

Isabel estremeceu ao pensar no tormento que a viagem estava se transformando.

Gray acariciou levemente suas costas, mas o conforto oferecido não durou muito. O resto da manhã e tarde se passou no confinamento da carruagem ouvindo sua mãe criticá-los por isso ou aquilo. Isabel podia apenas imaginar o horror de viver com uma mãe que encontra defeito em tudo, e ela discretamente fez uma carícia na coxa de Gray por simpatia. Ele ficou num silêncio mortal durante toda a viagem, animando-se apenas quando paravam para trocar os cavalos e comer.

Foi com grande alívio que eles chegaram à adorável propriedade dos Hammond. Assim que a carruagem parou, Grayson pulou para fora e a ajudou a descer. Foi então que Isabel avistou Hargreaves e entendeu por que Grayson estava agindo tão possessivamente. Mesmo agora, apesar de seu tédio aparente, ela percebia o quanto ele estava alerta.

– Que lugar encantador – a viúva disse, atraindo o sorriso da viscondessa. Era realmente uma propriedade louvável, com um exterior de tijolos dourados e uma profusão de flores coloridas e trepadeiras por toda parte.

Uma semana ali seria uma alegria, se as circunstâncias fossem diferentes. Mas considerando as pessoas presentes, incluindo Lady Stanhope, que agora mesmo olhava para Gray de uma maneira que irritava Isabel, ela duvidava que seria o caso.

– Nós deveríamos ter ficado em Londres – ela murmurou.

– Você quer ir embora? – Gray perguntou – Tenho uma propriedade não muito longe daqui.

Ela virou os olhos para ele.

– Você está louco? – mas Isabel podia ver na intensidade daqueles olhos azuis que ele estava falando muito sério. Embora às vezes achasse que não havia mais traços do antigo Grayson, lampejos do homem que ela conhecera ocasionalmente apareciam. Ele estava mais educado, mais sóbrio, mas não menos implacável do que antes – Não.

Ele suspirou e ofereceu o braço.

– Eu sabia que você diria isso. Espero que esteja mais disposta a passar um bom tempo em nosso aposento.

– Poderíamos passar esse tempo no aposento de nossa casa. Fazer isso aqui será considerado falta de educação.

– Você poderia ter mencionado isso antes e nos poupado dessa viagem.

– Não jogue a culpa em mim – ela sussurrou, estremecendo levemente ao sentir o braço poderoso de Gray flexionar debaixo de seus dedos – Você é totalmente responsável por essa situação.

– Eu queria viajar para longe – ele disse secamente, seu olhar revelando que conhecia o efeito dessa provocação – e passar um tempo com você e Spencer. Eu não sabia que isso se tornaria um encontro de todas as pessoas que pretendíamos evitar.

– Isabel!

O grito de Rhys chamou a atenção deles. Andando de costas com os olhos em outra direção, seu irmão quase passou por cima dela. Mas Grayson se interpôs entre os dois, evitando o esbarrão.

– Perdoe-me – seu irmão disse rapidamente, depois olhou para ela com uma tangível excitação – Você sabe quem é aquela mulher?

Olhando na direção indicada, ela enxergou um pequeno grupo de mulheres conversando com Lady Hammond.

– Qual delas?

– A morena à direita de Lady Stanhope.

– Oh... Sim, eu sei quem é, mas agora não me recordo seu nome.

– Abby? – ele ofereceu – Abigail?

– Ah, sim! Abigail Stewart. Sobrinha de Lorde Hammond. A irmã dele e seu marido americano faleceram, deixando Miss Stewart órfã, embora muito rica, pelo que ouvi dizer.

– Uma herdeira – Rhys sussurrou.

– Pobre garota – Isabel disse – Ela foi perseguida por todos os homens degenerados no ano passado. Conversei com ela brevemente. É muito inteligente. Um pouco crua demais, mas encantadora mesmo assim.

– Nunca a notei.

– E por que notaria? Ela se esconde muito bem, e não é seu tipo nem de longe. Esperta demais para você – Isabel provocou.

– Sim... Tenho certeza de que isso é verdade – ele se afastou, com o rosto fechado.

– Acho que você estava certa – Gray disse, com um tom de voz grave e suficiente para acordar todos os seus sentidos – Acho que ele está mesmo doente. E acho que nós deveríamos seguir seu exemplo. Você e eu podemos fingir uma indisposição e ficarmos na cama por uma semana. Juntos. E nus.

– Você é incorrigível – ela disse, rindo.

Com uma eficiência silenciosa, eles e os outros convidados se assentaram em seus aposentos para descansarem antes do jantar. Gerard certificou-se que Isabel estava bem instalada com sua dama de companhia antes de pedir licença para ir se encontrar com os outros homens no salão do primeiro andar.

Apesar da infeliz lista de convidados, ele pôde enxergar uma leve conveniência nisso tudo. A estranha combinação das presenças de sua mãe e de Hargreaves lhe dava a oportunidade para acabar com qualquer ilusão que tivessem sobre seu casamento com Pel. Eles se esqueceram que ninguém interfere em seus assuntos. Portanto, Gerard teria que lembrá-los disso uma vez mais.

Entrando no salão, ele observou a decoração, notando as grandes janelas emolduradas por pesadas cortinas vermelhas e as várias poltronas de couro. Era um ambiente claramente masculino; um cenário perfeito para dizer o que precisava ser dito.

Ele fez uma rápida reverência para Spencer, recusou o charuto oferecido por Lorde Hammond, depois percorreu o tapete em direção à janela onde Hargreaves observava a vista. Ao se aproximar, Gerard examinou as roupas impecáveis do conde. Aquele homem havia compartilhado dois anos íntimos com Isabel e a conhecia muito melhor do que ele próprio.

Lembrou-se de como ela ficava ao lado de Markham, resplandecendo com confiança e um brilho no olhar. O contraste com o modo puramente sexual com que ela o tratava era perturbador. A amizade casual que possuíam no passado agora estava marcada por tensão. Sentia falta do antigo conforto, e desejava desfrutar daquela afeição com que ela tratava os outros.

– Hargreaves – ele murmurou.

– Lorde Grayson – o conde o encarou com um olhar gélido. Eles possuíam quase a mesma estatura, mas Gerard era um pouco mais alto – Antes que você comece a me convencer a não tentar atrair Isabel de volta, eu devo dizer que não tenho intenção nenhuma de fazer isso.

– Não?

– Não, mas se ela me procurar, eu não irei recusá-la.

– Apesar do perigo que essa decisão traria?

Gerard era um homem de ação, não de ameaças vazias. Ao assentir levemente, Hargreaves demonstrou que sabia muito bem disso.

– Você não pode enjaular uma mulher como Isabel, Grayson. Ela valoriza a liberdade mais do que qualquer coisa. Estou certo de que ela fica perturbada por achar que se casou com você para ser livre, mas agora se encontra presa – Hargreaves encolheu os ombros – Além disso, você vai se cansar dela eventualmente, ou ela de você, e esse seu desejo de possuí-la tão primitivamente irá sumir.

– O meu *desejo* – Gerard disse secamente – não é meramente primitivo. É também legal e oficial.

Hargreaves sacudiu a cabeça.

– Você sempre desejou mulheres que pertencem a outras pessoas.

– Neste caso, a mulher que eu quero pertence a mim.

– Será mesmo? De verdade? Estranho você descobrir isso após cinco anos de um casamento praticamente nulo. Eu vi vocês dois juntos depois de seu retorno, assim como todo mundo viu. E a verdade é que parece que vocês dois mal conseguem tolerar um ao outro.

A boca de Gerard se curvou num lento sorriso.

– Nós definitivamente mais que "toleramos" um ao outro.

O rosto do conde ficou avermelhado.

– Não tenho tempo para ensiná-lo sobre as mulheres, Grayson, mas é suficiente dizer que orgasmos não são a única coisa que satisfazem uma mulher. Isabel não desenvolverá um laço emocional com você, pois ela é incapaz disso, e mesmo se fosse, um homem infiel como você nunca poderá conquistá-la. Você é muito parecido com Pelham. Ele também não enxergou a joia rara que possuía. Isabel sempre me contava sobre as suas peripécias e terminava dizendo "igualzinho ao Pelham".

Um soco direto não poderia ter sido pior. Embora se mostrasse impassível no exterior, por dentro Gerard sentia o estômago revirar. Markham dissera a mesma coisa. Não havia nada pior do que lembrar Isabel de seu falecido marido. Se não pudesse ao menos provar que era melhor que Pelham, então nunca conquistaria seu afeto.

Mas ela escrevera fielmente todas as semanas durante sua ausência, e não quis romper a tênue ligação entre eles. Portanto, havia alguma esperança, não é?

Maldição! Por que ignorara aquelas cartas?

– Você diz que ela é incapaz de amar profundamente, mas você pensa que ela pode retornar para *você*, mesmo sabendo que ela nunca voltou para qualquer amante depois de terminar o caso?

– Porque somos amigos. Eu sei como ela gosta de tomar chá, quais são seus livros favoritos... – Hargreaves se endireitou – Ela era feliz comigo antes do seu retorno...

– Não. Não era. Você sabe disso tão bem quanto eu – Isabel não o deixaria se Hargreaves fosse aquilo que ela queria. Ela não era uma mulher volúvel. Mas definitivamente era uma mulher cheia de feridas, e Gerard estava determinado a curá-las.

O queixo do conde ficou tenso.

– Acho que nos entendemos. Não há mais nada a ser dito. Você está ciente da minha posição. Eu estou ciente da sua.

Gerard assentiu levemente.

– Tem certeza de que está mesmo ciente? Não se engane, Hargreaves. Eu me irrito com facilidade e, para ser honesto, não repetirei esta conversa. Na próxima vez que eu sentir que preciso lembrá-lo do meu casamento, demonstrarei meus argumentos com o fio da minha espada.

– Cavalheiros, gostariam de ouvir minhas aventuras na Índia? – Lorde Hammond se intrometeu, olhando nervosamente para um e para o outro – É um país fascinante.

– Eu agradeço, Hammond – Gerard disse – Talvez após o jantar.

Ele se retirou e cruzou o salão até Spencer, que ergueu uma sobrancelha ao vê-lo se aproximar.

– Só você, Gray, seria tão descarado.

– Aprendi que o tempo é precioso. Não vejo razão para enrolar quando a franqueza funciona tão bem.

Spencer riu.

— Devo admitir, eu estava conformado em passar uma semana de tédio. Mas agora vejo que será bem diferente do que eu pensava.

— Nada de tédio. Eu pretendo mantê-lo ocupado.

— É mesmo?

Os olhos de Spencer brilharam tanto quanto seu sorriso. Gerard percebeu novamente quanta influência ele exercia em seu irmão mais novo. Agora, esperava que fizesse bom uso disso.

— Sim. Temos uma propriedade perto daqui. Iremos para lá amanhã.

— Ótimo!

Gerard sorriu.

— Agora, se você me der licença...

— Não consegue ficar muito tempo longe dela, não é? – Spencer sacudiu a cabeça.

— Você assume que quando estamos sozinhos só ficamos na cama.

Spencer riu.

— Você está dizendo que este não é o caso?

— Eu me recuso a dizer qualquer coisa.

Afundando na banheira, Isabel sabia que deveria terminar o banho, mas não tinha forças para isso. Apesar da frequência com que o servia, o apetite sexual de Grayson não diminuía. Sono era um luxo ao qual ela se agarrava sempre que podia.

Quase queria poder reclamar disso, mas ela estava saciada demais para tal esforço. Era difícil fingir irritação quando aquele homem se certificava que ela tivesse alguns orgasmos para cada um que ele tivesse. E ele tinha muitos.

Ele passara a usar proteção, já que não conseguia mais retirar antes de gozar. A perda de sensibilidade significou um aumento de resistência, uma circunstância que ela gostava em seus amantes pois os encontrava uma ou duas vezes por semana. Com seu marido, era quase demais. Ele gostava de vê-la se contorcendo e implorando, por isso estendia o tormento até ela não fazer mais nada além de gemer de prazer e receber aquilo que ele dava.

Gray era um animal que usava os dentes, as mãos, e ela adorava cada momento daquilo. Sua paixão era real, não fingida, como era a de Pelham.

Isabel suspirou. Contra sua vontade, lembranças da última festa que participara com o falecido marido preencheram sua mente, trazendo um familiar frio para o estômago. Na época, ele estava mais mulherengo do que nunca, cortejando outras mulheres pelos cantos escuros e escapando do quarto durante a noite. Aquela semana inteira fora um inferno, passando todo o tempo imaginando quais daquelas mulheres que tomavam chá com ela haviam servido seu marido na noite anterior. Quando a festa terminou, ela tinha certeza de que foram todas as atraentes.

Daquela ocasião em diante, ela se negou a se deitar com Pelham. Ele teve a audácia de protestar até perceber que ela o agrediria se continuasse insistindo. Com o tempo, eles pararam de viajar juntos.

A porta adjacente se abriu e a voz deliciosa de Gray dispensou a dama de companhia. Ao se aproximar, seus passos soavam confiantes como sempre. Havia um ritmo neles, uma cadência, um som de dominância. Grayson anunciava sua presença como se fosse dono de tudo.

– A água já esfriou – ele notou, com a voz tão perto de seu ouvido que Isabel sabia que ele se abaixara ao seu lado – Deixe-me ajudá-la.

Abrindo os olhos, ela enxergou sua mão estendida e o rosto dele, tão próximo ao dela, exibia um olhar determinado. A maneira como Gray a examinava sempre a pegava desprevenida. É claro, ela também o olhava da mesma maneira.

Como acontecia com cada vez mais frequência, a súbita sensação de posse que Isabel sentiu era quase demais para suportar. Ele era um homem que qualquer mulher imploraria para ter, mas ela, a única mulher que o possuía por direito, não poderia ficar com ele. E não o faria.

Gray havia retirado as roupas e agora vestia apenas um robe de seda. Antes que pudesse pensar direito, Isabel tocou seu ombro e observou o azul de seus olhos pegarem fogo. Um toque, um sorriso, lábios umedecidos: tudo isso podia acender seu ardor no tempo de um piscar de olhos.

– Estou cansada – ela alertou.

– Você começou, Pel. Como sempre – ao se levantar, ele a puxou junto e depois entregou uma toalha.

– Não é verdade!

Ao envolvê-la, ele beijou a parte sensível onde o ombro se juntava com a garganta: um leve pressionar dos lábios em sua pele, não o beijo ardente ao qual ela já estava acostumada.

– Sim, é verdade. Você provoca de propósito. Você me quer ofegando por você.

– Seu desejo é inconveniente.

– Mas aprendi que você gosta quando eu sou inconveniente. Você gosta quando eu fico duro e querendo você em público, e também quando estamos sozinhos. Você gosta quando eu perco a cabeça com luxúria até eu querer transar com você em qualquer lugar, na frente de qualquer um, a qualquer hora.

Ela riu, mas estremeceu diante daquele tom de voz e a sensação da respiração atingindo sua pele úmida.

Será que era verdade? Será que lá no fundo ela queria provocá-lo?

– Você está sempre dominado pela luxúria, Gray. Você é sempre assim.

– Não. Excitado, sim. Mas nunca perco a cabeça por causa disso. Às vezes, é verdade que penso que poderia tomá-la em público, Isabel, quando o desejo é grande demais. Se me negar agora, eu posso mais tarde jogar você sobre a mesa de jantar, e aí sim daremos algo para eles fofocarem – ele mordiscou a orelha dela.

Isabel riu.

– Você é um selvagem incorrigível.

Gray rosnou.

– Você sabe o que precisa fazer para me domar.

– Eu sei? – virando em seus braços, ela o encarou com um sorriso e passou a ponta de um dedo na pele exposta pelo roupão dele.

– Sim. Sim, você sabe – Gray apanhou sua mão e a levou mais para baixo, entre a abertura do roupão e o meio de suas coxas, para que ela pudesse sentir o quanto ele estava ereto.

– É quase ridícula a rapidez com que você se excita – ela disse, sacudindo a cabeça.

E era algo tão básico nele, tão descarado. Sim, ela se sentia seduzida por ele, mas Gray não era um sedutor. Talvez fosse a beleza absurda de Gray que tornava a persuasão desnecessária. Ou talvez fosse o tamanho do membro que pulsava em sua mão. Isso facilmente compensaria sua falta de galanteio.

Ele tensionou dentro de sua mão e sorriu com arrogância.

Ela sorriu de volta, admitindo para si mesma que realmente gostava desse lado selvagem. Nada de jogos, nada de insinceridade, nada de incertezas.

– Mas não *parece* que você está domado – ela se moveu de um jeito que fez a toalha cair no chão. Apertando a extensão de seu membro, Isabel lambeu os lábios.

– Maldita – ele deu um passo adiante, empurrando-a para trás e agarrando sua cintura quando ela se desequilibrou. – Você me escraviza com sexo.

– Não é verdade – Gray raramente a deixava dominar, preferindo sempre tomar o controle – Eu entrei aqui com o expresso objetivo de tirar uma soneca. Você me provocou e agora eu preciso saciar meu desejo para conseguir dormir.

A parte de trás das coxas de Isabel atingiu a cama, e Gray a levantou e a jogou sobre o colchão. Depois, arrancou o roupão e subiu sobre ela.

Isabel estava encantada com seu sorriso, com o brilho em seus olhos, com os cabelos sedosos caindo sobre sua testa. Que diferença daquele homem melancólico que aparecera no escritório dela há algum tempo.

Será que ela havia provocado essa mudança? Será que possuía tanto poder assim sobre ele?

Os olhos dela baixaram.

– Esse olhar – ele sussurrou – é a razão de passarmos tanto tempo nesta posição.

– Que olhar? – Isabel piscou os olhos repetidamente, adorando o retorno daquelas provocações. Sempre parecia haver muita tensão entre eles. A ausência disso era um prazer.

Gray baixou a cabeça e lambeu a ponta do nariz dela, depois a beijou na boca.

– É um olhar que diz "Me fode, Gerard. Abra minhas pernas, se enterre em mim, faça eu gemer de prazer".

– Céus – ela sussurrou – Eu não sabia que possuía olhos tão falantes.

– Hum... – sua voz baixou até o tom que ela reconhecia como o prenúncio de problemas – O que sei é que eu não consigo falar nada coerente quando você me olha assim. Você me enlouquece.

– Então, talvez você não devesse me olhar – ela sugeriu.

– Você nunca me permitiria ignorá-la, Pel. Você tenta despertar minha paixão a toda hora.

Paixão. Ela estremeceu. *Será que ele estava apaixonado? E será que ela queria isso?*

– Por que eu faria uma coisa dessas?

– Porque você não quer que eu preste atenção em mais nada além de você.

Gray a beijou antes que ela pudesse processar o que ele dissera.

Isabel se sentiu invadida por um beijo arrebatador, a língua de Gray lambendo, chupando, como se ela fosse uma iguaria. Enquanto isso, ela considerava aquilo que ele disse. *Será que ela estava tentando segurá-lo com extorsão sexual?*

Quando Gray levantou a cabeça, sua respiração estava tão pesada quanto a dela.

– Você não me permite nem um segundo para pensar em outra mulher – suas pálpebras ficaram pesadas, escondendo seus pensamentos – Você me leva para cama sempre que possível. Você me exaure e...

– Há! Seu apetite é inesgotável – mas a réplica que deveria ser direta acabou saindo com a voz trêmula e com um toque de interrogação. *Será que ela havia passado de querer afastá-lo para querer ficar com ele?*

Num único movimento gracioso, ele rolou e a trouxe para cima de seu corpo.

– Eu preciso de sono igual a qualquer ser humano – Gray pressionou os dedos sobre a boca de Isabel para silenciar um protesto – Não sou mais tão jovem para não precisar dormir, então pare de usar essa desculpa. Você não é velha demais para mim. Eu não sou jovem demais para você.

Agarrando seu pulso, ela empurrou a mão dele para longe.

– Você podia dormir longe de mim.

– Não seja tola. Você entendeu minha observação como uma reclamação, e não é nada disso – Gray acariciou a curva de suas costas, aplicando pressão para que os seios se apertassem mais contra seu peito – É claro que já considerei tentar controlar meu pau, em vez de deixar que ele me controle. Mas então eu me lembro da sensação de fazer você gozar, a maneira como seu sexo me aperta, o jeito como você dobra as costas e grita meu nome. E então, eu digo para meu cérebro parar de me importunar.

Encostando a testa no peito de Gray, Isabel riu.

Ele a abraçou.

– Se você quer uma prova física do meu afeto, estou mais do que disposto a obedecer. Não posso deixar você preocupada com falta de interesse e coisas do tipo. Seja o que for que você precisa para acreditar em mim, Pel, eu farei. Acho que eu deveria ter deixado isso mais claro antes para que não houvesse dúvida. Eu não sou Pelham.

Seu olhar era afetuoso, com um toque de desejo – era o olhar de um homem que ficava tão satisfeito em abraçá-la quanto em transar com ela.

Isabel sentiu a garganta fechar e os olhos lacrimejarem.

– Como você consegue desvendar minha mente assim? – ela perguntou suavemente. O Grayson com quem se casara nunca enxergava além do superficial.

– Eu já disse, você possui minha completa atenção – ele mergulhou os dedos em seus cabelos, soltando as presilhas e liberando os cachos – Não existe pessoa no mundo com quem eu prefira estar do que você, seja mulher ou não. Você me faz rir, como sempre fez. Você nunca me permite ficar confiante demais. Você enxerga todos os meus defeitos e os considera charmosos. Eu não preciso de mais nenhuma outra companhia. De fato, você e eu vamos ficar aqui neste quarto pelo resto da noite.

– Agora, quem é que está maluco? Todos vão pensar que estamos aqui transando se não aparecermos no jantar.

– E eles provavelmente estarão certos – Gray murmurou, beijando sua testa – Nós estamos em lua de mel, então isso é de se esperar.

Lua de mel. Essa ideia trazia de volta sonhos que um dia cultivara sobre um casamento passional e monógamo. Como era esperançosa no passado. E ingênua. Isabel agora deveria estar velha demais para experimentar esse tipo de expectativa pelo futuro. Deveria. Mas começava a descobrir que o oposto era verdade.

– Mas também vamos jantar aqui – ele continuou – E jogaremos xadrez. Vou contar sobre a vez em que...

– Eu odeio xadrez – ela disse.

– Na verdade, aprendi a gostar desse jogo. E sou muito bom nele. Prepare-se para sofrer uma derrota.

Isabel o encarou. Por muitas vezes, sentia que um estranho havia retornado para ela. Um homem que parecia a pessoa com quem se casou, mas não era. *O quanto uma pessoa pode mudar?* Ele era tão inconstante. Mesmo agora ele parecia diferente do homem de uma hora atrás.

– Quem é você? – ela sussurrou, levando a mão para tocar seu rosto e tracejar a curva da sobrancelha. Tão igual. E tão diferente.

O sorriso de Gray murchou.

– Eu sou seu marido, Isabel.

– Não, não é – ela o empurrou para trás, deslizando por seu corpo novamente. A textura de sua pele morena era tão maravilhosa para ela, com seus vales, montes e a suave cobertura de pelos.

– Como pode dizer isso? – ele perguntou, com a voz se tornando rouca quando ela voltou a subir – Você estava ao meu lado no altar. Você declarou os votos, e ouviu os meus.

Baixando a cabeça, ela tomou sua boca num beijo ardente, repentinamente desejando-o. Não porque era fisicamente incapaz de resistir à tentação que ele representava, mas porque ela enxergou algo nele que não havia percebido antes: um senso de compromisso. Gray estava comprometido com ela, e comprometido a aprender tudo sobre ela e entendê-la. Essa ideia a fez estremecer, fez Isabel adorar a sensação de seus braços fortes a envolvendo.

Gray virou o rosto para o lado. Ofegando, ele disse:

– Não faça isso.

– O quê? – ela acariciou a extensão de seu abdômen e depois se ajeitou para alcançar o meio de suas pernas.

– Não diga que eu não sou seu marido e depois me silencie com sexo. Nós precisamos resolver isso de uma vez, Pel. Chega dessa besteira de sermos amantes.

Isabel apertou seu membro com um toque firme e determinado. Se uma coisa provava que Gray havia mudado era sua resistência em transar sem uma conexão mais profunda. Apesar de seu cérebro continuar gritando para não se esquecer de suas experiências, uma pequena voz interior implorava para que ele pensasse diferente.

Gray agarrou o pulso de sua esposa e a virou com violência na cama, praguejando. Pairando sobre Isabel, ele prendeu os braços dela no colchão. Seu rosto estava duro como pedra, os olhos brilhando com uma determinação implacável.

– Você não quer me foder? – ela perguntou inocentemente.

Rosnando, ele disse:

– Existe um coração e uma mente ligados ao pau de que você gosta tanto. Juntos, formam um homem: o seu marido. Você não pode fragmentar o todo e ficar apenas com as partes que lhe interessam.

A declaração primeiro abalou Isabel, depois ajudou a se decidir. Pelham... O Grayson do passado... Nenhum deles diria uma coisa assim. Fosse quem fosse este homem, ela desejava conhecê-lo. Desejava descobrir tudo sobre ele, e também sobre a mulher na qual ela se transformava quando ficava ao seu lado.

– Você não é o marido ao qual eu declarei meus votos – ela percebeu que ele estava prestes a protestar, então continuou – Eu não queria aquele homem, Gerard. Você sabe disso.

O som de seu nome enviou um visível arrepio através de seu corpo. Gray cerrou os olhos.

– O que você está dizendo?

Ela se arqueou debaixo dele, esticando o corpo, provocando. Abrindo as pernas, Isabel o convidava. – Eu quero você.

– Isabel...? – Gray encostou a testa com a dela, baixou os quadris e seu pau encontrou a entrada sem se esforçar – Deus, você ainda será minha morte.

A cabeça dela caiu para o lado quando ele a penetrou lentamente. Tão lentamente. Pele nua contra pele nua. Isabel sentia falta disso, sem uma barreira entre eles.

A diferença entre este e o sexo de sempre era marcante. Quando de seu retorno, Gray fora gentil, mas o esforço para se controlar era óbvio. Agora, enquanto ele penetrava cada vez mais fundo, ela sabia que Gray se movia à vontade, pois este era um momento que ele queria que se estendesse.

Com a boca em sua orelha, ele sussurrou:

– O que você quer?

A voz dela saiu arrastada pelo prazer.

– *Você...*

CAPÍTULO 14

Havia milhares de desculpas para Rhys estar passeando pelo jardim dos Hammond no começo da noite. Mas apenas uma delas era verdadeira. E o motivo agora se aproximava dele com um sorriso tímido.

– Eu esperava encontrá-lo aqui fora – Abby disse, oferecendo a mão.

Ele mordeu a ponta de sua luva e a arrancou, para que pudesse sentir a mão dela ao tocá-la. O simples e inocente toque enviou ondas de calor por seu corpo, e Rhys fez a última coisa que um cavalheiro faria: ele a puxou para mais perto.

– Oh – ela sussurrou, arregalando os olhos – Eu gosto quando você age como um cafajeste.

– Farei muito mais do que isso – ele alertou – se você continuar me procurando assim.

– Pensei que era *você* quem estava *me* procurando.

– Você deveria ficar longe, Abby. Eu perco a razão quando se trata de você.

– E eu sou uma mulher que desesperadamente adora, talvez até *precise*, ter um homem bonito perdendo a razão por causa dela. Isso nunca acontece comigo, sabe?

Com sua consciência perdendo a luta, Rhys estendeu o braço, agarrou a nuca de Abby e a beijou. Ela era tão leve, tão pequena, mas se ergueu na ponta dos pés e o beijou de volta com tanta doçura que Rhys quase perdeu a cabeça. Seu perfume suave, misturado com o aroma das flores noturnas, parecia enevoar sua mente.

Ela se vestira diferente desta vez, num lindo vestido de seda dourado que envolvia perfeitamente seu corpo. Sabendo o quanto sofrera com os caçadores de herança, Rhys entendeu sua necessidade de desaparecer na multidão com roupas gastas e pouco atraentes.

Erguendo a cabeça, ele murmurou:

— Você está ciente de onde nossos encontros vão acabar nos levando?

Ela assentiu, ofegando cada vez mais.

— Você também está ciente de onde isto pode *não* acabar? Existem limites impostos por meu título. Posso aceitar essa imposição e graciosamente me afastar, mas minha carne é fraca...

Ela o silenciou pousando um dedo sobre seus lábios e exibindo um sorriso travesso.

— Adoro saber que você não tem nenhuma intenção de se casar comigo. Para mim, isso não é um defeito, mas uma virtude.

Rhys piscou sem entender.

— Perdão?

— Não tenho dúvidas de que você deseja *a mim*, e não ao meu dinheiro. Na verdade, isso é realmente interessante.

— É mesmo? — As palavras quase não saíram da garganta, e seu pau já estava rígido como nunca. Por que diabos essa mulher o afetava tanto?

— Sim. Homens com a sua aparência nunca acham nada atraente em mulheres como eu.

— São todos idiotas — a convicção em sua voz era genuína.

Abby encostou o rosto em seu peito e riu levemente.

— É claro. Por que homens como Lorde Grayson são tão atraídos por mulheres como Lady Grayson enquanto eu estou por aí é um mistério absoluto.

Rhys ficou tenso, chocado pelo inegável ciúme que sentiu.

— Você se sente atraída por Grayson?

— O quê? — ela afastou o rosto — Sim, eu o acho atraente. Duvido que exista mulher que não ache. Mas não me sinto atraída por ele pessoalmente, se é isso que você quer dizer.

— Oh... — ele limpou a garganta.

— Quando você vai começar e me levar para a cama?

— Minha pequena — Rhys sacudiu a cabeça, mas não conseguiu evitar um sorriso indulgente. Acariciando o rosto de Abby, ele admirou a maneira como a luz refletia em seus olhos — Entenda que eu pretendo ter mais do que alguns beijos e amassos impróprios. Quero tirar suas roupas, abrir suas pernas, roubar aquilo que seria um presente para seu marido.

— Isso parece algo muito safado — ela sussurrou.

— E será. Mas posso lhe assegurar que você irá gostar de cada momento.

Ele, entretanto, provavelmente sentirá culpa para o resto da vida, mas a desejava com tanto desespero que o tormento futuro parecia tolerável.

Ele beijou seus lábios, deslizando a mão por suas costas até chegar em seu belo traseiro.

— Tem certeza de que é isso que você quer?

— Sim. Eu não tenho dúvida. Tenho vinte e sete anos. Já conheci centenas de cavalheiros em minha vida e nenhum deles me afetou igual você. E se nenhum outro homem me quiser, além de você? Eu me arrependerei para sempre por não desfrutar de sua atenção.

Rhys sentiu o coração se apertar.

— Perder a virgindade para um mulherengo como eu fará sua noite de núpcias um momento constrangedor.

— Não, não fará — ela o assegurou, confiante — Se eu me casar, será com um homem tão apaixonado quanto Lorde Grayson é por Lady Grayson.

— O que Grayson sente não é "paixão", minha querida — ele disse secamente.

— Chame como quiser, mas ele não se importa com o passado dela. Meu futuro marido sentirá o mesmo por mim.

— Você parece tão certa.

— Pois estou. Veja bem, ele teria que me amar desesperadamente para ganhar minha mão, e um pedacinho de pele não importaria a ele. Na verdade, eu pretendo contar a qualquer futuro esposo tudo sobre você e...

— Bom Deus!

— Bom, não literalmente — ela se apressou a dizer. Abby ficou com um olhar sonhador e um sorriso afetuoso — Eu simplesmente contaria sobre o homem que fazia meu estômago dar nó e meu coração acelerar quando ele sorria. Contaria sobre o quanto aquele homem era maravilhoso comigo e a felicidade que me trouxe após a morte dos meus pais. E ele entenderá, Lorde Trenton, pois quando você ama alguém é assim que funciona.

– Como você é sonhadora – ele zombou, numa tentativa de esconder o quanto suas palavras o comoveram.

– Sou mesmo? – franzindo as sobrancelhas, ela se afastou – Acho que você tem razão. Minha mãe me alertou dizendo que casos amorosos são um assunto prático e não têm nada a ver com romance.

Rhys levantou uma sobrancelha, depois entrelaçou os dedos com os dela e a puxou para um banco próximo.

– Sua mãe disse isso?

– Ela disse que era tolice as mulheres pensarem que casos eram grandes arroubos de paixão e o casamento era apenas uma obrigação. Ela dizia que deveria ser o oposto. Casos não deveriam ser nada mais do que satisfação de necessidades. Casamentos deveriam ser compromissos para a vida toda. Minha mãe era uma mulher prática. Afinal, ela se casou com um americano.

– Ah, sim, isso é verdade – sentando-se, ele puxou Abby para seu colo.

Ela pesava tanto quanto uma pena. Rhys a aconchegou em seu peito e apoiou o queixo sobre sua cabeça.

– Então, sua mãe é a responsável por encher sua cabeça com toda essa besteira sobre amor.

– Não é besteira – ela reclamou – Meus pais eram loucos um pelo outro, e foram muito, muito felizes juntos. O sorriso em seus rostos quando se encontravam depois de um tempo longe... O brilho que exibiam quando jantavam na mesma mesa... Era maravilhoso.

Lambendo sua garganta exposta, Rhys alcançou a orelha e sussurrou:

– Também posso mostrar algo maravilhoso a você, Abby.

– Oh – ela estremeceu – Juro que meu estômago congelou por inteiro.

Rhys adorava o quanto a afetava, o quanto ela era autêntica e inocente em suas respostas. Abby tinha um caráter tão puro. Não porque era ingênua – ela enxergava muito bem como o mundo funcionava –, mas porque as facetas menos admiráveis da humanidade não a desiludiam. Sim, ela havia sido perseguida por homens desonrosos, mas encarava isso da maneira certa: como sendo a estupidez e ganância de uns poucos. O resto do mundo possuía o benefício da dúvida.

Era essa qualidade esperançosa que ele achava mais irresistível. Ele provavelmente iria para o inferno por tirar sua virgindade, mas não podia fazer nada quanto a isso. A ideia de nunca possuí-la, nunca experimentar sua paixão, era insuportável.

— Em que parte da mansão você está instalada? — ele murmurou, querendo deitar-se com ela *agora*.

— Deixe que eu irei até você.

— Por quê?

— Porque você é mais experiente do que eu.

— E o que isso tem a ver? — será que ela sempre iria confundi-lo assim?

— Você possui um certo cheiro, milorde. É a sua colônia, sabão, goma. É um cheiro delicioso, e quando sua pele se esquenta, o aroma às vezes faz com que eu sinta como se fosse desmaiar. Posso apenas imaginar o quanto esse efeito será maior após o exercício do sexo. Duvido que eu consiga dormir com esse perfume exalando de meus lençóis. Entretanto, para você o aroma do sexo não deve ser nada de mais. Portanto, *eu* deveria marcar os *seus* lençóis, não o contrário.

— Entendo — antes que soubesse o que estava fazendo, Rhys a deitou no frio banco de pedra e a beijou com um desejo tão ardente que não sentia desde... desde... *maldição!* Dane-se. Estava acontecendo agora, e isso era tudo que importava.

Ele pousou as mãos sobre a leve curva dos seios de Abby e apertou, provocando um gemido que ecoou pelo jardim. Serem flagrados era um perigo real, mas Rhys não conseguia parar. Ele estava enfeitiçado pelo aroma dela, suas respostas, o jeito como se arqueava em seu abraço e depois se encolhia assustada.

— Sinto minha pele queimando — ela sussurrou, contorcendo-se.

— Não diga nada, meu amor — ele respondeu enquanto a beijava.

— Eu... sinto tanto calor.

— Shh, eu vou aliviar esse fogo — Rhys desceu a mão ao lado do corpo de Abby, tentando manter uma gentileza naquilo que estava rapidamente se tornando um arroubo de paixão selvagem.

Ela lançou as mãos dentro do casaco e colete de Rhys até arranhar suas costas. A violência fez seu membro latejar e ele devolveu na mesma moeda, raspando as unhas sobre os mamilos enrijecidos de Abby. Com uma das mãos sem a luva, ele sabia que a sensação iria enlouquecê-la.

— Meu Deus — ela ofegou. Então, Abby agarrou o traseiro dele e impulsionou seus quadris juntos.

— Abby, precisamos encontrar um quarto.

Ela mergulhou o rosto em sua garganta, movendo os lábios freneticamente sobre a pele úmida.

— Possua-me aqui.

— Não me tente — ele murmurou, certo de que estava prestes a fazer isso mesmo. Se alguém os flagrasse, não haveria como explicar. Rhys estava debruçado sobre ela de um jeito obviamente lascivo. E ela era a garota inocente que não possuía a experiência para negar um mulherengo como ele.

Como chegaram a esse ponto? Haviam trocado apenas alguns olhares até então, e agora ele estava prestes a quebrar sua única regra: não tirar a virgindade de ninguém. Por que faria isso? Este encontro no meio de um jardim escuro não seria meramente um sexo casual. Haveria sangue e lágrimas. Ele precisaria seduzi-la propriamente, não se apressar, retardar sua própria gratificação...

— Milorde, por favor!

Estava batendo na porta do inferno. Mas parecia mais o paraíso.

— Abigail — Rhys pretendia apressá-la para que pudessem se encontrar num quarto. Mas ele não conseguia parar de tocar seus mamilos. Sim, os seios eram pequenos, mas não os mamilos. Ele mal podia esperar para...

Seu adorável vestido rasgou quando ele puxou o ombro e descobriu o seio. Abby gemeu novamente quando Rhys baixou a cabeça e sugou. Mamilos tão longos e deliciosos. Rolavam sobre sua língua como uvas, e eram tão doces quanto.

— Por favor, por favor, oh, Deus — ela dobrou as costas impulsionando o corpo em sua boca, e Rhys quase gozou ao sentir aquela ondulação sedosa sobre seu membro ereto.

Foi apenas o som de risadas se aproximando que o salvou da ruína naquele banco de jardim.

— Maldição — Rhys se ajeitou rapidamente, puxando-a para cima e arrumando seu vestido. O mamilo que recebera sua atenção agora apontava através da fina seda, e ele não resistiu à tentação e passou o dedo por cima.

— Não pare! — ela protestou, forçando Rhys a cobrir sua boca com a mão.

– Alguém está se aproximando, meu amor – ele esperou até ela assentir – Você sabe onde fica o meu quarto? – ela assentiu novamente – Irei para lá imediatamente. Não se demore. Ou eu vou caçar você por aí.

Os olhos dela se arregalaram. Depois, Abby assentiu enfaticamente.

– Vá.

Rhys a observou entrar num caminho em direção à mansão até desaparecer de vista. Depois, ele alcançou uma varanda e esperou. Não seria bom se os dois voltassem para dentro um logo em seguida do outro. Mesmo que não fossem vistos, era melhor tomar cuidado.

– Mas entrar com o pedido no parlamento, Celeste? – a voz de Lady Hammond flutuou até onde ele estava – Pense no escândalo!

– Não pensei em outra coisa nos últimos cinco anos – respondeu a viúva Lady Grayson – Nunca fiquei tão horrorizada quanto hoje quando eles não apareceram no jantar. Que, por sinal, foi uma refeição divina.

– Obrigada – Houve uma longa pausa, depois: – Grayson parece estar realmente encantado por sua esposa.

– Apenas da maneira mais superficial, Iphiginia. Além disso, ela não deseja o casamento. Não apenas provou isso nos últimos quatro anos, como também me confidenciou.

– É mesmo?

Piscando, Rhys também se surpreendeu. Isabel nunca diria uma coisa dessas para a mãe de Grayson.

– Sim – a viúva respondeu – Nós chegamos a um acordo para ajudar uma à outra.

– Você está brincando!

Meu Deus! Rhys rosnou para si mesmo. Bella não ficaria nada feliz em saber disso. Ele teria que resgatá-la de mais outra enrascada.

Esperando até que as mulheres se afastassem, Rhys deixou seu esconderijo e se moveu discretamente pelo jardim até entrar na mansão, onde prazeres pecaminosos o esperavam.

Abby parou por um momento diante da porta de Trenton, imaginando se deveria bater ou simplesmente entrar. Ainda estava debatendo isso quando a porta se abriu e ela foi puxada para dentro.

– Por que demorou tanto? – Trenton reclamou, trancando a porta e olhando adoravelmente para ela com uma cara fechada.

Abby sentiu seu estômago dar o nó de sempre.

Ele estava vestindo um roupão de seda vermelho, que revelava os cabelos negros do peito e as pernas fortes. Com as mãos nos quadris, faltava apenas bater o pé no chão para que ele completasse a perfeita imagem da impaciência.

E ela era a razão dessa impaciência.

Seu estômago se esfriou ainda mais.

Como ele era bonito. Que perfeição! Abby suspirou alto. É claro, ele era um pouco cego por não enxergar sua falta de charmes físicos, mas ela não reclamaria disso.

Rhys estendeu os braços para abraçá-la, mas Abby rapidamente deu um passo para o lado.

– Espere!

– Esperar o quê? – o rosto dele se fechou ainda mais.

– Eu... eu quero mostrar uma coisa.

– Se não for seu corpo nu e se contorcendo, então não estou interessado.

Ela riu.

Abby passara o jantar observando-o e notando seu charme e sua conversa divertida. As mulheres sentadas uma de cada lado dele pareciam encantadas, mas Abby sentira sua atenção frequentemente voltar-se para ela.

– Permita-me um momento – ela ergueu uma sobrancelha quando ele abriu a boca para protestar – Afinal, esta é a *minha* noite. Assim que alcançarmos a cama, entregarei todo o comando para você. Mas até lá, eu gostaria de controlar as preliminares.

Os lábios de Trenton tremeram e seus olhos brilharam com um calor que a fez estremecer com a expectativa. Se o comportamento dele no jardim era alguma indicação, Rhys iria devorá-la.

– Como quiser, meu amor.

Entrando atrás da tela de um biombo, ela começou a se despir. Não foi assim que imaginara sua primeira vez. Não havia um marido afetuoso e paciente esperando para tratá-la como fina porcelana. Não havia uma aliança em seu dedo, nem o sobrenome de outra família.

– Que diabos você está fazendo? – ele murmurou, como se ela fosse a mulher mais bonita do mundo e digna de um interesse tão ávido.

O jeito como a olhava realmente a fazia *sentir-se* bonita.

– Estou quase pronta – ela havia escolhido o vestido mais fácil de retirar, mas mesmo assim era uma tarefa difícil. Mas ela estava finalmente livre e preparada. Respirando fundo, Abby se revelou.

– Até que... – sua voz ficou presa na garganta quando Rhys virou para encará-la.

Abby se encolheu nervosamente diante do súbito calor do olhar dele.

– Olá.

– Abby – apenas uma palavra, mas cheia de admiração e prazer – Meu Deus.

Ela mexia inquieta na longa camisola vermelha.

– Minha mãe foi abençoada com seios grandes, então acho que eu não posso fazer justiça a esta camisola.

Trenton se aproximou com sua graça inata, o rosto corado, os lábios abertos, a respiração forçada.

– Se você fizesse mais justiça a essa roupa, eu estaria de joelhos.

Corando, ela desviou os olhos, sentindo arrepios quando ele a tocou gentilmente.

– Obrigada.

– Não, meu amor – ele murmurou, com a voz rouca e profunda – *Eu* agradeço a *você*. Agradeço o presente que você está me concedendo.

Com o dedo sob o queixo dela, Rhys direcionou sua boca e a beijou. O beijo começou suave, mas logo se tornou ardente até deixá-la sem fôlego. Abby estremeceu e ele a agarrou, levantou-a do chão e a jogou na cama.

E então, ele percorreu todo seu corpo. Acariciando, apertando. Os dedos beliscavam e puxavam. A boca chupava e lambia. Os dentes mordiscavam. Palavras roucas encorajavam e elogiavam.

– Trenton! – ela implorou, certa que morreria enquanto seu corpo estremecia com um desejo que ele parecia determinado a provocar, mas nunca saciar. Considerando sua impaciência de antes, agora ele não parecia nem um pouco com pressa.

– Rhys – ele corrigiu.

– *Rhys...*

Sem saber o que fazer, o que dizer, ela apenas conseguiu tocar seus ombros, seu lindo cabelo, suas costas molhadas de suor. Que bela obra de arte ele era; seu corpo era capaz de excitá-la apenas com sua visão. A maioria dos homens não era tão abençoados quanto ele, e Abby sabia a sorte que possuía por compartilhar a cama de uma criatura masculina tão incomparável.

— Ensine-me como dar prazer a você.

— Se você me der mais prazer do que agora, meu amor, nós dois nos arrependeríamos.

— Como isso é possível?

— Confie em mim – ele murmurou antes de beijá-la e subir as mãos de seus joelhos até sua cintura. Antes que ela pudesse protestar, os dedos de Rhys começaram a abrir os lábios de seu sexo. Ele gemeu quando atingiu o ponto molhado que se acumulava.

— Você está pingando.

— D-desculpe – Abby sentiu seu rosto corar até as raízes.

— Meu Deus, não peça desculpas – Rhys se posicionou sobre ela, abrindo suas pernas um pouco mais – É perfeito. Você é perfeita.

Não, ela não era. Nem de longe. Mas a reverência com que Rhys a tocava lhe dizia que, ao menos naquele momento, ele verdadeiramente pensava assim.

Por causa disso, ela mordeu os lábios e segurou soluços quando a ponta de sua ereção raspou sobre ela, depois a penetrou e a esticou sem piedade. Apesar de sua determinação em dar prazer a ele, Abby sentiu um desconforto.

Rhys prendeu seus quadris, mantendo-a no lugar enquanto deslizava inexoravelmente para dentro dela.

— ... shh... só mais um pouco... eu sei que está doendo...

E então, algo dentro de Abby se abriu para Rhys, acomodando sua grossa e pulsante presença.

Ele segurou seu rosto, passando os polegares sobre suas lágrimas e beijando-a profundamente.

— Minha pequena. Perdoe-me pela dor.

— Rhys – ela o abraçou, agradecida por ele, sabendo que a confiança que depositara nele era um presente raro. Por que este homem, este estranho, a afetava tanto? Abby não sabia, mas estava simplesmente feliz por desfrutar disso, mesmo que fosse por um breve instante em sua vida.

Rhys a abraçou de volta e a acalmou com palavras doces. Ela sentiu o quanto se encaixavam perfeitamente, e o quanto ele parecia comovido por este momento. Abby duvidava que um marido pudesse apreciá-la mais do que isso.

Quando ela se acalmou, Rhys começou a se mover, deslizando lentamente e depois se retirando no mesmo ritmo. A breve dor que sentira antes se transformou num prazer crescente, tão intenso que ela nem percebeu quando arqueou os quadris para receber os movimentos de Rhys.

— Assim mesmo — ele rosnou enquanto pingava de suor — Mexa comigo.

Obedecendo a seus comandos urgentes, Abby envolveu seus quadris com as pernas e o sentiu deslizar impossivelmente mais fundo. Agora, cada estocada acertava um lugar especial que a fazia se contorcer e cravar as unhas em suas costas.

— Meu Deus — ele grunhiu quando ela se dissolveu num orgasmo ofegante. Então, Rhys estremeceu brutalmente e a preencheu com seu líquido quente. Abraçando-a tão forte que quase não podia respirar, ele gritou:

— *Abby!*

Ela o apertou contra o peito e abriu um sorriso de mulher.

Não, não foi nem de longe a maneira como havia sonhado em perder a virgindade.

Foi muito melhor.

Rhys acordou ouvindo alguém praguejar suavemente. Virando a cabeça na escuridão, ele mal conseguia discernir Abby pulando num pé só enquanto segurava o outro.

— Que diabos você está fazendo tropeçando pelo escuro? — ele sussurrou — Volte para a cama.

— É melhor eu ir embora — com a pouca luz oferecida pela lareira, ele notou que Abby já estava vestida.

— Não. Volte aqui — Rhys puxou as cobertas num gesto convidativo.

— Eu dormirei de novo e não conseguirei voltar para meu quarto.

— Eu acordarei você — ele prometeu, já sentindo falta de seu corpo esguio ao seu lado.

— Simplesmente não é prático dormir novamente e ser acordada em algumas horas para só então voltar para meu quarto, onde minha dama de companhia irá me acordar pela manhã.

— Meu amor – ele suspirou – Dane-se a praticidade. Vamos ficar juntos mais um pouco.

Ele mal conseguiu perceber quando ela sacudiu a cabeça.

— Milorde...

— Rhys.

— Rhys.

Ah, melhor assim. Havia uma qualidade sonhadora quando ela pronunciava seu nome.

— Eu quero abraçar seu corpo mais um pouco, Abby – ele implorou, mostrando novamente a cama.

— Eu preciso ir – ela se dirigiu para a porta e Rhys continuou parado, sentindo-se desprezado pela facilidade com que ela ia embora enquanto ele desejava desesperadamente que ficasse.

— Abby?

Ela parou.

— Sim?

— Eu quero você – a voz dele estava rouca e sonolenta, e Rhys esperava que isso escondesse o aperto em sua garganta – Posso ficar com você de novo outro dia?

O silêncio que se estendeu fez Rhys cerrar os dentes.

Finalmente, ela respondeu num tom cordial demais.

— Eu adoraria.

E então, ela se foi, como qualquer amante responsável faria. Sem um longo beijo de despedida ou um toque carinhoso. E Rhys, um homem que sempre fora responsável com seus casos amorosos, sentiu uma intensa inquietação.

— Não foi isso que eu imaginei quando você pediu minha companhia – Spencer resmungou, posicionando um tijolo de pedra.

Gerard sorriu e deu um passo para trás para analisar o progresso que eles faziam com o muro de pedras. Sua intenção não era trabalhar, mas quando encontraram seus inquilinos construindo o muro, ele aproveitou a oportunidade. Trabalho duro e músculos cansados o ensinaram muito sobre olhar para dentro de si mesmo para encontrar satisfação e apreciar as coisas simples, como um trabalho benfeito. Era uma lição que estava determinado a passar para seu irmão.

— Este muro sobreviverá por muito mais tempo do que eu e você, Spencer. Você agora é parte de algo duradouro. Se considerar seu passado, existe mais alguma coisa que você fez que deixará uma marca neste mundo?

Endireitando-se, seu irmão franziu o rosto. Com as mangas das camisas enroladas e as mãos sujas de terra, eles não se pareciam em nada com a família nobre que eram.

— Por favor, não me diga que você agora também se tornou um filósofo. Sua idolatria por sua esposa já é algo estranho o bastante.

— Você acha melhor idolatrar a esposa de outra pessoa? – Gerard retrucou.

— Com certeza. Assim, depois que acabar com ela, será outro homem que terá que lidar com suas lágrimas.

— Você tem muita fé em mim, meu irmão, considerando a habilidade da minha esposa de levar os homens às lágrimas.

— Ah, sim, isso é complicado. Eu não invejo você – Spencer limpou o suor da testa, depois abriu um sorriso – Entretanto, quando Pel esmagá-lo como um inseto irritante, eu estarei pronto para ajudá-lo a se recuperar. Um pouco de vinho, umas mulheres, e logo você estará novo em folha.

Sacudindo a cabeça, Gerard desviou os olhos e reparou em dois jovens que brigavam no alto de um morro. Preocupado, ele começou a andar.

— Não precisa se preocupar, milorde – disse uma voz áspera atrás dele. Gerard se virou e encontrou o maior dos homens de pé ao seu lado – Aquele é meu garoto Billy e seu amigo.

Gerard voltou a olhar a cena e agora os dois garotos desciam o morro correndo.

— Ah, eu me lembro de dias como esse em minha juventude.

— Acho que todos nós lembramos, milorde. Você reparou na jovem garota sentada sobre a cerca?

Seguindo a direção apontada, Gerard sentiu o coração congelar diante da linda garota loira que ria dos garotos. As mechas prateadas refletiam a luz do sol e competiam com o brilho de seu sorriso.

Ela era adorável.

E muito parecida com Emily.

– Aqueles dois competem pelo amor dela há anos. Ela gosta do meu garoto, mas sendo honesto, espero que ela escolha o outro.

Gerard conseguiu tirar os olhos da jovem garota e levantou uma sobrancelha.

– Por quê?

– Porque Billy apenas *pensa* que gosta dela. Ele é muito competitivo e quer sempre ser melhor do que os outros, e mesmo ela não sendo certa para ele, Billy simplesmente não suporta a ideia de perder sua adoração. É algo puramente egoísta. Mas o outro garoto, ele realmente a ama. Ele sempre a ajuda com suas tarefas e a acompanha até o vilarejo. Ele se preocupa com ela.

– Entendo – e Gerard realmente entendeu, de um jeito que nunca entendera antes.

Emily.

Ele não havia pensado nela nenhuma vez durante o tempo em que viajou quando era jovem. Estava ocupado demais com mulheres para pensar naquela adorável garota. Lembrou-se dela apenas quando retornou e descobriu que estava casada. Será que ele era como Billy? Simplesmente com ciúme das atenções às quais ele não dava valor no passado e que se voltaram para outra pessoa?

Você sempre desejou as mulheres que pertencem a outros homens.

Meu Deus.

Gerard se virou, andou até a parte completa do muro baixo e sentou-se. Com um olhar perdido, ele começou a vasculhar sua mente.

Mulheres. Repentinamente, pensou em todas elas, todas que cruzaram seu caminho.

Será que foi apenas o instinto de competição com Hargreaves que o impeliu a querer Isabel tão desesperadamente?

Um calor surgiu em seu peito e se espalhou por seu corpo ao pensar em sua esposa. *Eu quero você.* A maneira como aquelas palavras o afetaram não tinha nada a ver com Hargreaves. Não tinha nada a ver com mais ninguém, exceto Isabel. E agora que via sua imagem refletida num espelho, Gerard percebeu que ela era a única mulher que o fazia se sentir assim.

— Já terminamos?

Levantando os olhos, ele encontrou Spencer parado em sua frente.

— Não estamos nem perto de terminar.

Inundado de culpa pelo que fizera a Emily, Gerard voltou ao trabalho, fazendo o mesmo que fez por quatro longos anos: exorcizando seus demônios com muito trabalho duro.

— Lady Grayson.

Tirando os olhos de seu livro, Isabel viu John se aproximando de onde ela estava sentada nos fundos do terraço e ofereceu-lhe um sorriso gentil. À sua direita, Rhys conversava com os Hammond e Miss Abigail. À esquerda, o Conde e a Condessa de Ansell tomavam chá com Lady Stanhope.

— Boa tarde, milorde — ela o cumprimentou, admirando sua boa forma e seus olhos brilhantes.

— Posso me juntar a você?

— Por favor — apesar das palavras não ditas entre eles, Isabel ficou agradecida por sua companhia. Principalmente após tomar chá com a viúva, que felizmente havia acabado de se retirar.

Fechando seu livro, ela o colocou de lado e fez um gesto para o criado trazer mais bebidas.

— Como está você, Isabel? — ele perguntou com um olhar cerrado após se sentar.

— Estou bem, John — ela o assegurou — Muito bem. E você, como está?

— Eu também estou bem.

Ela olhou ao redor, depois baixou o tom de voz.

— Por favor, diga com sinceridade. Eu machuquei você?

O sorriso dele foi tão genuíno que a deixou imensamente aliviada.

— Sim, meu orgulho foi ferido. Mas, sinceramente, nós estávamos nos aproximando do final da relação, não é mesmo? Eu estava cego para isso, assim como estava cego para muitas coisas desde o falecimento de Lady Hargreaves.

O coração de Isabel se encheu de ternura. Conhecendo a dor de se perder um amor, ela sabia parcialmente como ele se sentia. Porém, John deve ter sofrido muito mais, já que em seu caso o sentimento era recíproco.

– Meu tempo com você significou muito para mim, John. Apesar da maneira horrivelmente abrupta como terminamos, você sabe disso, não é?

Recostando-se na cadeira, ele exibiu seu olhar mais sincero e disse:

– Eu sei disso, Isabel, e seus sentimentos por mim facilitaram muito para eu enxergar o propósito de nossa relação e superar seu fim. Você e eu nos juntamos buscando conforto após sofrermos com nossos casamentos: eu, por causa da morte de minha querida esposa, e você, por causa da morte do seu não tão querido esposo. Nós buscamos apenas companheirismo, sem compromissos ou exigências. Como eu poderia guardar qualquer mágoa de você por seguir em frente quando algo mais profundo apareceu em sua vida?

– Obrigada – ela disse, observando cada aspecto de sua beleza com um afeto renovado – Por tudo.

– Na verdade, eu invejo você. Quando Grayson veio me procurar, eu...

– O quê? – Ela piscou, surpresa – O que você quer dizer com "ele veio me procurar"?

John riu.

– Então, ele não contou a você. Meu respeito por ele acabou de aumentar.

– O que ele disse? – ela perguntou, morrendo de curiosidade.

– O que ele disse não é importante. Foi a paixão em suas palavras que me deixou com inveja. Eu também quero isso, e acho que finalmente estou pronto, graças a você.

Ela queria poder tocar sua mão e apertar, mas não podia. Então, Isabel disse:

– Prometa que sempre seremos amigos.

– Isabel – a voz dele era afiada e parecia sorrir –, nada neste mundo poderia impedir que eu fosse seu amigo.

– Promete? – ela arqueou uma sobrancelha – E seu eu quiser arrumar uma garota para você? Tenho uma amiga que...

John encolheu os ombros.

– Bom, talvez me agrade.

Assim que Gerard e Spencer voltaram para a mansão, eles foram direto para seus aposentos para tomar banho e limpar o suor e a sujeira de um dia de trabalho.

Gerard desejava encontrar Isabel e precisou lutar contra a urgência de fazer isso. Ele precisava conversar com ela e compartilhar sua descoberta. Queria encontrar conforto e aliviar os medos dela dizendo-lhe que nenhuma outra mulher estava à sua altura para ele. E acima de tudo, ele suspeitava que ela seria a mulher de sua vida para sempre, e queria que soubesse disso.

Mas se a encontrasse agora, ele teria que abraçá-la, e precisava banhar-se antes.

Então, ele se afundou numa banheira quente, apoiou a cabeça na borda e dispensou Edward. Quando a porta se abriu longos minutos depois, ele sorriu, mas manteve os olhos fechados.

– Boa tarde, meu amor. Sentiu minha falta?

Um murmúrio rouco assentindo fez seu sorriso aumentar.

Isabel se aproximou e seu coração acelerou com a expectativa. Relaxado pela temperatura da água, Gerard demorou alguns segundos preciosos até registrar o aroma de um perfume diferente quando ela se abaixou sobre ele, seguido pelo som da porta se abrindo novamente...

Que diabos...

... pouco antes de uma mão igualmente diferente entrar na água para agarrar seu membro.

Ele teve um sobressalto, espirrando água para os lados ao abrir os olhos e encontrar o rosto assustado de Bárbara.

Gerard havia notado os olhares que ela jogava sobre ele, mas pensava que era esperta o bastante para entender o rosto fechado com que ele respondia às investidas dela. Mas, aparentemente, ele estava errado.

Gerard agarrou seu pulso ao mesmo tempo em que o olhar de Bárbara se levantou e se tornou aterrorizado.

– Se quiser continuar com essa mão – disse Isabel, que estava parada na porta adjunta – eu fortemente sugiro que a tire da banheira do meu marido.

Carregadas de gelo, as palavras esfriaram a alma de Gerard, apesar da água quente em que estava mergulhado.

Mas que maldito inferno!

CAPÍTULO 15

Por que minha esposa sempre me flagra nas situações mais constrangedoras?

Mostrando os dentes, Gerard rosnou para a intrusa, que cambaleou para trás. Emergindo da água, ele apanhou a toalha que estava pendurada numa cadeira e observou Isabel perseguir Bárbara para fora do banheiro. Depois, ouviu Isabel gritar do corredor.

— Ainda não terminei com você, madame.

Endireitando os ombros, Gerard esperou sua leoa voltar. Ao encará-la, ele estremeceu com sua expressão fechada. Isabel o olhou por um momento com olhos impassíveis e os cabelos soltos sobre os ombros. Então, ela se virou e andou apressadamente na direção de seu quarto.

— Isabel.

Ele vestiu seu roupão e a seguiu, estendendo o braço para impedir que a porta batesse em seu rosto. Uma vez lá dentro, ele a estudou desconfiado enquanto se vestia, e Isabel andava nervosamente de um lado a outro. Como iniciar a conversa? Finalmente, ele disse:

— Eu não incentivei nem participei daquela investida.

Isabel o olhou de relance, mas não parou de andar.

— Eu acho que você quer acreditar em mim – ele murmurou. Pelo menos, ela não estava gritando nem atirando objetos nele.

— Não é tão simples assim.

Aproximando-se dela, Gerard tocou seus ombros, forçando Isabel a parar. Foi então que sentiu sua respiração forçada, o que fez seu coração disparar.

– *É* simples assim – ele a sacudiu levemente – Olhe para mim. Olhe em meus *olhos*!

O olhar de Isabel subiu lentamente e exibiu o mesmo vazio que ele enxergara no baile dos Hammond.

Tocando seu queixo, Gerard levantou seu rosto.

– Isabel, meu amor – ele se aproximou e aspirou profundamente seu perfume – Eu não sou Pelham. Talvez, no passado... quando eu era jovem...

Ela agarrou o roupão dele fechando os punhos.

Ele suspirou.

– Não sou mais aquele homem, e eu nunca fui igual a Pelham. Nunca menti para você, nunca escondi nada de você. Desde o momento em que nos conhecemos, eu me abri para você de um jeito que nunca havia feito com mais ninguém. Você me viu no meu pior – virando a cabeça, ele beijou seus lábios frios – Você não pode abrir seu coração para me enxergar em meu melhor?

– Gerard... – ela sussurrou, passando a língua timidamente contra a dele, fazendo-o gemer.

– Sim – ele a puxou para mais perto, aproveitando aquela pequena demonstração de fraqueza – Acredite em mim, Pel. Tenho tanta coisa para confidenciar a você. Tanta coisa para compartilhar. Por favor, me dê uma chance... dê uma chance para *nós*.

– Tenho medo – ela admitiu, finalmente dizendo aquilo que ele sabia, mas esperava que ela dissesse.

– Você é muito forte por revelar isso – ele elogiou –, e eu tenho muita sorte por ser o homem com quem você compartilha seus medos.

Ela abriu o roupão de Gerard, depois abriu o seu próprio e pressionou seu corpo nu contra a pele dele. Isabel não queria barreiras entre os dois.

Com o rosto dela em seu peito, Gerard sabia que Isabel escutava a batida rítmica de seu coração. Ele estendeu a mão dentro do roupão dela e acariciou suas costas.

– Eu não sei como fazer isso, Gray.

– Eu também não. Mas com certeza, se combinarmos nossas experiências com o sexo oposto, conseguiremos lidar com qualquer coisa. Sempre fui capaz de perceber quando uma amante se cansava de mim. Com certeza nós...

– Você está mentindo. Nunca mulher nenhuma perdeu o interesse em você.

— Nenhuma mulher *sã* – ele corrigiu – Você não enxergou nenhum sinal de alerta com Pelham? Ou ele simplesmente acordou num belo dia e jogou fora seu cérebro?

Isabel esfregou o rosto em seu peito e riu. Foi um som tímido, mas sincero.

— Sim, havia sinais.

— Então, vamos fazer um novo acordo, você e eu. Assim que enxergar um sinal, você conversa comigo, e eu prometo reassegurar meus sentimentos de maneira a não deixar dúvidas.

Isabel afastou o rosto e olhou para Gerard. Seus lábios macios pareciam brilhar junto com seus olhos castanhos. Ele a encarou, maravilhado por suas feições, que nem de longe eram refinadas ou delicadas. Isabel era uma beleza extraordinária e absoluta.

— Deus, você é tão linda – ele murmurou – Olhar para você me causa uma dor no peito.

A pele de Isabel se avermelhou, numa coloração que dizia muita coisa. Isabel era uma mulher experiente, mas Gerard a fazia corar como uma colegial.

— Você acha que seu plano irá funcionar? – ela perguntou.

— Que plano? Conversar um com o outro? Nunca deixar que dúvidas atrapalhem a relação? – ele suspirou dramaticamente – Você acha que será muito trabalho? Então, acho que vamos precisar simplesmente ficar na cama e transar como coelhos.

— Gerard!

— Oh, Pel. – erguendo-a do chão, ele a girou pelo ar – Eu sou louco por você. Não consegue enxergar isso? Por mais que você se preocupe em segurar meu interesse, eu me preocupo em segurar o seu.

Isabel envolveu seus braços ao redor do pescoço de Gerard e beijou seu rosto.

— Eu também sou louca por você.

— Sim – ele disse, rindo – Eu sei.

— Maldito convencido.

— Ah, mas eu sou o *seu* maldito convencido. E você me adora assim. Não, não se afaste. Vamos fazer amor, depois conversaremos.

Ela sacudiu a cabeça.

— Não podemos perder outro jantar.

— Você está vestida para me seduzir, e agora que suas curvas estão pressionadas contra meu corpo, você me nega? Que tipo de tortura é essa?

— Considerando que não é preciso muita provocação para levá-lo para a cama, essa não foi minha intenção. Estou vestida desse jeito porque tirei uma soneca — sua boca se curvou naquele sorriso malicioso que ele tanto adorava — E sonhei com você.

— Bom, agora estou aqui. Use meu corpo como você desejar. Eu lhe imploro.

— Até parece que você está mesmo necessitado — ela deu um passo para trás, e Gerard a soltou com muito esforço.

Rosnando, ele murmurou:

— Eu gostaria de dizer que vir até aqui foi um erro, mas estou começando a achar que não foi.

— Eu também acho que não — Isabel lançou um olhar sedutor sobre o ombro — E... coisas boas acontecem com aqueles que são pacientes.

— Conte-me mais sobre isso — ele sussurrou, seguindo-a.

— Contarei enquanto você me ajuda a me vestir. Mas antes de tudo, é melhor você ficar longe daquela mulher, Grayson. Se eu encontrar você de novo com ela, eu definitivamente vou considerar isso como um sinal.

— Não se preocupe com isso — ele murmurou, envolvendo os braços ao redor da cintura dela quando Isabel parou na frente do armário — Acho que seu argumento ficou muito claro.

Ela entrelaçou seus dedos sobre o abdômen.

— Hum. Quanto a isso, veremos.

— Pensei que ela fosse arrancar meus olhos!

Spencer sacudiu a cabeça e olhou do outro lado do salão inferior para onde Isabel conversava com Lady Ansell.

— Mas que diabos você queria?

Bárbara franziu o nariz.

— Quando saí do meu quarto e vi Grayson entrando no dele, pensei que Isabel ainda estivesse no andar de baixo com os outros.

– De qualquer maneira, foi uma loucura – Spencer cruzou os olhos com seu irmão, cuja expressão fechada era muito significativa. *Tome as rédeas dela*, era o que dizia.

– Eu sei – ela disse com um tom melancólico.

– E, você sabe, eu tentei dizer a você: ficar com um Faulkner já era o bastante, você não precisa de dois.

– Sim, acho que isso é verdade.

– Você aprendeu a lição? Fique longe de Grayson.

– Sim, sim. Você promete me salvar da fúria dela?

– Talvez...

Ela entendeu.

– Pedirei desculpas mais tarde – Bárbara se afastou.

Antecipando uma noite de prazeres carnais, Spencer a observou rebolar enquanto andava.

– Eu ouvi bem o que disse Lady Stanhope? – veio uma voz por trás dele.

– Mamãe – ele revirou os olhos – Você realmente precisa parar de bisbilhotar a conversa dos outros.

– Por que você disse para ela ficar longe de Grayson? Deixe-a ficar com ele.

– Aparentemente, Lady Grayson não gostou dessa ideia, a ponto de deixar Lady Stanhope com medo de se machucar.

– *O quê?*

– E Lorde Hargreaves graciosamente se retirou de campo. O casal Grayson agora não possui mais nenhum impedimento para continuar o casamento.

Cerrando os olhos enquanto olhava na direção de Isabel, a viúva murmurou:

– Aquela mulher concordou em separar-se dele. Eu deveria saber que ela estava mentindo.

– Mesmo que ela estivesse sendo sincera, Gray está tão encantado com ela que eu duvido que alguma coisa possa mantê-lo longe. Veja a maneira como ele olha para ela. E, verdade seja dita, eu conversei muito com ele hoje e posso dizer que ela o faz muito feliz. Talvez você devesse aceitar a derrota nesse caso.

– Nunca! – ela respondeu, ajeitando suas roupas escuras com as mãos – Eu não vou viver para sempre, e antes de dar meu último suspiro, quero ver Grayson com um herdeiro adequado.

– Ah... – Spencer encolheu os ombros – Bom, talvez seja isso que decida as coisas a seu favor. Isabel nunca me pareceu do tipo maternal. Se desejasse ter filhos, já os teria há muito tempo. Agora sua idade já é avançada e perigosa demais para a concepção.

– Spencer! – sua mãe agarrou seu braço e o encarou com olhos acesos – Você é um gênio! É exatamente isso.

– O quê? Qual parte?

Mas sua mãe já havia começado a andar, com ombros exibindo uma determinação que o deixou feliz por não ser o objeto de sua atenção. Mas ele se sentiu mal por seu irmão, então se aproximou de Gray assim que Lorde Ansell o deixou sozinho.

– Desculpe – Spencer murmurou.

– Por que você trouxe Bárbara junto? – Gray perguntou, interpretando errado o pedido de desculpa.

– Eu já disse. Eu tinha certeza que esta viagem seria uma chatice. Você não podia esperar que eu passasse todo esse tempo em celibato. Eu até tentaria mantê-la ocupada, mas agora estou todo dolorido por causa da sua ideia de construirmos um muro. Mas, é claro, vou tentar meu melhor para que ela não fique entediada daqui para frente.

Rindo, seu irmão deu um tapa em suas costas e disse:

– Bom, a intromissão dela pode ter sido fortuita.

– *Agora* eu tenho certeza de que você está maluco. Nenhum homem em sã consciência diria que é fortuito ser flagrado por sua esposa com outra mulher segurando seu pau.

Grayson sorriu e Spencer resmungou:

– Bom, vamos logo, explique o que você quis dizer, para que talvez eu também possa usar isso para sair de uma circunstância semelhante.

– Eu não recomendaria passar por uma circunstância dessas. Entretanto, nesse caso particular, isso me deu a oportunidade de aliviar o maior medo da minha esposa.

– E qual é esse medo?

– Isso apenas eu posso saber, meu irmão – Gray disse enigmaticamente.

— Meus queridos convidados, eu gostaria da sua atenção, por favor! — Lady Hammond chamou, balançando um conjunto de chaves.

Gerard olhou para a anfitriã e depois lentamente voltou os olhos para Isabel, que também o olhava. Seu largo sorriso o encheu de contentamento. Mais uma ou duas horas e eles poderiam ficar sozinhos.

— Para treinarmos um pouco para nossa caça ao tesouro de amanhã, Hammond e eu escondemos dois itens em algum lugar da mansão: um relógio de bolso dourado e um pente de marfim. Com exceção das portas trancadas e dos seus aposentos, qualquer sala é um possível esconderijo. Por favor, se vocês encontrarem um item, avisem a todos. Eu tenho um prêmio para quem os encontrar.

Aproximando-se de sua esposa, Gerard estendeu a mão para apanhar o braço dela, mas Isabel levantou uma sobrancelha e deu um passo para trás.

— Se você me caçar, milorde, nós vamos nos divertir muito mais do que se encontrássemos um relógio ou um pente.

Instantaneamente, o coração de Gerard acelerou.

— Atrevida — ele sussurrou para não ser ouvido por mais ninguém — Você me nega antes do jantar e depois me faz correr atrás de você.

O sorriso de Isabel aumentou.

— Ah, mas eu sou a *sua* atrevida, e você me adora assim.

O rugido grave que escapou de sua garganta não poderia ser contido mesmo que ele tentasse. Seu instinto primitivo acordou diante da aceitação de sua posse sobre ela. O desejo de jogá-la sobre os ombros e encontrar a cama mais próxima era ao mesmo tempo embaraçoso e excitante. O olhar sombrio de Isabel mostrava que ela sabia da fera que havia despertado, e gostava disso. E o convidava. Como era possível ele ter encontrado uma esposa de bom berço que, ao mesmo tempo, era uma tigresa na cama?

Isabel piscou e girou nos calcanhares, saindo da sala junto com os outros convidados e movendo os quadris com um balanço exagerado.

Gerard permitiu que ela saísse na frente, depois começou sua caçada.

Isabel seguia Gray discretamente, evitando seu olhar e o dos outros convidados. Ela deveria ter permitido que ele a encontrasse meia hora atrás, mas Isabel estava se divertindo demais espiando o jeito sensual e determinado com que ele andava. Meu Deus, seu marido tinha um traseiro lindo. E aquele andar. Andava como um homem absolutamente certo de que em breve estaria transando. Um andar lânguido e flexível. Irresistível.

Ele estava voltando pelo corredor, e desta vez ela iria se revelar. Concentrada como estava em Grayson, Isabel não percebeu a pessoa atrás dela até que uma mão pousou sobre sua boca e ela foi arrastada para trás.

Apenas depois de ouvir a voz de Rhys é que ela se acalmou e parou de se debater. Ele a soltou e ela se virou para encará-lo.

– Que diabos você está fazendo? – ela sussurrou.

– Eu estava prestes a perguntar a mesma coisa – Rhys retrucou – Ouvi a viúva Lady Grayson falando sobre o pacto que fez com você.

Isabel estremeceu. *Como pôde se esquecer disso?*

– Bom Deus...

– Exatamente – Rhys a olhou com uma reprovação em seus olhos – Já é ruim o bastante você *falar* sobre deixar Grayson, mas fazer isso com sua mãe, que agora está espalhando essa história, é pior ainda. O que você estava pensando?

– Eu não estava pensando – ela admitiu – Eu estava estressada e falei precipitadamente.

– Você escolheu se casar com ele. Agora precisa viver com essa escolha, assim como todas as mulheres na mesma situação. Você não consegue encontrar uma maneira de conviver com ele?

Isabel assentiu rapidamente.

– Sim, acho que podemos fazer isso. Já concordamos em tentar.

– Oh, Bella – Rhys suspirou e sacudiu a cabeça. Sua frustração era tangível, e isso encheu Isabel de culpa – Você não aprendeu a ser prática com Pelham? Desejos carnais não têm nada a ver com amor. Por que você insiste em ser tão romântica?

– Eu não sou – ela respondeu, desviando os olhos.

– Hum... – ele tocou seu queixo e direcionou seu olhar de volta. – Você está mentindo, mas você é uma mulher adulta e eu não posso tomar decisões por você. Então, vou deixar como está. Mas eu me preocupo com você. E acho que você é sensível demais.

– Nem todos possuem um coração de aço – ela resmungou.

– Ouro – o sorriso dele diminuiu ao expressar sua preocupação – Você não pode subestimar a viúva. Ela é uma pessoa determinada, embora eu não entenda por quê. Você é filha de um duque e um ótimo partido. Se combina de verdade com Grayson, eu não consigo enxergar a objeção que ela faz a você.

– Ninguém consegue agradar aquela mulher, Rhys.

– Bom, ela não perde por esperar se quiser cruzar o caminho de nosso pai, e ele *vai* interceder, Bella.

Isabel suspirou. Como se seus problemas já não fossem difíceis o bastante, ela e Grayson também precisavam combater terceiros.

– Eu conversarei com ela. Por mais que deteste fazer isso.

– Ótimo.

– Aí está você – Gray disse atrás de Isabel, um momento depois de suas mãos tocarem a cintura dela. – Trenton. Você não tem um relógio para encontrar?

Rhys fez uma rápida reverência.

– É claro que sim – seu olhar para Isabel estava cheio de significados, e ela respondeu acenando a cabeça antes de ele desaparecer pelo corredor.

– Por que sinto que o clima para brincadeiras sumiu? – Gray perguntou quando eles ficaram sozinhos.

– Não, está tudo bem.

– Então, por que você está tão tensa?

– Você poderia corrigir isso – ela se entregou aos braços dele.

– Se eu soubesse a causa – ele murmurou –, tenho certeza de que eu poderia.

– Eu quero ficar sozinha com você.

Assentindo, Gerard a conduziu em direção aos seus aposentos, mas quando ela ouviu vozes se aproximando, Isabel o puxou para o quarto mais próximo.

– Tranque a porta.

Com as cortinas fechadas, o quarto estava tão escuro que ela não enxergava nada, mas era exatamente isso que Isabel queria no momento. Na escuridão, ela ouviu o clique da tranca.

– Gerard – Isabel se jogou em seu corpo, passando as mãos dentro de seu casaco e abraçando sua cintura esguia.

Desprevenido, Gray cambaleou para trás até atingir a porta.

– Deus, Isabel.

Ela ficou na ponta dos pés e mergulhou o rosto em seu pescoço. *Como amava a sensação de estar tão perto dele!*

– O que foi? – ele perguntou, abraçando-a de volta.

– Isto é tudo que temos? Este desejo intenso?

– Do que você está falando?

Isabel lambeu sua garganta, consumida por uma febre que fervia seu sangue. Ela nunca havia se entregado a ele. Não completamente. Talvez fosse esse último pedaço de resistência que impelia Gray em sua busca. Se fosse, ela precisava saber agora. Antes que fosse tarde demais.

Agarrando seu traseiro, ela esfregou o corpo contra ele.

Gray estremeceu.

– Pel. Não me provoque aqui. Vamos para nosso quarto.

– Você estava disposto a me caçar antes – ela percorreu suas costas sobre o fino tecido de seu colete, enquanto continuava a pressionar seus corpos juntos, raspando os seios em seu peito, a barriga sobre a extensão de seu membro.

A escuridão significava liberdade. Tudo que existia em seu mundo naquele momento era o grande corpo que ela desejava, o cheiro de Gray, a deliciosa voz rouca.

– Você estava brincando antes. Achei que iríamos trocar alguns beijos roubados, umas carícias discretas – ele ofegou quando Isabel apertou seu membro sobre a calça – Agora você está... você está... Maldição, não sei o que você está fazendo, mas isso precisa de nossa cama, meu pau e várias horas sem interrupção.

– E se eu não puder esperar? – ela sussurrou, apertando ainda mais por cima de sua calça.

– Você vai me fazer transar com você aqui? – sua voz saía mais grave do que o normal. – E se alguém aparecer? Nós nem sabemos em que sala estamos.

Ela começou a abrir seu cinto.

– Alguma sala que não é usada, já que a lareira não está acesa – Isabel gemeu ao libertá-lo, duro e pronto – Estou oferecendo a oportunidade para tomar meu corpo num local público, como você mesmo disse que era muito capaz de fazer.

Gray agarrou o pulso dela, então Isabel usou a outra mão para apertar seu traseiro. Inflamado, ele rugiu antes de girar e pressioná-la contra a porta.

– Como quiser.

Quando as mãos dele invadiram sua saia, Gray mordeu o ombro de Isabel. Ela deixou a cabeça cair para o lado quando ele abriu seu sexo e acariciou seu clitóris. Isabel abriu as pernas desavergonhadamente e desfrutou da habilidade de seus dedos. Ele já havia passado horas usando os dedos e a língua, determinado a decorar cada nuance do corpo de Isabel e descobrir as muitas maneiras como ela chegava ao orgasmo.

– O que deu em você? O que Trenton disse para fazer você agir dessa maneira?

Seus longos dedos deslizaram para dentro dela. Isabel estava tão molhada que a ereção de Gray se esfregava em sua barriga com impaciência.

– Meu Deus, Pel. Você está encharcada.

– E você está pingando sobre minha perna – ela estremeceu com as primeiras ondas de um orgasmo que se anunciava – Por favor. Eu quero você.

Como ela esperava, foram essas palavras que o convenceram.

Gray agarrou a parte de trás de suas coxas e ergueu Isabel facilmente. Ela estendeu o braço e o guiou para a entrada de seu sexo, gemendo em quase delírio quando ele baixou seu corpo lentamente sobre seu membro ereto.

Ao se inclinar para frente, Gray raspou o peito contra os seios de Isabel e ofegou. Ela o abraçou, aspirou seu cheiro, absorveu a sensação de seu peso sobre ela e seu membro invadindo-a.

Você não aprendeu a ser prática com Pelham?

– Isto é tudo que temos?

– Isabel – Gray lambeu sua garganta, depois subiu e tomou sua boca num beijo profundo. Um forte espasmo atravessou o corpo dele quando Isabel se apertou ao seu redor.

– Rezo para que seja tudo que temos, pois eu não posso sobreviver a nada mais além disto.

Apertando seus rostos juntos, ela gemeu suavemente enquanto ele se movia. Para dentro. Para fora. Deslizando fundo. Lentamente. Saboreando Isabel.

– Mais – não foi um pedido.

Ele parou, tensionando.

– Maldita – ele murmurou finalmente, cravando as unhas nela – Até onde é suficiente para você? Quanto mais prazer você precisa? Algum dia vou conseguir saciá-la? Algum dia *eu* serei suficiente?

Dobrando os joelhos, ele aumentou o ritmo, penetrando forte e fundo. Assustada com a súbita veemência de Gray, Isabel não conseguiu responder nada.

– Você pergunta se isso é tudo que temos? Sim! – ele bateu seu corpo contra a porta, machucando suas costas e prendendo-a. Isabel gemeu de dor e prazer, sem poder se mexer e apenas sentindo a penetração pulsante dentro de si. Ela se contorceu e arranhou as costas dele, próxima do orgasmo. Agarrou seus ombros, seus quadris, tentando se mover, mas não havia como – Você e eu e mais ninguém, Isabel. Mesmo que seja a última coisa que eu faça, vou encontrar uma maneira de ser aquilo que você precisa.

Dentro de seu coração, ela sentiu um calor florescer. Gray não era como Pelham. Ele era acessível e honesto. Sua paixão era real e tangível.

Talvez ela não fosse prática quando se tratava de casamento, mas com seu marido, ela não precisava ser.

– Eu também quero ser o que você precisa. Desesperadamente – Isabel admitiu sem nenhum medo.

– Você já é – ele encostou a testa suada na testa de Isabel – Meu Deus, você já é.

– Gerard – os dedos dela se entrelaçaram em seus cabelos sedosos – Por favor.

Gray começou a se movimentar, iniciando um ritmo cadenciado.

Ela permitiu que ele liderasse, relaxando os músculos do corpo, exceto aqueles que apertavam ao redor de seu membro. Ele grunhia com cada aperto. Ela gemia com cada estocada. Não havia pressa para terminar, apenas uma troca de prazer, usando seus conhecimentos para agradar um ao outro.

Quando ele colou a boca em sua orelha e sussurrou "Meu Deus! Não consigo... Pel! Não consigo parar! Vou gozar...", ela respondeu apenas "Sim, sim".

Usando as mãos para separar ainda mais as coxas de Isabel, ele penetrou até a base e gemeu, num som torturado tão alto que ela o ouviu mesmo sob o latejar do sangue em seu ouvido. O orgasmo de Gray foi violento, com espasmos de seu membro dentro dela, o peito ofegando enquanto entregava aquilo que ela havia despertado. Preenchida por ele, cheia de sua essência, Isabel se preparou e gozou junto com ele num alívio explosivo.

– Isabel. Meu Deus, Isabel – Gray a abraçou com toda sua força – Desculpe. Deixe-me fazer você feliz. Deixe-me tentar.

– Gerard... – ela pressionou vários beijos sobre seu rosto – *Isso* é suficiente.

CAPÍTULO 16

Ao deixar Isabel para trás, Rhys estava tão perdido em pensamentos que não enxergou o que estava à sua frente. Virando o canto, ele topou com uma pessoa apressada e precisou pensar rápido para evitar que ela caísse.

— Lady Hammond! Desculpe-me.

— Lorde Trenton — ela respondeu, arrumando as saias e tocando suas madeixas douradas, que já mostravam um leve toque de cinza. Quando ela ergueu o rosto com um sorriso brilhante, ele se surpreendeu, considerando que quase a atropelara — Eu também peço desculpas. Eu não estava prestando atenção em minha pressa para assegurar a diversão dos meus convidados.

— Tenho certeza de que todos estão se divertindo muito.

— Isso me deixa muito aliviada! E eu quero agradecer a você pela atenção que deu à sobrinha de Hammond hoje. A pobre garota passou por tanta coisa. Tenho certeza de que conversar com um cavalheiro como você foi uma ótima distração. Eu nunca a vi tão animada assim, e isso me agrada demais. Eu agradeço por sua paciência ao conversar com ela por um tempo tão longo.

Rhys segurou um grunhido. A ideia de que ele estava apenas sendo bonzinho com Abby o irritava de uma maneira que não conseguia entender. Ele queria responder e refutar, dizer que ela era uma garota única e charmosa, e não era atraente apenas por causa de seu dinheiro. Mas por que ele queria se defender tão veementemente era algo que não compreendia. Talvez fosse culpa.

— Não é necessário agradecer — ele disse com uma suavidade medida.

— Você está se divertindo com a caça ao tesouro?

— Sim, estou. Mas agora eu devo me despedir por hoje e deixar toda a glória para os outros convidados.

— Há algo errado? – ela perguntou, como uma boa governanta preocupada com seu convidado.

— Não, nada de errado. Acontece que eu sou muito bom nesse tipo de tarefa, e não seria justo eu ganhar hoje, já que pretendo ganhar amanhã – ele deu uma piscadela.

Ela riu.

— Muito bem. Então, boa noite para você, milorde. Nos veremos no café da manhã.

Eles se despediram e Rhys tomou o caminho mais curto para seu quarto. Depois de se despir, ele dispensou o criado e se sentou diante da lareira com uma taça e uma garrafa de conhaque. Logo a bebida fez seu efeito e Rhys sentiu o arrependimento sobre Abby se aliviar. Ao menos até a porta se abrir.

— Vá embora – ele murmurou, sem fazer esforço algum para cobrir suas pernas expostas.

— Rhys?

Ah, era seu anjo.

— Vá embora, Abby. Não estou em condições de receber você.

— Para mim, você parece em perfeitas condições – ela disse suavemente, aproximando-se e circulando a poltrona até ficar entre ele e a lareira.

Abby parecia estar sem as sobressaias, talvez para facilitar tirar as roupas, e Rhys podia enxergar o contorno de suas pernas pequeninas através do tecido fino. Ele ficou ereto, e vestido como estava, não era possível esconder essa condição.

Abby limpou a garganta, e seus olhos pareciam vidrados.

Sentindo um impulso para chocá-la, Rhys puxou um lado do roupão e exibiu seu membro ereto.

— Agora que você viu o que queria ver, é melhor ir embora.

Abby sentou-se na poltrona de frente a Rhys, com as costas retas e o olhar curioso marcado por um franzir de sobrancelhas. Ela era tão adorável que ele precisou desviar os olhos.

— Eu não vim até aqui para simplesmente olhar o que quero e não tocar – ela disse – Isso é uma ideia tão tola que nunca ouvi nada igual.

– Pois eu enxergo uma ideia ainda mais tola – ele retrucou asperamente, observando a bebida contra a luz da lareira – Você arriscando uma gravidez indesejada com muito afinco.

– Essa é a razão para o seu mau humor?

– Isso não é mau humor, isso se chama "culpa", Abigail, e já que eu nunca senti essa emoção em particular antes, eu não estou muito confortável com isso.

Ela ficou em silêncio por um longo tempo. Longo o bastante para ele terminar sua bebida e servir-se de outra.

– Você se arrepende do que aconteceu entre nós?

Rhys não olhou para ela.

– Sim.

Uma mentira, pois ele nunca poderia se arrepender do tempo que passara com ela, mas era melhor Abby não saber disso.

– Entendo – ela disse suavemente. Depois se levantou e se aproximou dele. Abby parou ao lado da poltrona – Sinto muito por seu arrependimento, Lorde Trenton. Saiba que, da minha parte, eu nunca vou me arrepender.

Foi o leve toque de fragilidade em sua voz que fez Rhys se mover rapidamente para agarrar seu braço. Quando ele se forçou a olhar para ela, Rhys enxergou lágrimas, que o machucaram tão profundamente que ele derrubou a taça de conhaque no chão. A sensação de tocar seu pulso, aquela frágil e pequena parte de seu braço, disparou memórias sobre tocar outros locais de seu corpo. Ele começou a suar.

Abby tentou se livrar, mas ele não a soltou. Rhys levantou-se e agarrou sua nuca.

– Está vendo como eu machuco você? Como posso ficar com você se apenas causo dor?

– Para mim, foi o paraíso – ela gritou, limpando furiosamente as lágrimas – As coisas que você fez... a sensação do seu corpo... a maneira como *eu* me senti.

Abby se debateu, mas ele continuou prendendo-a. Ela o olhou com olhos cerrados e cheios de lágrimas.

– Estou vendo que minha mãe estava certa. Amantes servem apenas para um alívio físico. Pelo jeito, sexo é assim para todo mundo. *Com* qualquer um! Por que outra razão tantas pessoas fariam isso?

– Pare com isso! – ele respondeu, com seu coração acelerando ao perceber aonde ela queria chegar.

Abby ergueu o tom de voz.

– Por qual outro motivo isso significaria tão pouco para você? Foi estupidez minha pensar que você e eu éramos diferentes. É tão fácil me substituir para ter uma intimidade semelhante. Então, só posso concluir que qualquer outro homem poderia me dar orgasmos iguais àqueles!

– Maldita. Nenhum outro homem poderia.

– Vá para o inferno, milorde! – ela gritou com uma fúria indignada – Posso não ser nenhuma grande beleza, mas tenho certeza de que existem homens que fariam amor comigo sem se arrependerem.

– Eu posso assegurar que qualquer outro homem que tocar em você irá se arrepender imensamente.

– Oh – ela piscou repetidamente, levando a mão à garganta num gesto exagerado – Meu Deus. Você está sendo possessivo?

– Eu nunca sou possessivo.

– Você ameaçou qualquer homem que me tocar. Como você chama isso? – ela estremeceu – Esqueça. De qualquer maneira, eu adorei.

– Abby – ele rosnou, furioso com o aperto que sentiu no peito. *Será que ela sempre o levaria à loucura dessa maneira?*

– Esse rosnado... – os olhos dela se arregalaram, depois suavizaram – Esse seu lado selvagem me derrete por dentro, sabia?

– Eu não rosnei! – quase que involuntariamente, Rhys a puxou para mais perto.

– Sim, você rosnou. O que está fazendo? – ela ofegou quando Rhys lambeu o canto de sua boca – Você pretende me atacar, não é?

Seu cérebro cheio de álcool foi inundado pelo calor do corpo esguio de Abby, seu aroma e aquela voz que ele adorava. Os gritos de satisfação dela eram suficientes para fazer seu membro pingar de alegria. Mesmo agora já estava vazando: Rhys estava muito excitado, e ela não havia feito nada para deixá-lo nessa situação. Era simplesmente sua *presença*. Havia algo indefinível sobre Abby.

– Não – ele murmurou em seu ouvido – Eu pretendo *foder* você.

– Rhys!

Quando soltou seu pulso para tocar o seio, ele não ficou surpreso por encontrar o mamilo enrijecido debaixo do vestido. Aqueles longos e deliciosos mamilos. Então, ele a puxou para o chão.

– O quê? Aqui? – sua expressão chocada o faria rir, se não estivesse tão concentrado em arrancar as saias do caminho – No tapete? Por que não na cama?

– Na próxima vez.

Sentindo que ela já estava quente e molhada, Rhys começou a penetrar soltando um gemido de entrega. Abby gemeu suavemente.

– Você vai se arrepender disto também? – ela perguntou, se contorcendo debaixo dele.

Rhys sabia que ela estava dolorida, podia sentir o quanto estava inchada, mas não podia resistir. Olhando para ela enquanto forçava seu corpo a recebê-lo, ele quase se afogou naqueles olhos azuis.

– Nunca – ele jurou.

– Você já mentiu uma vez – o sorriso dela era brilhante e os olhos novamente se encheram de lágrimas – Nunca fiquei tão feliz por ouvir uma mentira.

E Rhys também nunca esteve tão feliz.

E isso era uma tortura pior do que o inferno.

Não querendo deixar Isabel após sua aparente mudança de atitude na noite anterior, Gerard a seguiu a distância vários passos quando os convidados desceram de seus cavalos e começaram a andar em direção a um piquenique preparado para todos. Usando um vestido florido com um grande laço de cetim nas costas e um largo chapéu, sua esposa parecia ao mesmo tempo elegante e jovem. Esse último efeito foi intensificado pelo brilho em seus olhos e o grande sorriso.

Ser o responsável por aquela imagem de alegria era algo que o impressionava. No passado, ele nunca agradara a ninguém além de si mesmo, e nunca fizera uma mulher feliz além de uma maneira puramente sexual. Gerard não entendia como conseguira isso agora. Sabia apenas que continuaria cuidando de sua felicidade mesmo que isso o matasse.

Acordar com Isabel beijando seu peito e com um sorriso nos olhos foi o paraíso. Senti-la buscando seu corpo, aninhando-se em seu peito... Era um tipo de intimidade que ele nem sabia que existia, e descobriu isso com sua esposa, a mulher mais linda e maravilhosa do mundo. Na verdade, Gerard não merecia isso. Mas iria desfrutar o máximo possível. Derramar sua semente dentro dela foi um lapso tolo que não se repetiria. Não podia arriscar engravidá-la.

Olhando ao redor, ele estudou Trenton e disse:

– Você ainda parece sonolento. O ar do campo não está funcionando para você?

– Não – Trenton resmungou – Minha condição não pode ser curada com ar fresco.

– Que tipo de condição é essa?

– Do tipo que uma mulher causa.

Rindo, Gerard disse:

– Eu estou tentando desenvolver uma cura para o meu caso. Infelizmente, duvido que eu possa ajudá-lo se eu conseguir.

– Assim que Isabel descobrir alguma infidelidade sua – Trenton avisou –, nenhum santo será capaz de curar você.

Gerard parou abruptamente e esperou Trenton olhar para ele. O resto dos convidados continuou andando até que os dois ficaram afastados do grupo.

– Foi isso que você falou para minha esposa ontem? Que eu seria infiel?

– Não – Trenton se aproximou – Eu meramente disse a ela para ser prática.

– Isabel é uma das mulheres mais pragmáticas que eu conheço.

– Então, você não a conhece muito bem.

– Como é?

Trenton sorriu ironicamente e sacudiu a cabeça.

– Isabel é uma pessoa romântica, Grayson. Sempre foi.

– Você está falando da *minha* esposa? A mulher que dispensa os homens que se afeiçoam demais a ela?

– Amantes e cônjuges são duas coisas muito diferentes, você não concorda? Ela vai se afeiçoar a você se continuar seguindo esse caminho. E as mulheres podem se tornar diabólicas quando seu afeto não é correspondido.

– Se afeiçoar a mim? – Gerard perguntou suavemente enquanto se maravilhava com essa noção. Se a demonstração de afeto de hoje pela manhã era alguma indicação de como Isabel se comportava quando gostava de uma pessoa, então ele queria muito mais disso. Queria tudo. Hoje estava sendo o melhor dia de sua vida. E se todos os seus dias pudessem ser como este?

– Não tenho intenção nenhuma de rejeitá-la. Eu quero Isabel. E pretendo mantê-la feliz.

– E para isso pretende excluir todas as outras mulheres? Nada menos do que isso será suficiente para ela. Por alguma razão desconhecida, Isabel possui delírios sobre amor e fidelidade no casamento. Ela certamente não aprendeu isso com a nossa família. Talvez com contos de fadas, mas não com a realidade.

– Nada de outras mulheres – Gerard disse, distraído. Ele olhava para frente, querendo enxergar sua esposa. Como se sentisse esse desejo silencioso, ela apareceu e acenou, fazendo Gerard dar um passo involuntário à frente.

– Pelo menos, é o que você espera – Trenton observou.

– E como eu ganharia seu coração? – Gerard perguntou – Com vinho e rosas? O que as mulheres consideram romântico?

Flores de última hora e poemas improvisados foram suficientes para atrair Emily, mas seu objetivo era diferente agora, mais importante. Não poderia desperdiçar essa chance. Tudo para Isabel precisava ser perfeito.

– Você está perguntando *a mim*? – Trenton arregalou os olhos – Como diabos eu saberia? Nunca em minha vida eu desejei que uma mulher se apaixonasse por mim. Isso é uma maldita inconveniência.

Gerard franziu as sobrancelhas. Isabel saberia e ele queria perguntar a ela, assim como sempre a procurou por seus conselhos e opiniões. Mas, neste caso, ele definitivamente teria que descobrir sozinho.

– Eu vou descobrir.

– Fico contente por você gostar dela, Grayson. Eu muitas vezes me perguntei o que Pelham buscava fora do casamento quando ele possuía o afeto de Isabel. No começo, ele era um deus para ela.

– Ele era um idiota. Eu não sou um deus para Isabel. Ela conhece muito bem meus defeitos. Se ela conseguir relevar isso, será um milagre – ele começou a andar e Trenton o acompanhou.

– Eu diria que amar uma pessoa apesar de seus defeitos, ao invés de amar por não enxergar esses defeitos, seria uma situação ideal.

Considerando aquela ideia por um momento, Gerard começou a sorrir. Um sorriso que diminuiu quando eles cruzaram uma grande árvore e encontraram Hargreaves conversando com Isabel. Ela ria de algo que ele dissera, e o olhar do conde era sincero e afetuoso. Eles conversavam com uma óbvia familiaridade.

Algo dentro de Gerard parecia se contorcer. Seus punhos se fecharam. Então, ela o avistou, pediu licença e se aproximou dele.

– Por que você ficou para trás? – ela perguntou, tomando seu braço com uma possessividade descarada.

A inquietação dentro dele se acalmou e Gerard suspirou alto. Desejava estar sozinho com ela, conversando como fizeram na noite anterior. Deitado na cama com Isabel encolhida ao seu lado e seus dedos entrelaçados sobre seu peito, ele contou para ela sobre Emily. Contou aquilo que descobrira sobre si mesmo, e ouviu suas opiniões e palavras de encorajamento.

— Você não é uma má pessoa – ela dissera – Simplesmente, você era um jovem que precisava de adoração após viver com uma mãe que apenas o criticava.

— Você faz parecer tão simples.

— Você é um homem complicado, Gerard, mas isso não significa que a solução não seja algo simples.

— E qual é essa solução?

— Você precisa se despedir de Emily.

Intrigado, ele perguntou:

— E como eu posso fazer isso?

Ela se ergueu por cima dele, os olhos brilhando com o reflexo do fogo na lareira.

— Em seu coração. Em pessoa. De qualquer maneira.

Gerard sacudiu a cabeça.

— É o que deveria fazer. Talvez durante uma longa caminhada. Ou poderia escrever uma carta para ela.

— Visitar seu túmulo?

— Sim – o sorriso de Isabel tirou seu fôlego – Qualquer coisa que precisar para se despedir e acabar com a culpa.

— Você vai comigo?

— Se quiser, é claro que sim.

No espaço de uma hora, ela transformou seu autodesprezo em aceitação e entendimento. Isabel fazia tudo parecer correto, fazia cada desafio parecer suportável, fazia cada tarefa difícil parecer possível. Gerard desejava fazer o mesmo e ser um parceiro tão valioso quanto ela era para ele.

— E você? - ele perguntou – Você irá me permitir ajudá-la a deixar Pelham para trás?

Isabel encostou o rosto em seu peito, deixando os cabelos se esparramarem por seu ombro e braço.

— A raiva que a lembrança dele provoca me fortaleceu por tanto tempo – ela disse suavemente.

– Fortaleceu *você*, Pel? Ou suas barreiras?

O suspiro dela aqueceu sua pele.

– Por que você me analisa tanto?

– Você disse que isso era suficiente, mas não é. Eu quero você por inteiro. Não pretendo compartilhar partes de você com nenhum outro homem: morto ou vivo.

A respiração dela parou por um longo momento. Então, ela ofegou e o abraçou bem forte. Ele a abraçou de volta com igual intensidade.

– Você pode me ferir – ela sussurrou – Você entende isso?

– Mas eu não vou – ele jurou, tocando seus cabelos com os lábios – Com o tempo, você acreditará nisso.

Depois de um tempo, eles dormiram; foi o sono mais profundo de Gerard em muitos anos, pois dali em diante ele não mais passaria seus dias apenas esperando por seu fim. Agora, ele possuía uma vida ao acordar.

– Isabel – ele disse, voltando ao presente, conduzindo-a para uma área mais afastada. Maneiras para ganhar seu coração flutuavam em sua mente. – Eu gostaria de levá-la até minha propriedade amanhã.

Ela o olhou sob o chapéu, num ângulo que revelava pouco mais que a curva de seus lábios.

– Gerard, você pode fazer o que quiser comigo.

Ele não deixou de perceber o duplo sentido. Era um lindo dia, seu casamento estava entrando nos eixos, sua mente e coração estavam cheios de romantismo. Nada poderia estragar esse contentamento. Ele estava prestes a responder, sentindo o coração leve...

– *Grayson*.

A voz intrometida não poderia chegar numa hora pior.

Soltando um suspiro frustrado, ele se virou relutantemente para encarar sua mãe.

– Sim?

– Você não pode continuar evitando os outros convidados. Você precisa participar da caçada ao tesouro hoje à tarde.

– Certamente.

– E o jantar à noite.

– É claro.

— E a cavalgada marcada para amanhã.

— Peço desculpas, mas não poderei estar presente amanhã – ele disse calmamente. Mesmo sua mãe não conseguiria arruinar aquele dia – Reservei a ocasião para Lady Grayson.

— Você não tem vergonha? – a viúva disse rispidamente.

— Não muita, na verdade. Achei que você já sabia disso.

Isabel segurou uma risada e desviou os olhos. Gerard, por sua vez, conseguiu manter o rosto impassível.

— O que pode ser tão importante para você abandonar sua anfitriã mais uma vez?

— Nós vamos até Waverly Court amanhã.

— Oh – sua mãe franziu o rosto, numa expressão tão comum que suas feições pareciam permanentemente marcadas. – Eu gostaria de ir junto. Há muitos anos eu não visito aquela propriedade.

Gerard ficou em silêncio por um momento, lembrando-se de repente que seus pais haviam morado naquela residência por algum tempo.

— Você será bem-vinda se quiser nos acompanhar.

O sorriso que ela exibiu o surpreendeu: a transformação em seu rosto o deixou inquieto. Mas desapareceu tão rápido quanto veio.

— Agora, venha se juntar aos outros convidados, Gerard, e comporte-se de acordo com seu título de nobreza.

Observando sua mãe se afastar, ele sacudiu a cabeça.

— Espero que você consiga ignorar a presença dela.

— Eu posso, se você estiver ao meu lado – Isabel respondeu distraída, como se não fosse algo tão importante para ele.

Gerard tomou um momento para se recompor, depois permitiu que seu sorriso se abrisse.

Não havia dúvida. Nada poderia arruinar seu dia.

— Lady Hammond quer que formemos um par – Rhys murmurou, andando rapidamente pelo caminho de madeira.

— A ideia de caçar tesouros com você me deixou alegre – ela provocou – Sinto muito por você não sentir a mesma coisa por ficar perto de mim.

O olhar de canto que ele lançou para ela foi tão quente que Abby sentiu a pele esquentar.

– Não. Eu não chamaria aquilo que sinto perto de você de apenas "alegria".

As folhas mortas ao longo do caminho se esmagavam debaixo de suas botas em cada passo pesado. Vestido em verde-escuro, ele estava incrivelmente bonito. Mais uma vez, Abby ficou maravilhada por uma criatura tão impetuosa e masculina se excitar por causa dela, mas estava claro que o marquês a achava atraente. E ele ficava muito perturbado por causa disso.

– Se fosse por mim – ele murmurou –, eu a puxaria para o meio da floresta e lamberia você da cabeça aos pés.

Olhando diretamente para frente, Abby não sabia o que uma mulher deveria responder numa situação daquelas. Então, ela olhou para o jornal que segurava com a mão trêmula e disse: Precisamos de uma pedra lisa. Existe um rio aqui perto.

– Esse vestido que você está usando é um problema.

– Um problema? – era um dos que mais gostava, num suave tom de rosa que complementava o vermelho da fita de cetim que envolvia o espartilho. Ela o escolhera especialmente para ele, mesmo não possuindo os seios para fazer jus ao vestido.

– Eu sei que com um puxão rápido, posso livrar seus mamilos para sugá-los.

Ela pousou a mão sobre o coração que acelerava.

– Oh. Você está sendo muito safado.

Ele riu.

– Não tão safado quanto eu gostaria de ser com você. Prender você contra uma árvore e levantar as saias seria um bom começo.

– Levantar minhas... – ela parou de repente como se todas as células de seu corpo respondessem à imagem em sua mente – Estamos no meio do dia.

Rhys, perdido em seus próprios pensamentos, continuou com vários passos até perceber que ela havia ficado para trás. Ele se virou para encará-la, e seus cabelos brilharam debaixo dos raios de sol que atravessavam a cobertura das árvores.

– Os seus mamilos ficam diferentes debaixo da luz do dia? Seu cheiro muda? Sua pele fica menos suave? Seu sexo menos apertado e molhado?

Ela sacudiu a cabeça rapidamente, sem conseguir dizer nada.

O olhar dele a penetrava intensamente.

– Eu preciso partir pela manhã, Abby. Não posso ficar aqui e continuar levando-a para a cama. Deixar que eu fique sozinho com você é como deixar um lobo cuidando de uma ovelha.

Por mais que tentasse manter o conselho de sua mãe firme em sua mente, ela não conseguia. Seu coração se apertava cada vez mais. Ela apenas podia esperar que seu exterior não a traísse.

– Eu entendo – ela disse num tom de voz monótono, sentindo toda a alegria do dia desaparecer.

Por que ela se sentia tão atraída por esse homem?

Ela ficara deitada na cama por horas ponderando essa questão. No fim, decidiu que era a combinação de muitas coisas, algumas externas, como sua beleza e charme. E outras internas, como sua tendência em gostar do jeito como ela descobria o mundo dos relacionamentos. Com Rhys, ela não se sentia uma estranha. Com ele, ela era esperta, espirituosa e sagaz. Rhys adorou saber que ela gostava de resolver equações científicas como diversão. Até beijou as manchas de tinta em seus dedos como se fossem um sinal de beleza.

Ele era conhecido por seu tédio e aparente falta de excitação, mas Rhys estava apenas dormente, não morto. Abby desejava ser o catalisador que o reviveria, mas ela sabia que seu senso de dever para seu título nunca permitiria que eles ficassem juntos.

Seria melhor que ele partisse.

– Seria melhor se você partisse.

Ele a encarou por um longo momento, completamente imóvel, então, quando se jogou sobre ela e a agarrou, Abby estava totalmente desprevenida. Com as mãos em seus cabelos, ele a beijou com uma paixão avassaladora, roubando seu fôlego e sua razão.

– Você me enlouquece ao me dispensar assim tão sumariamente – ele disse contra seus lábios inchados.

– *Algo* obviamente enlouqueceu você – disse uma voz familiar atrás deles. Rhys gemeu.

– Maldição.

– Só você mesmo, Trenton – lamentou a viúva Lady Grayson – para arruinar o meu dia.

CAPÍTULO 17

– Não sei o que posso dizer a você, Rhys – Isabel repreendeu, encarando seu irmão.

Gray se inclinou e murmurou:

– Eu acompanharei a sobrinha de Hammond de volta para a mansão para que você possa conversar com Trenton em particular.

– Obrigada – eles trocaram olhares por um segundo e Isabel apertou sua mão em agradecimento. Depois de observar Gray levar a garota obviamente envergonhada para longe, ela se virou para Rhys.

– Você perdeu a cabeça?

– Sim. Meu Deus, sim – seu semblante parecia melancólico quando ele chutou uma raiz que se erguia da terra.

– Sei que você não estava se sentindo bem quando saímos de Londres, mas usar aquela criança como distração...

– Aquela "criança" possui a mesma idade que o seu marido – ele comentou secamente, fazendo Isabel ofegar horrorizada.

– Oh... – ela mordeu os lábios e começou a andar nervosamente de um lado a outro.

Ultimamente, Isabel pensava cada vez menos na diferença de idade em seu casamento. No passado, as fofoqueiras salivavam sobre sua idade avançada em relação a Gray, mas ela conseguia ignorar tudo aquilo. Porém, agora estava definitivamente servindo a um homem mais jovem em sua cama.

Mas não podia pensar nisso agora.

– Não ouse comparar as duas situações – ela disse, erguendo o queixo. – Grayson é muito mais experiente nesses assuntos, enquanto Miss Abigail obviamente não é.

– Mas funcionou muito bem para distrair você – ele murmurou.

– Há! – ela sacudiu a cabeça, depois disse num tom mais sério: – Por favor, diga-me que você não a levou para sua cama, Rhys.

Os ombros dele murcharam.

– Meu Deus – Isabel parou de andar e encarou seu irmão como se fosse um estranho. O Rhys que ela conhecia não se interessaria por uma mulher inocente e inteligente – Desde quando isso vem acontecendo?

– Eu a conheci naquele maldito chá que você me forçou a participar – ele rosnou – Isso tudo é culpa *sua*.

Ela piscou incrédula. Semanas. Não apenas nos últimos dias.

– Estou tentando entender. Não simpatizar. Mas não está fácil.

– Não me peça para explicar. Tudo que sei é que eu não posso ficar perto dela sem meu cérebro parar de funcionar. Eu me transformo numa fera irracional.

– Por causa de *Abigail Stewart*?

O olhar cerrado que ele exibiu dizia muito.

– Sim. Por causa de Abigail. Maldição, por que ninguém consegue enxergar seu valor? Sua beleza?

Com olhos arregalados, ela o estudou em detalhes, notando a pele corada e o brilho nos olhos.

– Você está apaixonado por ela?

Seu olhar de espanto seria cômico se ela não estivesse tão perturbada.

– Sinto uma paixão carnal por ela. Eu a admiro. Gosto de conversar com ela. Isso tudo é amor? – ele sacudiu a cabeça – Eu serei um Sandforth um dia, e vou precisar considerar a possibilidade de receber o ducado antes de considerar meus próprios desejos.

– Então, o que você estava fazendo com ela sozinho no jardim? Qualquer um dos outros convidados poderia flagrar vocês. E se fosse o Hammond? O que diria se ele descobrisse você abusando de sua hospitalidade e de sua sobrinha?

– Maldição, Bella! Eu não sei. O que mais você quer que eu diga? Eu errei.

– Você *errou*? – Isabel suspirou longamente – Foi por isso que você veio? Para ficar com ela?

— Eu não sabia que ela estaria aqui, eu juro. Eu queria justamente distrair minha mente dos pensamentos dela. Você se lembra de quando chegamos? Eu tive que perguntar a você quem ela era.

— Você está achando que ela vai se tornar sua amante?

— Não! Nunca — ele disse enfaticamente — Ela é muito parecida com você: cheia de sonhos sobre amor e romantismo no casamento. Não quero tirar isso dela.

— Mas você tirou a virgindade que deveria ser de um grande amor? — ela subiu uma sobrancelha — Ou ela não era virgem?

— Sim! É claro que era. Sou seu único amante.

Isabel não disse nada. O orgulho e possessividade em sua voz estavam claros.

Rhys gemeu e esfregou a nuca.

— Vou partir pela manhã. A melhor coisa que posso fazer agora é ficar longe.

— Você nunca ouve meus conselhos, mas vou compartilhar mesmo assim. Considere cuidadosamente seus sentimentos por Miss Abigail. Por ter conhecido felicidade e desespero em meus casamentos, eu recomendo fortemente que você encontre uma esposa com quem goste de passar o tempo.

— Você acha que seria aceitável uma americana como a Duquesa de Sandforth? — ele perguntou incrédulo.

— Mude sua forma de pensar, Rhys. Ela é neta de um conde. E, francamente, deve haver algo de extraordinário nela para você perder a cabeça desse jeito. Se você se esforçar, tenho certeza de que conseguirá revelar esse lado dela para o resto do mundo.

Ele sacudiu a cabeça.

— Isso é besteira romântica, Bella.

— Certamente ser prático vale a pena quando o coração não está envolvido, mas do contrário, acho que você deveria considerar cuidadosamente suas opções.

Franzindo o rosto, ele olhou para o caminho por onde Gray e Abby saíram.

— Quão furioso ficou nosso pai quando você escolheu Pelham?

— Nem de longe o quanto ficou quando eu me casei com Grayson, mas ele se acostumou — chegando mais perto, Isabel pousou a mão em seu ombro – Não sei se você vai sentir conforto ou dor com o que vou lhe dizer agora, mas ficou óbvio que ela também adora você.

Ele estremeceu e ofereceu o braço a ela.

– Também não sei como me sentir sobre isso. Venha. Vamos voltar para a casa. Preciso começar a fazer as malas.

Um clima depressivo pairava sobre os convidados no salão naquela noite. Rhys passou a noite calado e se retirou mais cedo. Abigail mostrou-se corajosa, e para olhares distraídos, nada parecia de anormal com ela, mas Isabel podia enxergar a tensão em seu sorriso. Ao seu lado no sofá, Lady Ansell estava igualmente desanimada, embora tivesse vencido a caça ao tesouro.

– Seu colar é muito bonito – Isabel murmurou, querendo alegrar a viscondessa.

– Obrigada.

Elas se conheciam casualmente há anos, mas depois de ter se casado com o visconde, Lady Ansell passara boa parte do tempo viajando pelo exterior com seu marido. Não era exatamente bonita, porém a viscondessa era mesmo assim uma mulher charmosa, alta e de atitude orgulhosa. Estava claro para todos que sua relação com Ansell era de amor, o que dava a ela um brilho nos olhos que mais do que compensava a falta de beleza clássica. Hoje, no entanto, esse brilho estava apagado.

Lady Ansell se virou para encarar Isabel, revelando um nariz avermelhado e lábios trêmulos.

– Perdoe minha inconveniência, mas você poderia caminhar no jardim comigo? Se eu for sozinha, Ansell irá junto, e eu não posso suportar ficar sozinha com ele agora.

Surpreendida pelo pedido, e preocupada, Isabel assentiu e se levantou. Ela sorriu para Gray antes de sair para o terraço e deixar os outros convidados para trás. Caminhando pelo cascalho com Lady Ansell, Isabel permaneceu em silêncio, pois aprendera há muito tempo que às vezes é melhor simplesmente estar presente, sem precisar dizer nada.

Depois de algum tempo, a viscondessa finalmente disse:

– Eu me sinto muito mal pela pobre Lady Hammond. Ela tem certeza de que apesar do planejamento cuidadoso, sua festa é um tédio só. Tentei o melhor que pude para me divertir, mas acho que nada conseguirá melhorar meu humor.

— Eu a tranquilizarei sobre isso — Isabel murmurou.

— Estou certa de que ela gostaria disso — suspirando, Lady Ansell disse: — Sinto falta de exibir o brilho que você carrega. Fico imaginando se algum dia voltarei a ser feliz assim.

— Eu aprendi que o contentamento é cíclico. Eventualmente, nós conseguimos emergir das profundezas. Você também conseguirá. Eu prometo.

— Você pode me prometer um filho?

Surpreendida, Isabel não soube o que dizer.

— Desculpe, Lady Grayson. Perdoe minha franqueza. Eu agradeço muito sua preocupação.

— Talvez conversar sobre seus problemas possa aliviar sua mente. Você pode confiar em meus ouvidos e na minha discrição.

— Meu problema é arrependimento. Acho que é impossível encontrar alívio para isso.

Por experiência própria, Isabel sabia que isso era verdade.

— Quando eu era jovem — a viscondessa disse —, eu tinha certeza de que nunca encontraria um marido. Eu era excêntrica demais, e acabei me tornando uma solteirona. Então, conheci Ansell, que gostava de viajar tanto quanto meus pais. E ele gostava das minhas excentricidades. Nós combinamos muito bem.

— Sim, isso é verdade — Isabel concordou.

Um leve sorriso diminuiu a palpável tristeza no rosto da viscondessa.

— Se ao menos tivéssemos nos conhecido antes, talvez pudéssemos ter concebido.

Dedos gelados agarraram o coração de Isabel.

— Sinto muito — era uma resposta inadequada, mas foi tudo que conseguira dizer.

— Aos vinte e nove anos, o médico disse que talvez eu tivesse esperado tempo demais.

— Vinte e nove? — Isabel perguntou, engolindo em seco.

Um soluço reprimido preencheu o ar da noite.

— Você tem quase a minha idade. Talvez você entenda.

Entendia bem demais.

– Ansell tenta me tranquilizar dizendo que mesmo que soubesse que eu era infértil, ele teria se casado comigo mesmo assim. Mas eu já reparei no jeito melancólico como ele olha para crianças. Chega o momento na vida de um homem que sua necessidade de procriar é palpável. Meu único dever como viscondessa era dar-lhe um herdeiro, e eu falhei.

– Não. Você não pode pensar assim – Isabel abraçou sua cintura para aliviar um súbito frio na barriga. Toda alegria que sentira no dia desapareceu. Será que poderia ser feliz quando a idade para novos começos pertencia a mulheres mais jovens?

– Nesta manhã minha menstruação começou e Ansell precisou sair do nosso quarto. Ele disse que queria cavalgar no ar fresco da manhã, mas na verdade ele não conseguia nem olhar para mim. Eu sei disso.

– Ele te adora.

– Mas é possível se desapontar com as coisas que você adora – Lady Ansell argumentou.

Respirando fundo, Isabel reconheceu que seu tempo para ter filhos estava rapidamente se esvaindo. Quando baniu Pelham de sua cama, ela enterrou os sonhos de possuir uma família. Isabel lamentou profundamente essa perda por muitos meses, depois encontrou a força para seguir em frente e deixar esse sonho para trás.

Agora, com seu futuro cheio de novas possibilidades, o tempo estava fugindo e as circunstâncias a forçavam a esperar ainda mais. A razão dizia que ela deveria evitar uma gravidez até a sociedade ter certeza que a criança era dele.

– *Lady Grayson.*

A voz profunda e áspera de seu marido atrás dela deveria tê-la assustado, mas isso não aconteceu. Em vez disso, ela foi invadida por um desejo tão intenso que quase a deixou de joelhos.

Virando-se, tanto ela como Lady Ansell encontraram seus maridos e anfitrião aparecendo no canto. Com as mãos nas costas, Gray era a imagem de um predador à espreita. Ele sempre carregava seu poder com uma facilidade invejável. Agora, com sua impulsividade intensificada pela habilidade de Isabel em saciar seus desejos, ele estava ainda mais atraente. O calor em seus passos e os olhos cerrados fizeram sua boca se encher de água. Saber que Gray era dela, que poderia levá-lo para casa e ter filhos com ele, encheu seus olhos de lágrimas. Era simplesmente demais, após tanto tempo com tão pouco.

— Milordes — ela cumprimentou com a voz embargada, permanecendo ao lado de Lady Ansell apenas por boa educação. Se pudesse escolher, Isabel se jogaria nos braços de Gray imediatamente.

— Nós fomos enviados para encontrar vocês — Lorde Hammond disse com um sorriso hesitante.

Após uma rápida análise de sua companheira mostrar que ela já estava recomposta, Isabel assentiu e ficou aliviada por voltar à mansão, onde arrependimentos e bebês poderiam ser esquecidos momentaneamente.

O som de cascalho sendo esmagado alertou Rhys que alguém se aproximava. Se tivesse alguma dúvida de que estava tomando a decisão certa, ela desapareceu quando Abby entrou em seu campo de visão, banhada pelo luar. Seu coração acelerado e a quase insuportável vontade de agarrá-la provavam que Bella estava certa: Abby era a pessoa com quem ele desejava passar o resto da vida.

— Eu fui até seu quarto — ela disse suavemente, tão direta como sempre.

Como ele adorava isso nela! Após uma vida inteira dizendo aquilo que era esperado e ouvindo coisas igualmente inúteis, era um prazer passar tempo com uma mulher que não se importava com qualquer verniz social.

— Suspeitei que você iria — ele respondeu, dando um passo para trás quando ela se aproximou. Não era possível enxergar a cor de seus olhos na escuridão, mas ele já a conhecia tão bem quanto a cor dos seus próprios olhos. Sabia o quanto se tornavam sombrios quando ele a preenchia, e sabia o quanto eles brilhavam quando ela ria. Conhecia cada mancha em seus dedos, e podia dizer quais não existiam antes desde a última vez que a encontrara — E eu sabia que se você me encontrasse em meu quarto, eu não resistiria e a levaria para a cama.

Ela assentiu, entendendo muito bem o que ele queria dizer.

— Você vai partir amanhã.

— Eu preciso.

A determinação no tom de voz de Rhys perfurou Abigail como o fio de uma espada.

— Irei sentir saudades — ela disse.

Embora as palavras em si fossem verdadeiras, o tom casual que ela usou era uma mentira. A ideia de passar infindáveis dias sem o toque de Rhys, além do desejo dele, era devastadora. Mesmo sabendo que terminaria dessa maneira, ela ainda não estava preparada para a dor da separação.

– Voltarei para você assim que for possível – ele disse suavemente.

O coração dela quase parou.

– Como é?

– Amanhã eu encontrarei meu pai. Eu irei explicar nossa situação, e depois voltarei para Londres para cortejá-la da maneira adequada, como eu deveria ter feito desde o início.

A *situação*.

– Oh! – Abby andou lentamente até um banco de mármore e se sentou cabisbaixa. Desde o momento em que a voz da viúva interrompera aquele beijo, ela temia esse resultado. Aquilo que era apenas diversão e amor por ela, agora se transformava numa obrigação para a vida toda de Rhys. Ela não poderia permitir que ele fizesse tal sacrifício, principalmente considerando o quanto ele obviamente se ressentia de seu desejo por ela.

Abby olhou para ele e conseguiu fingir um sorriso.

– Achei que tínhamos concordado em lidar com nosso relacionamento com praticidade.

Rhys franziu o rosto.

– Se você acha que eu tenho sido prático até agora, você está louca.

– Você sabe o que eu quis dizer.

– As coisas mudaram – ele argumentou.

– Não para mim – ela ofereceu a mão, mas se arrependeu e a trouxe de volta. Ele iria notar qualquer sinal de fraqueza – Com certeza Lady e Lorde Grayson serão discretos se você pedir a eles.

– É claro – ele cruzou os braços – O que você está dizendo?

– Eu não quero ser cortejada, Rhys.

Ele ficou boquiaberto.

– Por que não?

Ela encolheu os ombros.

– Nós tínhamos um acordo. Não quero mudar as regras.

– Mudar as regras?

– Eu gostei do tempo que passamos juntos e sempre lhe serei grata.

– Grata? – Rhys repetiu, olhando para Abby com uma expressão confusa. Ele queria abraçá-la e romper a barreira que surgira entre eles tão de repente, mas era perigoso demais. Ele não podia confiar em seus impulsos.

– Sim, muito – o sorriso dela era tão belo que o quebrava por dentro.

– Abby, eu...

– Por favor. Não diga mais nada – levantando-se, ela se aproximou dele e tocou seu braço tenso. O toque parecia queimar sobre o veludo de seu casaco – Sempre considerarei você um amigo querido.

– Um amigo? – ele piscou furiosamente enquanto seus olhos queimavam. Soltando a respiração, Rhys observou Abby cuidadosamente: olhou para seus cabelos presos, a cintura alta de seu vestido verde-claro, a gentil curva dos seios. Tudo isso era dele. Nada, nem mesmo sua dispensa ultrajante, iria convencê-lo do contrário.

– Sempre. Você promete dançar comigo na próxima vez em que nos encontrarmos?

Rhys engoliu com dificuldade. Havia centenas de coisas que ele queria dizer, coisas para perguntar, promessas para fazer... mas tudo ficou preso em sua garganta. Durante todo esse tempo ele esteve se apaixonando, enquanto Abby estava apenas aproveitando sua cama? Ele se negava a acreditar nisso. Nenhuma mulher poderia se derreter por um homem daquela maneira e não sentir algo mais profundo do que mera amizade.

Uma risada seca surgiu sem aviso. Era isso que um mulherengo como ele merecia.

– Então, adeus, por enquanto – Abby disse, antes de se virar e se retirar apressada.

Devastado e confuso, Rhys sentou-se no banco ainda aquecido pelo corpo dela e deixou a cabeça cair em suas mãos.

Um plano. Ele precisava de um plano. Isso não podia ser o fim. Cada respiração de seu corpo protestava pela perda de seu amor. Algo não se encaixava, mas não conseguia pensar claramente para entender o que era. Ele conhecia as mulheres muito bem para saber que Abby também gostava dele. Se o que ela sentia agora não era amor, com certeza poderia se transformar em amor. Se Isabel foi convencida, então Abigail também poderia ser.

Perdido em pensamentos enquanto tentava lutar com o desespero, Rhys não percebeu que não estava sozinho até Grayson sair de trás de uma árvore. Desarrumado e com folhas caindo de seus cabelos, o Marquês de Grayson exibia uma estranha imagem.

– O que você está fazendo? – Rhys murmurou.

– Você sabia que neste jardim inteiro eu não consigo encontrar uma rosa vermelha? Encontrei brancas e amarelas, até mesmo uma laranja, mas nenhuma vermelha.

Passando as mãos nos cabelos, Rhys sacudiu a cabeça.

– Isso faz parte do seu plano de cortejar Isabel?

– E para quem mais seria? – Grayson suspirou – Por que sua irmã não pode ser tão prática quanto eu achava que era?

– Eu descobri que a praticidade nas mulheres é superestimada.

– Oh? – Grayson levantou uma sobrancelha e limpou suas roupas – Então, imagino que a situação entre você e Miss Abigail não está seguindo como esperado?

– Aparentemente, não existe situação nenhuma – ele disse – Sou apenas um "querido amigo".

Grayson estremeceu.

– Bom Deus.

Rhys levantou-se.

– Então, considerando a ruína da minha vida amorosa, se você rejeitar minha oferta para ajudar com a sua, eu entenderia completamente.

– Eu aceito qualquer ajuda que puder. Não pretendo passar o resto da minha noite neste jardim.

– E eu não pretendo passar o resto da minha noite atormentado, então a distração será bem-vinda.

Juntos, eles adentraram o jardim. Trinta minutos e vários espinhos depois, Rhys murmurou:

– Esse negócio de amor é terrível.

No meio de uma roseira, Grayson disse:

– Concordo plenamente.

CAPÍTULO 18

Debaixo da porta adjunta que separava seus quartos, Gerard observou sua esposa olhar de relance para o pequeno relógio sobre a lareira, bater os pés impacientemente, depois praguejar num sussurro.

– Que palavras feias para uma mulher tão bonita – ele disse, adorando saber que ela sentia sua falta – Isso me excitou.

Isabel se virou para encará-lo e pousou as mãos na cintura.

– Qualquer coisa excita você.

– Não – ele argumentou, entrando no quarto com um sorriso malicioso – Tudo em *você* me excita.

Ela ergueu uma sobrancelha.

– Eu deveria considerar seu jeito desarrumado e sua longa ausência um sinal? Parece que você acabou de atacar uma criada no jardim.

Baixando a mão para esfregar a dura extensão de seu membro, ele disse:

– Aqui está um sinal. Prova de que meu interesse é apenas por você – então, ele mostrou a mão que estava escondida em suas costas, revelando uma perfeita rosa vermelha – Mas acho que você vai achar este sinal mais romântico.

Gerard observou os olhos de Isabel se arregalarem e sabia que a rosa que segurava era perfeita. Afinal de contas, sua esposa não merecia nada além do melhor.

O sorriso dela tremeu levemente, e seus olhos castanhos se encheram de lágrimas, fazendo os cortes nas mãos de Gray se tornarem insignificantes.

Ele conhecia aquele olhar. Era o olhar apaixonado com o qual as debutantes sempre o olhavam. Saber que agora esse olhar vinha de Isabel, sua amiga e a mulher que desejava desesperadamente, fez tudo o que ele não entendia sobre cortejar uma mulher se tornar claro. Talvez faltasse um pouco de sutileza para Gerard, mas ele sempre fora honesto com Isabel.

– Eu quero cortejá-la, quero ganhá-la, quero impressioná-la.

– Como você consegue ser tão bruto num instante e tão atraente no momento seguinte? – ela perguntou.

– Então existem momentos em que eu não sou atraente? – ele pousou a mão sobre o coração com um movimento dramático – Que angustiante.

– E só você consegue ficar charmoso com folhas no cabelo – ela murmurou – Quem diria, tanto esforço para me agradar, e ainda por cima fora da cama. Uma garota pode se apaixonar desse jeito.

– Sinta-se à vontade para isso.

A risada dela fez tudo no mundo voltar a seu lugar certo. Assim como sempre fizera, desde o momento em que a conheceu.

– Você sabia – ele murmurou –, que simplesmente olhar para você, nua ou vestida, dormindo ou acordada, sempre me acalma?

Ela puxou a rosa de sua mão e a levou até o nariz.

– "Calmo" não é a palavra que eu usaria para descrever você.

– Não? Então, que palavra usaria?

Enquanto ela andava até um vaso para depositar a rosa, Gerard tirou seu casaco. Uma batida na porta interrompeu a resposta de Isabel e o surpreendeu. Depois, ele escutou Isabel instruir a criada para trazer água quente para seu banho. Sua esposa sempre soube antecipar seu conforto.

– Surpreendente – ela disse quando ficaram sozinhos de novo – Arrebatador. Determinado. Implacável. São palavras que melhor descrevem você.

Parando diante dele, Isabel lentamente desabotoou seu colete.

– Descarado – ela lambeu seus lábios – Sedutor. Definitivamente sedutor.

– Casado? – ele sugeriu.

Ela ergueu o olhar até encará-lo.

– Sim. Absolutamente casado.

Correndo as mãos sobre seu peito até o topo dos ombros, ela empurrou o tecido de seu corpo.

– Encantado – ele disse, num tom de voz rouco, causado pelo perfume e pela atenção de Isabel.

– O quê?

– Encantado é uma palavra que me descreve perfeitamente – Mergulhando as mãos em seu rico cabelo ruivo, Gerard a puxou com força – Fascinado.

– Você vê algo de estranho em nossa súbita fascinação um com o outro? – ela perguntou, como se implorasse por uma reafirmação de seus sentimentos.

– Você acha mesmo súbito? Não consigo me lembrar de alguma vez em que não a achei perfeita para mim.

– Eu sempre achei que você era um exemplo de perfeição, mas nunca pensei que fosse perfeito *para mim*.

– Sim, você pensou, ou não teria se casado comigo – ele raspou a boca sobre os lábios dela – Mas você não achava que eu fosse perfeito para amar, acontece que eu sou.

– Nós realmente precisamos trabalhar essa sua confiança – ela sussurrou.

Gerard virou levemente sua cabeça para encaixar melhor o beijo, depois lambeu seus lábios. Quando a língua dela saiu para encontrar a dele, Gerard gemeu uma reprovação.

– Permita que eu beije você. Apenas me receba.

– Então, me dê mais.

– Eu quero beijá-la até você esquecer de qualquer outro beijo que já recebera na vida – segurando sua nuca possessivamente, ele seguiu o contorno aveludado de seu lábio superior com a ponta da língua – Eu quero lhe dar o seu primeiro beijo.

– Gerard – ela sussurrou com a voz trêmula.

– Não tenha medo.

– Como posso evitar? Você está me destruindo.

Ele mordiscou seu macio lábio inferior, depois chupou ritmicamente, fechando os olhos ao sentir o sabor lascivo de Isabel.

– Estou reconstruindo você. Estou reconstruindo a *nós dois*. Quero ser o único homem de cujos beijos você se lembra.

Deslizando a mão sobre a curva de suas nádegas, ele a puxou para mais perto. Com os braços cheios de uma suavidade sedutora, o nariz cheio do aroma de flores exóticas, a boca cheia com seu rico sabor, Gerard não tinha dúvida alguma de que amava Isabel mais do que qualquer coisa. Aquilo era diferente de tudo que sentira por qualquer pessoa, e o deixava feliz de um jeito que nada em sua vida podia se comparar. Ele tocou suas lágrimas e sabia o que ela queria dizer, mas ainda não conseguia.

Gerard estava prestes a dizer para ela quando alguém bateu na porta novamente. Demorou tempo demais para a preparação do banho e a dispensa das criadas, mas a sensação dos dedos de Isabel acariciando suas costas fez a espera valer a pena. Depois, ele notou a tremedeira em suas mãos e soube que precisava distraí-la de seus medos até poder levá-la para a cama. Lá eles nunca tiveram problemas para se conectar intimamente. Pensando nisso, Gerard acelerou o processo.

– Você gostaria de me contar o que levou você e Lady Ansell para o jardim depois do chá? – ele perguntou, fechando o cinto de seu roupão antes de aceitar a taça de conhaque oferecida.

– Ar fresco? – Isabel sentou-se numa poltrona.

Gerard se aproximou da janela.

– Você podia simplesmente dizer que não é da minha conta.

– Isso não é da sua conta – ela respondeu, com um tom de diversão na voz.

– Agora estou intrigado.

– Eu sabia que você ficaria – ele a ouviu suspirar – Aparentemente, a concepção é um problema para eles.

– Lady Ansell é infértil?

– Sim, seu médico disse que isso é por causa de sua idade avançada.

Ele sacudiu a cabeça ao entender a situação.

– É uma infelicidade para eles que Ansell seja filha única, pois o peso recai inteiramente sobre os ombros deles – engolindo em seco, Gerard considerou sua própria sorte de ter irmãos – Você e eu nunca teremos que enfrentar essa dificuldade.

– Pois é.

Havia algo naquele tom de voz que fez seu estômago se apertar de modo apreensivo, mas Gerard escondeu a reação mantendo seu jeito casual.

– Você já considerou engravidar?

– Você não acabou de dizer que deseja construir algo duradouro? O que poderia ser mais duradouro do que herdeiros?

– Possuir dois irmãos diminui um pouco essa preocupação em mim – ele disse cuidadosamente, lutando contra a súbita tremedeira que tomara seu corpo. O mero pensamento de Isabel carregando um filho enviava ondas de terror sobre ele como nunca antes havia sentido. A mão dele tremia tanto que o conhaque sacudia de um lado a outro. Gerard fez questão de continuar de costas para Isabel para que ela não notasse seu desconforto.

Emily.

Sua morte e a morte de seu filho quase o destruíram, e ele não amava Emily do mesmo modo que ama Isabel. Se algo acontecesse com sua esposa, se ele a perdesse...

Gerard fechou os olhos com força e tentou relaxar a mão para que não partisse a taça de conhaque em mil pedaços.

– Ter um filho vai contra sua ideia de construir algo duradouro? – Isabel perguntou.

Ele suspirou longamente. *Como poderia responder a isso?* Gerard daria qualquer coisa para ter uma família com ela. Mas não abriria mão *dela*. Embora existisse a possiblidade de o resultado disso ser o paraíso, o risco que corria era agonizante até mesmo para se contemplar a ideia.

– Estamos com pressa? – ele finalmente perguntou, virando-se para encará-la e analisar a força de sua determinação. Ela estava sentada com as costas retas, as pernas cruzadas, o vestido caindo levemente sobre os ombros e exibindo um decote entre os seios. Era a perfeita dicotomia entre uma educação impecável e uma sedução irresistível. Perfeita para ele. Insubstituível.

Isabel encolheu os ombros, o que o aliviou imensamente. Ela estava apenas conversando, nada mais.

– Eu não quis dizer que estamos com pressa.

Gesticulando de modo deliberadamente desatento, Gerard fingiu uma completa falta de preocupação e mudou o assunto.

– Espero que você goste de Waverly Park. É a minha residência mais próxima de Londres e uma das minhas favoritas. Talvez, se você concordar, podemos planejar passar mais tempo por lá.

– Isso seria maravilhoso – ela concordou.

Havia uma distância repleta de tensão entre eles, como dois lutadores circulando um ao outro e esperando o primeiro golpe. Gerard não conseguia aguentar mais.

– Eu gostaria de ir para a cama agora – ele murmurou, estudando-a sobre a borda de sua taça. No escuro de um quarto, nunca havia uma distância igual a essa.

Um leve sorriso apareceu no canto da boca de Isabel.

– Você não está cansado depois de perambular no meio do jardim?

– Não – ele se aproximou dela com uma óbvia determinação.

Isabel arregalou os olhos e seus lábios agora exibiam um sorriso completo.

– Que delícia.

– Você gostaria de me experimentar? – ele deixou a taça na mesa ao passar por ela.

Isabel riu quando ele a agarrou pela cintura.

– Você sabe que eu sempre percebo quando você está com segundas intenções, não é? – ela seguiu a curva de suas sobrancelhas com a ponta do dedo – Você mostra um olhar diabólico quando tenta me distrair.

Ele beijou a ponta de seu nariz.

– E você se importa?

– Não. E eu realmente gostaria de experimentar você – seus dedos experientes desceram e abriram o roupão dele – Nem sei por onde começar.

– Você está pedindo sugestões?

Correndo os dedos suavemente sobre o centro de seu peito, ela inclinou a cabeça para o lado como se estivesse considerando e disse:

– Isso não é necessário – o membro de Gerard se ergueu – Acho que está bastante claro qual é a sua parte que está mais necessitada.

Cada célula de seu corpo, embora tensa com expectativa, suspirou satisfeita com a proximidade dela. Sempre foi assim. Estar com Isabel fazia o mundo ao seu redor um lugar melhor, por mais piegas que isso pudesse parecer.

Os lábios de Isabel, tão cheios e quentes, pressionaram seu pescoço e a língua lambeu a pele.

– Hum... – ela gemeu seu prazer enquanto suas mãos deslizavam pela cintura dele até as costas – Obrigada pela rosa. Nunca recebi uma rosa colhida apenas para mim.

– Eu colheria centenas para você – ele disse, com as lembranças dos espinhos se apagando em sua mente – Milhares.

– Meu amor. Uma é mais do que suficiente. É perfeita.

Cada lugar que ela tocava se aquecia e enrijecia. Nenhuma outra pessoa em sua vida o amara daquela maneira. Ele sentia na ponta de seus dedos, na respiração sobre sua pele, no modo como ela tremia e se excitava apenas olhando para ele. Suas pequenas mãos exploravam por toda a parte, acariciando, apertando. Ela adorava os contornos rígidos de seus músculos.

Isabel começou a lamber descendo por seu peito, dando pequenas mordidas e o deixando tão excitado que seu pau já pingava e se derramava pela extensão do membro ereto. Quando Isabel ficou de joelhos, ela seguiu a trilha brilhante com a língua, fazendo Gerard estremecer e gemer.

– Sua boca arruinaria um santo – ele rosnou, mergulhando os dedos em seus cabelos ruivos. Baixando os olhos para ela, Gerard observou quando Isabel agarrou a base de seu pau e o inclinou em direção à sua boca ávida.

– E o que ela faz com um homem que está longe de ser um santo?

Antes que ele pudesse recuperar o fôlego para responder, ela engoliu seu membro. As pálpebras de Gerard ficaram pesadas e sua respiração difícil enquanto ela o sugava entre aqueles lábios cheios e macios. Ele inchou em resposta aos movimentos rítmicos, suando enquanto a pura luxúria se espalhava em ondas por seu corpo inteiro.

Nenhuma mulher em seu passado conseguia competir com sua esposa. Para Isabel, não era uma obrigação ou um prelúdio do sexo. Para ela, era um prazer em si, algo que gostava tanto quanto ele. Algo que aquecia sua pele, molhava seu sexo, enrijecia seus mamilos. Ela gemia junto com ele, mostrava sua adoração usando sua língua, agarrava os músculos duros de seu traseiro.

Ela o amava.

A pele de seu membro estava seca onde a boca de Isabel não alcançava. Ele estava pronto para despejar a dádiva da vida que não poderia dar a ela.

Foi esse último pensamento que implorou para que gozasse em sua boca faminta. Isabel adorava quando ele gozava dessa maneira, adorava senti-lo tremendo com as pernas bambas e gritando seu nome. E também adorava quando ele ficava grosso e duro assim. Adorava quão profundo ele conseguia penetrá-la, e naquele momento era onde ele precisava estar; conectado com ela. De agora em diante, até que a morte os separasse, eles teriam apenas um ao outro. Ela era tudo que ele precisava. E esperava que ela sentisse o mesmo com ele.

– Não vou aguentar mais – empurrando sua cabeça, ele deu um passo para trás afastando-se da tentação, com seu pau pulsando de frustração.

Isabel protestou com um beicinho.

Gerard afundou na poltrona e fez um gesto impaciente para que ela se juntasse a ele. Despindo-se de sua camisola, ela obedeceu, aproximando-se dele numa nuvem de cabelos fogosos e um balançar sedutor dos quadris. Então, Isabel subiu por cima dele, montando-o, pousando as mãos sobre seus ombros, posicionando os seios na direção de seu rosto.

Consumido com uma febre por ela, Gerard enterrou o rosto no vale exposto em seu peito, aspirando profundamente seu cheiro.

– Gerard – ela sussurrou, passando os dedos sobre seus cabelos molhados de suor – Como eu te adoro.

Incapaz de responder, ele inclinou a cabeça e passou a língua sobre seu mamilo antes de tomá-lo com a boca e sugar, absorvendo dela todo o sustento de que sua alma necessitava. Ela ofegou, num som cheio de dor, e Gerard então levantou o seio com a mão para deixá-la mais confortável. E notou o quanto era pesado, e sensível, considerando o gemido suplicante que ela soltou.

Ele iria gozar dentro dela!

O súbito pânico que sentiu quase o fez perder a excitação. Se não fosse por Pel ter escolhido aquele exato momento para baixar seu sexo molhado sobre seu pau, Gerard poderia ter perdido a ereção, algo que nunca acontecera com ele em seus vinte e seis anos de vida.

– Eu machuquei você? – ele disse quase sem voz, baixando a cabeça para esconder seu horror. *Com certeza era cedo demais... Não poderia...*

Isabel o abraçou e começou a se mexer, gemendo suavemente enquanto usava seu membro para atingir o ponto que mais gostava.

– Meu período está chegando – ela sussurrou – Não é nada.

O alívio que ele sentiu foi tão poderoso que precisou se lembrar de respirar, cada músculo relaxando quando a onda de terror se afastou. Ele abraçou de volta o corpo de sua esposa, mordendo os lábios para tentar manter uma aparência de controle enquanto ela ondulava num ritmo harmonioso. Seus corpos se encaixavam perfeitamente, assim como suas personalidades, suas preferências, seus gostos e desgostos.

E ela o amava. Gerard sabia disso com uma clareza que nunca tivera sobre mais nada. Por tudo que ele era, com todos os seus defeitos e derrotas, ela o adorava mesmo assim. Isabel lhe deu alegria mesmo quando ele tinha certeza de que não havia mais alegria neste mundo. Se a perdesse...

Ele morreria.

– Isabel – as mãos de Gerard tocaram os dois lados das costas dela, absorvendo a sensação de seus músculos esguios flexionando em cada movimento. Para cima e para baixo, ela movia seus corpos juntos sabendo como dar prazer a ele como apenas uma mulher apaixonada poderia fazer. E transformava aquilo em muito mais do que sexo, muito mais do que mera gratificação carnal.

– Um pouco mais para baixo – ela pediu, implorando que mudasse a posição dos quadris – Sim, aí mesmo – Isabel afundou ainda mais sobre ele até os lábios de seu sexo envolverem a base da ereção.

– Oh...

Ela se apertou ao redor dele deliciosamente. A luxúria subiu por suas costas, fazendo Gerard se arquear para longe da poltrona e para perto do corpo de Isabel.

– Ah, Deus!

– Sim – ela sussurrou, cravando as unhas em seus ombros – Aproveite o passeio.

– Isabel – ele disse com a voz trêmula – Não vou segurar por muito mais tempo.

Ele não podia se derramar dentro dela de novo...

Isabel subia e descia graciosamente com seu corpo curvilíneo cheio de força feminina. Ela era tão apertada, tão quente e molhada, Gerard sabia que estava perdendo a cabeça assim como já havia perdido seu coração.

– Goze – ele mandou, agarrando a cintura dela e penetrando loucamente. Como um punho sedoso. E uma luva ardente – Goze, maldita!

Gerard a empurrava para baixo quando ela subia, ouvindo seus gritos agudos, observando a cabeça cair para trás, sentindo seu sexo se apertar e pulsar em seu pau com a mesma sucção rítmica que sentira com sua boca.

Assim que Isabel caiu relaxada sobre seu peito, ele se retirou, apanhando seu pau e atirando sua semente para fora de sua esposa.

Agonizado, Gerard pressionou o rosto contra o coração dela, ouvindo a batida rápida e apaixonada enquanto ele escondia suas lágrimas no exótico suor floral que se acumulava entre os seios.

CAPÍTULO 19

Para Isabel, a viagem até Waverly foi muito agradável, apesar da presença de sua sogra. O orgulho com que Gray mostrava e explicava os vários marcos no caminho para a propriedade era perceptível. Compartilhar aquele dia e aquele lugar, criar essas memórias juntos, apenas aumentava a crescente ligação entre eles. Ela ouvia com atenção enquanto ele falava com sua voz rouca, observava a luz em seus olhos e o entusiasmo em suas feições.

Que diferença do jovem rapaz que desapareceu no passado. Aquele homem morrera junto com Emily. O marido que ela possuía agora era totalmente seu e nunca havia entregado seu coração para outra mulher. E embora ele ainda não tivesse declarado, ela suspeitava que ele a amava.

Saber disso fez seu dia mais brilhante, seu humor mais leve, seus passos mais decididos. Certamente, com o amor entre eles, poderiam superar qualquer dificuldade. Amor verdadeiro significava aceitar a pessoa com todos os seus defeitos. Isabel podia apenas esperar que ele também a aceitasse dessa maneira.

Quando a carruagem parou diante da mansão de Waverly Park, Isabel se preparou para conhecer os criados. Hoje a formalidade possuía uma dimensão diferente. No passado, ela nunca se sentira a marquesa da família Grayson, e embora não tivesse problema algum em assumir a autoridade da posição, ainda não tinha sentido a satisfação que sentia agora.

No curso das horas seguintes, ela fez um passeio pela mansão conduzido pela eficiente governanta e notou o respeito com que os criados tratavam a mãe de Gray, que parecia não ter problemas em elogiar os criados pelo trabalho benfeito, apesar da dificuldade em fazer o mesmo com seus filhos. Porém, os elogios que a viúva dizia para os criados dificultavam a passagem das rédeas para Isabel.

Quando terminaram, ela e a viúva se sentaram no salão do andar superior para um chá da tarde. O salão, embora um pouco fora de moda em sua decoração, era adorável e tranquilizador com tons de dourado e amarelo. Elas conseguiram manter uma conversa civilizada sobre as aspectos de se cuidar daquela mansão em particular. Uma conversa breve, obviamente.

– Isabel – a viúva disse, num tom de voz que a deixou tensa –, Grayson parece determinado a estabelecer você como sua marquesa.

Erguendo o queixo, Isabel respondeu:

– Eu estou igualmente determinada a cumprir meu papel da melhor maneira possível.

– Incluindo descartar seus amantes?

– Minhas relações particulares não são da sua conta. Mas posso afirmar que meu casamento é sólido.

– Entendo – a viúva exibiu um sorriso que não chegava a seus olhos – E Grayson não está preocupado com a possibilidade de não ter um herdeiro de seu próprio sangue?

Isabel parou com um pedaço de bolo na frente da boca.

– Perdão?

A mãe de Gray cerrou seus pálidos olhos azuis e a estudou sobre a borda da xícara de chá.

– Grayson não faz objeção com sua recusa em lhe dar filhos?

– Estou curiosa para saber por que você acredita que eu não quero filhos.

– Sua idade já é avançada.

– Eu sei muito bem minha idade – Isabel disse secamente.

– Você nunca mostrou qualquer desejo em ser mãe.

– Como você poderia saber disso? Você nunca fez esforço algum em me perguntar.

A viúva tomou seu tempo ao retornar o pires e a xícara até a mesa antes de perguntar:

– Então, você ainda deseja ter filhos?

– Acredito que a maioria das mulheres possui esse desejo. Eu não sou exceção.

– É bom saber disso – a viúva murmurou distraída.

Encarando a mulher à sua frente, Isabel tentou entender qual era seu objetivo. Com certeza havia algo por trás daquelas palavras.

– *Isabel* – o som de sua voz rouca favorita a encheu de alívio.

Ela se virou com um grande sorriso quando Gray entrou no salão. Seu cabelo estava desarrumado pelo vento e seu rosto corado; era o homem mais lindo que já tinha visto. Sempre o considerou assim. Agora, olhando para ele com todo o amor que ela possuía, Isabel ficou sem fôlego diante de sua visão.

– Sim, milorde?

– A esposa do vigário deu à luz o seu sexto filho hoje – ele ofereceu as duas mãos para Isabel, depois a puxou até ela se levantar – Uma pequena multidão se juntou para parabenizá-los. Alguns trouxeram instrumentos para música, outros trouxeram comida. Agora, está acontecendo uma festa improvisada na vila e eu adoraria que você fosse comigo.

– Sim, sim – a empolgação dele era contagiante, e suas mãos se apertaram num gesto afetuoso.

– Posso ir junto? – sua mãe perguntou, também se levantando da cadeira.

– Duvido que seja algo que você vá gostar – Gerard disse, relutantemente tirando os olhos do rosto radiante de Isabel. E então ele deu de ombros – Mas eu não faço objeção.

– Gostaria apenas de um momento para me arrumar – Isabel pediu docemente.

– Tome todo o tempo do mundo. Vou pedir para trazerem a carruagem. A distância é pequena, mas nenhuma de vocês está vestida para caminhar.

Isabel deixou o salão com seu andar gracioso de sempre. Gerard começou a segui-la quando sua mãe o interrompeu.

– Como você poderá saber que a criança que ela carregar será realmente sua?

Gerard congelou, depois se virou lentamente.

– Que diabos você está falando?

– Você não acredita mesmo que ela será fiel a você, não é? Quando ela engravidar, toda a sociedade irá se perguntar quem é o verdadeiro pai.

Ele suspirou. *Sua mãe nunca deixaria as coisas em paz?*

– Já que Isabel nunca ficará grávida, seu cenário desagradável nunca se realizará.

— Como é?

— Você me ouviu claramente. Após o que aconteceu com Emily, você acha mesmo que eu passaria por aquele sofrimento novamente? O filho mais velho de Michael ou Spencer será o herdeiro. Não vou arriscar Isabel quando não existe necessidade para isso.

Ela piscou incrédula, depois abriu um sorriso.

— Entendo.

— Espero que entenda mesmo — sacudindo um dedo na direção dela, Gerard cerrou os olhos e disse: — Nem pense em culpar minha esposa por isso. *Eu* tomei essa decisão.

Sua mãe assentiu com uma docilidade incomum.

— Eu entendo completamente.

— Bom — ele se virou novamente e se dirigiu para a porta — Nós vamos partir logo. Se você quiser nos acompanhar, esteja pronta.

— Não se preocupe, Grayson — ela disse atrás dele — Eu não perderia isso por nada neste mundo.

"Celebração" era uma palavra muito adequada para descrever a multidão animada que preenchia o pátio em frente à pequena casa do vigário e a igreja ao lado. Debaixo de duas grandes árvores um grupo de camponeses dançava e conversava com o orgulhoso vigário.

Isabel não conseguia evitar sorrir largamente para todos que se aproximavam da carruagem para cumprimentá-los. Grayson fez uma grande cerimônia ao apresentar sua esposa para todos, e ela foi recebida com grande entusiasmo.

Pela hora seguinte, ela ficou observando enquanto Gray conversava com todos. Falou bastante com o cavalheiro a quem ajudou a construir um muro de pedras, e o respeito de todos por Gray aumentou com sua habilidade de se lembrar dos nomes de suas famílias e vizinhos. Ele ergueu crianças pequenas no ar e fez um grupo de garotinhas se derramar em risadas encabuladas quando elogiou os bonitos laços em seus cabelos.

Durante todo o tempo, Isabel admirou de longe o seu charme e se apaixonou tão profundamente que sentia seu peito se apertar cada vez mais. A paixão inocente que sentira por Pelham não era nada, *nada* comparada à alegria madura que sentia com Grayson.

— O pai dele possuía o mesmo carisma — a viúva disse ao seu lado — Meus outros filhos não mostram esse traço da mesma maneira, e temo que suas esposas irão apenas diluir essa característica. É uma pena que Grayson não a passe adiante.

Protegida por sua alegria, Isabel encolheu os ombros e não se importou com a irritação que a viúva lhe causava.

— Quem pode dizer que traços uma criança terá se ela ainda não nasceu?

— Já que Grayson me garantiu na mansão que ele não possui desejo algum de ter um filho seu, eu acho que é seguro dizer que ele não passará adiante nenhum traço.

Isabel olhou de relance para sua sogra. Com as feições que um dia já foram belas escondidas pela aba do chapéu, a viúva não revelava para os convidados qualquer sinal da feiura debaixo de sua fachada. Mas aquela podridão inerente era tudo que Isabel conseguia enxergar.

— Do que você está falando? — ela perguntou diretamente, virando-se para encarar sua antagonista de frente. Isabel podia aguentar farpas disfarçadas, mas veneno puro já era demais.

— Eu parabenizei Grayson sobre sua decisão de dedicar-se a preservar o título como deve — a viúva baixou o queixo protegendo os olhos, mas ainda revelando uma curva presunçosa nos lábios — Ele foi rápido em me assegurar que Emily seria a única mulher a carregar um filho seu. Ele a amava, e ela é insubstituível.

Isabel sentiu o estômago congelar com a súbita lembrança da felicidade de Gray quando Emily engravidou. Pensando agora, ela não se lembrava de nenhuma vez em que ele mencionou desejar ter filhos com *ela*. Mesmo na noite passada, ele evitou o assunto, reafirmando que seus irmãos cuidariam da tarefa de produzir um herdeiro.

— Você está mentindo.

— Por que eu mentiria sobre algo que pode ser tão facilmente verificado? — a viúva perguntou com uma inocência fingida — Sinceramente, Isabel, vocês formam o casal mais incompatível que eu já conheci. É claro, se você puder deixar de lado qualquer desejo de ter filhos e viver sabendo que o herdeiro de Grayson será produto de outra mulher, então você poderá talvez viver com algum traço de contentamento.

Isabel fechou os punhos e lutou contra a vontade de gritar e arranhar. Ou chorar. Não sabia o quê. Mas sabia que qualquer uma dessas respostas apenas daria uma vantagem para a viúva. Então, ela forçou um sorriso e deu de ombros.

— Será um grande prazer provar que você está errada.

Afastando-se, ela circulou o tronco de uma grande árvore. Uma vez longe de olhos curiosos, ela recostou-se contra a casca áspera, sem se importar com a sujeira e possíveis danos ao seu vestido. Tremendo, Isabel entrelaçou os dedos e começou a respirar fundo. Não poderia parecer nada menos do que totalmente recomposta.

Apesar de tudo dentro dela dizer para ter fé, acreditar que era boa o bastante para Grayson, confiar que ele gostava dela e queria sua felicidade, ainda havia outra voz que a lembrava de que Pelham não a considerava suficiente.

— Isabel?

Quando Grayson entrou debaixo da sombra da árvore, ela olhou em seus olhos preocupados.

— Sim, milorde?

— Você está bem? — ele perguntou, aproximando-se — Você está pálida.

Ela fez um gesto casual.

— É a sua mãe de novo. Não foi nada. Logo vou recobrar minha compostura.

O rosnado que ele soltou aliviou Isabel; era o som de um homem pronto para defender sua mulher.

— O que ela disse para você?

— Mentiras, mentiras e mais mentiras. Que outra arma ela possui? Você e eu já não estamos mais distantes um do outro e compartilhamos a mesma cama, então a única coisa que ela poderia fazer para me ferir é falar sobre filhos.

Gray ficou visivelmente tenso, algo que a deixou um pouco inquieta.

— O que sobre filhos? — ele perguntou.

— Ela diz que você não quer ter filhos comigo.

Ele permaneceu imóvel por um longo tempo, depois estremeceu. O coração de Isabel parecia querer pular pela garganta.

— Isso é verdade? — ela ergueu a mão até o peito — Gerard?

Rosnando, ele desviou os olhos.

– Eu quero dar coisas a você, quero dar *tudo* a você. Quero fazer você feliz.

– Com exceção de filhos?

O queixo dele se apertou.

– Por quê? – ela gemeu, sentindo o coração se partir.

Levantando os olhos até o rosto dela, Gerard disse:

– Não vou perder você. Não *posso* perder você. Arriscar sua vida com uma gravidez não é uma opção.

Cambaleando para trás, Isabel cobriu a boca.

– Pelo amor de Deus, não me olhe assim, Pel! Podemos ser felizes apenas nós dois.

– Será mesmo? Eu me lembro da alegria que você sentiu quando Emily engravidou. Eu me lembro da sua exuberância – sacudindo a cabeça, ela pressionou os dedos sobre os lábios para que parassem de tremer – Eu queria dar o mesmo a você.

– Você também se lembra da minha dor? – ele perguntou – O que eu sinto por você vai muito além do que já senti por qualquer pessoa. Perder você iria me destruir.

– Você acha que eu sou velha demais para você – Incapaz de aguentar a visão de seu tormento, que refletia o seu próprio, Isabel começou a andar.

– Isso não tem nada a ver com idade.

– Sim, tem sim.

Gray agarrou seu braço quando ela passava por ele.

– Prometi a você que eu seria suficiente, e serei. Posso fazer você feliz.

– Solte-me – ela disse suavemente, encarando-o – Preciso ficar sozinha.

Seus olhos azuis estavam cheios de frustração, medo, e um toque de raiva. Nada disso afetava Isabel. Ela se sentia entorpecida, como há muito tempo aprendera a ficar após ser atingida com um ferimento mortal.

Tudo, menos filhos.

Pressionando a mão sobre seu peito dolorido, ela puxou o braço que ainda estava preso na mão de Gerard.

– Não posso permitir que você vá embora assim, Pel.

– Você não tem escolha – ela disse simplesmente – Você não vai me prender contra minha vontade na frente de todas essas pessoas.

– Então, irei com você.

– Quero ficar sozinha – ela reiterou.

Gerard encarou o exterior frígido de sua esposa e sentiu um abismo entre eles tão profundo que não sabia se seria possível cruzá-lo. Pânico fez seu coração acelerar.

– Pelo amor de Deus, você nunca disse nada sobre querer ter filhos. Você me fez prometer que não te engravidaria!

– Isso foi antes de você transformar nosso acordo temporário num casamento permanente!

– Como diabos eu poderia saber que você havia mudado de ideia sobre isso?

– Claro, a culpa é minha – os olhos dela pareciam queimar – Eu deveria ter dito: "A propósito, antes de me apaixonar por você e querer filhos, deixe-me perguntar se você possui alguma objeção".

Antes de me apaixonar por você...

Em qualquer outra circunstância, aquelas palavras o teriam levado às alturas.

– Isabel... – ele sussurrou, puxando-a para perto – Eu também te amo.

Ela sacudiu a cabeça, fazendo as mechas ruivas em sua nuca balançarem violentamente.

– Não – Isabel ergueu a mão para afastá-lo. – Essa é a última coisa que quero ouvir de você. Eu queria ser uma esposa para você de todas as maneiras, eu estava disposta a tentar, mas você não me permite. Não temos mais nada agora. *Nada!*

– Que diabos você está falando? Nós temos um ao outro.

– Não, não temos – ela disse, com uma determinação na voz que fez a garganta de Gerard se fechar – Você nos levou para além de mera amizade e não podemos mais voltar. Agora... – ela engoliu um soluço. –, não posso mais fazer amor com você, portanto, também não há mais um casamento.

Ele congelou e as batidas de seu coração falharam.

– *O quê?*

– Eu me ressentiria de você a cada vez que vestisse proteção ou se retirasse com pressa. Saber que você não permitirá que eu carregue seu filho...

Agarrando os ombros de Isabel, Gerard tentou sacudi-la para que voltasse à razão. Ela retaliou chutando seu calcanhar, o que o fez soltá-la e praguejar. Ela correu para a carruagem, e ele correu atrás dela tentando ser discreto. Assim que Isabel embarcou sem ajuda, sua mãe apareceu na sua frente.

– Maldita! – ele rosnou, agarrando seu cotovelo e a colocando de lado – Quando eu for embora hoje, deixarei você aqui.

– *Grayson!*

– Você gosta desta propriedade, então não precisa ficar tão horrorizada – ele pairou sobre ela, fazendo sua mãe se encolher – Guarde seu horror para o dia em que me encontrar novamente. Rezo para que nunca aconteça, pois isso significará que Isabel não me aceitou de volta. E se isso acontecer, até mesmo o próprio Deus não será capaz de poupá-la da minha fúria.

Gerard a jogou para o lado e seguiu a carruagem a pé, mas seu caminho foi repetidamente bloqueado pelos camponeses. Quando finalmente chegou à mansão, Isabel já tinha tomado outra carruagem e partido.

Lutando contra o pavor de ter perdido o amor de Isabel para sempre, Gerard montou num cavalo e correu atrás dela.

CAPÍTULO 20

Rhys esperava no corredor do quarto de Abby. Ele andava nervosamente e mexia em sua gravata, mas não tirava os olhos da porta. Sua carruagem esperava na frente da mansão, e os criados estavam carregando suas malas. O tempo estava se esgotando. Logo teria que partir, mas se recusava a ir embora antes de falar com Abigail.

Ele havia passado a manhã inteira tentando, sem sucesso. Tentou sentar-se ao seu lado durante o café da manhã, mas ela se moveu rápido demais, escolhendo uma cadeira com convidados dos dois lados. Ela o evitou deliberadamente.

Após soltar um suspiro impaciente, ele ouviu a maçaneta girar, e então Abigail apareceu. Ele avançou para cima dela.

– Abby – Rhys notou o prazer nos olhos dela ao vê-lo, mas logo ela baixou os olhos escondendo suas feições.

Abby estava escondendo algo, e ele iria descobrir o que era. Ela achava mesmo que o faria se apaixonar apenas para depois dispensá-lo? Isso não ficaria assim.

– Lorde Trenton. Como você está... Oh!

Agarrando seu cotovelo, ele a arrastou pelo corredor até a escadaria dos criados. Rhys parou e a observou, notando seus lábios separados e a respiração ofegante. Antes que pudesse protestar, ele a puxou e a beijou, tomando sua boca desesperadamente, precisando dela assim como precisava respirar.

Quando ela gemeu e se entregou, Rhys precisou segurar um grito de triunfo. Ela tinha um sabor de mel e creme, um simples sabor que limpava sua alma e deixava o mundo fresco e renovado. Rhys usou toda sua força para terminar o beijo, algo que mal conseguiu fazer após a noite miserável que passou sem ela.

— Você vai se casar comigo — ele disse asperamente.

Abby suspirou e manteve os olhos fechados.

— Por que você tinha que estragar uma despedida perfeita com uma besteira dessas?

— Não é besteira!

— É sim — ela insistiu, sacudindo a cabeça ao olhar para ele — Eu não vou dizer sim. Então, por favor, pare com isso.

— Você me quer — ele disse teimosamente, esfregando o polegar sobre o lábio inchado de Abby.

— Por causa do sexo.

— Isso é suficiente — não era, mas se ele pudesse possuí-la sempre que quisesse, então talvez pudesse voltar a pensar direito. Assim que voltasse a pensar, poderia planejar um jeito de conquistá-la. Grayson estava percorrendo esse mesmo caminho. Rhys poderia simplesmente seguir essa trilha.

— Não é — ela argumentou gentilmente.

— Você tem ideia de quantos casamentos não possuem paixão nenhuma?

— Sim — ela pousou a mão sobre o coração de Rhys — Mas não acho que paixão será suficiente para compensar as coisas que as pessoas dirão sobre você caso tenha uma americana como esposa.

— Danem-se todos — ele resmungou — Nós temos mais do que paixão, Abby. Você e eu nos damos muito bem. Gostamos da companhia um do outro mesmo fora da cama. E nós dois gostamos de jardins.

Ela sorriu e o coração dele acelerou. E então, ela o despedaçou de vez:

— Eu quero amor. E não vou me contentar com nada menos.

Rhys engoliu em seco. Estava óbvio que ela não o amava, mas ouvi-la dizer em voz alta era doloroso ao extremo.

— Amor pode crescer.

O lábio dela tremeu debaixo de seu polegar.

— Não quero arriscar a chance de que não crescerá. Eu preciso sentir, Rhys, para poder ser feliz.

— Abigail — ele sussurrou, pressionando seus rostos juntos. Rhys poderia conquistar seu coração. Se ao menos ela desse uma chance.

Infelizmente, antes que ele pudesse continuar argumentando, uma porta se abriu no andar inferior e as vozes de duas criadas se aproximando chegaram até eles.

— Adeus, milorde — Abby sussurrou, antes de subir na ponta dos pés e presenteá-lo com um último beijo — Guarde aquela dança para mim.

E então, ela se foi, e o súbito vazio em seus braços ecoava também em seu coração.

Entrando na propriedade dos Hammond, Isabel ficou aliviada ao ver a carruagem preta de Rhys ainda se preparando para a viagem. Depois de ter passado a última hora encharcando seu lenço por causa do fracasso de seu casamento e seus sonhos partidos, ela precisava do ombro de seu irmão para chorar e ouvir seus conselhos.

— Rhys! — ela gritou, descendo com a ajuda de um criado e correndo em sua direção.

Ele se virou franzindo as sobrancelhas, com uma mão na cintura e a outra esfregando a nuca. Sua postura estava orgulhosa, seus cabelos castanhos debaixo de um chapéu, as longas pernas dentro de calças elegantes. Para o coração dolorido de Isabel, a mera visão de seu irmão era um conforto por si só.

— Bella? Pensei que você não voltaria hoje. O que aconteceu? Você esteve chorando?

— Vou voltar para Londres com você — ela disse com a voz rouca e a garganta fechada — Posso me arrumar em questão de minutos.

Olhando ao redor, ele perguntou:

— Onde está Grayson?

Ela sacudiu a cabeça violentamente.

— Bella?

— Por favor — ela murmurou, baixando os olhos porque sua compaixão e preocupação ameaçavam provocar uma torrente de lágrimas — Você vai me transformar numa cachoeira na frente dos criados. Contarei tudo assim que eu me recompor e encontrar minha dama de companhia.

Rhys praguejou baixinho e ajeitou a gravata.

– Apresse-se – ele disse, olhando nervosamente para o portão da frente. – Por favor, acredite que eu não quero parecer cruel ou indiferente, mas sinceramente só posso esperar apenas dez minutos.

Assentindo, Isabel correu para dentro da casa. Tudo que possuía não poderia ser arrumado em dez minutos, então ela lavou o rosto, apanhou aquilo que precisava para seu conforto na longa viagem, e deixou um bilhete para Grayson enviar-lhe o resto de suas coisas.

A qualquer momento, ela esperava que seu marido aparecesse, e a ansiedade da espera fez seu estômago congelar. Isabel se sentia acuada e sem fôlego. Seu mundo inteiro girava sem o centro estável que ela pensava que havia encontrado em Gray. Deveria saber que de alguma forma ela não seria suficiente para ele. O aperto em seu peito era culpa dela. A realidade sempre existiu: ela era velha demais para Gray e ele não confiava que seu corpo pudesse dar-lhe o filho que ela sabia que ele desejava. Se fosse mais jovem, ela duvidava que ele tivesse qualquer dúvida como essa sobre sua saúde.

– Venha comigo – ela disse para Mary, e então as duas seguiram um criado, que carregou sua valise até a porta da frente.

Rhys esperava impaciente.

– Você demorou uma eternidade – ele murmurou, acenando para sua dama de companhia seguir na carruagem dos criados e puxando Isabel para a outra carruagem. Ele abriu a porta e praticamente a jogou lá dentro.

Isabel cambaleou para dentro e se surpreendeu com o que viu. De repente, entendeu a pressa de seu irmão. No banco da frente, com a boca presa com um uma mordaça, brilhantes olhos azuis cruzaram com os olhos dela.

– Meu Deus – ela murmurou, voltando rapidamente para fora. Isabel olhou ao redor para se certificar de que ninguém os vira, depois sussurrou furiosa:

– O que você está fazendo com Miss Abigail amarrada na carruagem como se fosse bagagem?

Rhys suspirou e depois pousou as mãos na cintura.

– Essa mulher não queria ouvir a razão.

– *O quê?* – ela imitou sua pose – E por acaso *isso* é razão? O futuro Duque de Sandforth raptando uma garota solteira?

– Que outro recurso eu tinha? – erguendo as mãos, ele perguntou: – Eu deveria simplesmente me afastar quando ela me recusou?

– Então, você irá forçar a garota a se casar desse jeito? Que base é essa para um casamento duradouro?

Ele estremeceu novamente.

– Eu a amo, Bella. Não posso imaginar continuar minha vida sem ela. Diga o que posso fazer.

– Oh, Rhys – Isabel sussurrou, sentindo as lágrimas voltarem a se acumular – Você acha que se eu soubesse como criar amor onde não existe, eu não teria feito isso com Pelham?

Talvez fosse algum tipo de maldição de família.

Ela desejava desesperadamente que Rhys encontrasse alguém que o amasse de verdade. E saber que ele se apaixonara por uma mulher que não sentia o mesmo por ele apenas aumentou seu sofrimento.

Chutes violentos no interior da carruagem chamaram a atenção deles. Quando Rhys se aproximou da porta, Isabel bloqueou seu caminho.

– Permita-me. Você já fez demais hoje.

Erguendo as saias, ela pisou no pequeno degrau e entrou na carruagem. Sentando-se no banco oposto, Isabel tirou suas luvas e começou a remover a mordaça que permitia apenas protestos abafados enquanto Rhys murmurava lá fora algo sobre "mulheres impossíveis".

– Por favor, não grite – ela implorou suavemente enquanto desatava o nó – eu sei que Lorde Trenton a tratou de maneira abominável, mas ele realmente gosta de você. Ele simplesmente precisa aprender muito ainda. Ele não teria...

Abigail se contorceu freneticamente quando a mordaça caiu.

– Minhas mãos, milady! Liberte minhas mãos!

– Sim, é claro – Isabel limpou as lágrimas que molhavam o rosto de Abigail, depois puxou o tecido que envolvia seus pulsos. No momento em que o nó se afrouxou, Abigail libertou seus braços e se impulsionou para a porta aberta da carruagem. O corpo de Rhys absorveu o impacto facilmente, embora seu chapéu tenha caído ao chão.

– Abby, por favor! – ele implorou, enquanto ela batia inutilmente em seus ombros – Eu *preciso* ter você. Permita-me que eu lhe mostre. Eu farei você me amar, eu prometo.

– Eu já amo você, seu idiota! – ela soluçou.

Ele deu um passo para trás e arregalou os olhos.

– *O quê?* Você disse que apenas queria... Maldição, você *mentiu* para mim?

– Desculpe – os pés dela ficaram suspensos do chão quando Rhys a abraçou.

– Então, qual é sua objeção em se casar comigo?

– Você não disse que sentia o mesmo.

Colocando-a no chão, Rhys passou a mão no rosto e rosnou.

– Por que diabos um homem se casaria com uma mulher que o enlouquece se não fosse por amor?

– Pensei que você apenas queria se casar comigo porque fomos flagrados nos beijando.

– Meu Deus – ele fechou os olhos – Você ainda será a minha morte.

– Diga de novo – ela implorou, colando os lábios em seu queixo.

– Eu amo você desesperadamente.

Isabel desviou os olhos da cena e pressionou um lenço no rosto.

– Retire as malas dele – ela disse para o criado, que se apressou em obedecer. Ela se ajeitou no banco, deixou a cabeça cair para trás e fechou os olhos, o que não impediu que as lágrimas rolassem.

Talvez a maldição fosse apenas dela.

– Bella.

Abrindo os olhos, ela olhou para Rhys, cujo torso preenchia a porta aberta.

– Fique – ele disse suavemente – Converse comigo.

– Mas é tão irritante quando as mulheres começam a falar sobre seus sentimentos – ela respondeu com um sorriso irônico.

– Não brinque. Você não deveria ficar sozinha agora.

– Eu quero ficar sozinha, Rhys. Ficar aqui, fingindo estar bem quando não estou, seria o pior tipo de tortura.

– Que diabos aconteceu com você e Grayson? Ele era sincero em seu desejo de ganhar seu amor. Eu sei que era.

– Ele conseguiu isso – inclinando-se para frente, ela falou com uma urgência na voz – Você assumiu um risco por amor, e teve a melhor recompensa. Prometa que sempre vai colocar seu amor acima de tudo, assim como fez hoje. E nunca subestime Miss Abigail.

Rhys fechou o rosto.

— Por favor, não fale tão enigmaticamente assim, Bella. Eu sou um homem. Não compreendo o linguajar feminino.

Ela pousou a mão sobre a dele.

— Eu preciso ir antes que Grayson apareça. Conversaremos mais quando você voltar para Londres com sua noiva.

Foi aquela última palavra que fez Rhys assentir e dar um passo para trás. Ele ficaria e conversaria com os Hammond. Ela sobreviveria, como sempre.

— Eu vou cobrá-la, Bella — ele alertou.

— É claro — Isabel ofereceu um sorriso hesitante — Estou muito feliz por você. Não aprovo seus métodos, mas estou contente por você ter encontrado a pessoa certa. Por favor, peça desculpas a todos por mim. Não tive tempo de falar com ninguém.

Ele assentiu.

— Eu te amo.

— Meu Deus, você está ficando especialista em dizer isso, não é? — Isabel fungou e limpou uma lágrima — Eu também te amo. Agora, deixe-me ir.

Rhys afastou-se e fechou a porta. A carruagem começou a andar, deixando aquele cenário para trás, mas carregando suas lembranças.

Isabel se encolheu no canto e chorou.

Gerard conduziu sua montaria apressadamente pelos portões da mansão dos Hammond. Quando parou em frente à escadaria principal, ele pulou do cavalo e jogou as rédeas para o cavalariço. Dispensando qualquer preocupação com o decoro, ele correu pelas escadas até chegar ao seu quarto.

E descobriu que ela já não estava lá e tinha deixado um bilhete pedindo para enviar suas posses para Londres. Gerard sentiu o estômago dar um nó e perdeu a respiração como se tivesse sofrido um golpe físico.

Foi então que entendeu o quanto ela estava magoada. Ele desabou na poltrona mais próxima, amassando a carta de Isabel em seu punho fechado. Gerard sentia-se atordoado, incapaz de compreender o que acontecera com a felicidade que eles desfrutaram apenas algumas horas atrás.

— O que aconteceu? — perguntou uma voz vinda da porta que dava para o corredor.

Levantando os olhos, Gerard encontrou Trenton encostado no batente.

— Eu gostaria de saber – ele suspirou – Você sabia que Isabel deseja ter filhos?

Trenton apertou os lábios por um momento.

— Não me lembro de conversar sobre isso com ela, mas faz sentido que ela queira. Isabel é uma pessoa romântica. Acho que não existe nada mais romântico para uma mulher do que ter uma família.

— Como pude não perceber isso?

— Não sei. E qual é o problema em ter um filho? Com certeza você também gostaria de ter um herdeiro, não é? – Trenton se endireitou e entrou no quarto, sentando-se na poltrona oposta.

— Uma mulher de quem eu gostava muito morreu ao dar à luz – Gerard murmurou, olhando para a aliança em seu dedo.

— Ah, sim. Lady Sinclair.

Gerard levantou os olhos e fechou o rosto.

— Como Isabel pode me pedir para reviver aquela experiência? A simples ideia da gravidez me enche de terror. A realidade iria me matar.

— Ah, entendo – recostando-se na poltrona, Trenton cruzou as pernas e começou a pensar. – Perdoe-me por discutir algo tão delicado, mas eu não sou cego. Desde o seu retorno, reparei nos hematomas em Isabel. Algumas marcas de mordidas. Arranhões. Eu arriscaria dizer que você não é um homem que pratica moderação em seus apetites. E, em algum momento, você encontrou a confiança de que ela consegue aguentar uma paixão como a sua.

— Você não tem nada mais desconfortável para discutir? – Gerard murmurou com ironia.

— Mas eu não estou errado, não é? – quando Gerard assentiu, Rhys continuou: – Se me lembro bem, Lady Sinclair tinha uma estatura frágil. Na verdade, a diferença entre ela e Isabel é tão extrema que é de se admirar que você tenha se sentido atraído pelas duas.

— Havia motivações diferentes para as duas atrações – Gerard se levantou e andou lentamente pelo quarto, procurando pelo aroma de flores exóticas que ainda pairava pelo ar. Emily atraíra seu orgulho. Isabel atraíra sua alma – Muito diferentes.

— Esse é exatamente o meu argumento.

Respirando fundo, Gerard se encostou na lareira e fechou os olhos. Isabel era uma tigresa. Emily era uma gatinha. Era o pôr do sol para o nascer do sol. Opostos em todos os sentidos.

— Muitas mulheres sobrevivem ao parto todos os dias, Grayson. Mulheres bem menos fortes do que a nossa Isabel.

Isso era uma verdade inegável. Mas embora sua mente entendesse a razão, o coração conhecia apenas a irracionalidade do amor.

— Se eu a perdesse — Gerard disse, com um tom de voz angustiado —, não sei o que aconteceria comigo.

— Para mim, parece que você já está perdendo. Não seria melhor arriscar e ficar com ela, do que não fazer nada e perdê-la com certeza?

A lógica daquele pensamento parecia inquestionável. Gerard sabia que, se não cedesse, ele perderia Isabel. O desespero dela hoje deixara isso muito claro.

Ele ouviu Trenton se levantar e virou-se para encará-lo.

— Antes que você vá, Trenton, você poderia, por favor, me ceder sua carruagem?

— Na verdade, Bella tomou meu transporte.

— Por quê? — a apreensão congelou o estômago de Gerard. Será que seu medo fez Isabel abandonar tudo que pertencia a ele?

— Eu já estava pronto para partir e a carruagem estava preparada. Não, não pergunte. É uma longa história, e é melhor você correr se quiser chegar a Londres antes do sol nascer.

— E quanto a Lorde e Lady Hammond?

— Felizmente, não sabem de nada. Com um pouco de esforço, você conseguirá que continuem assim.

Assentindo, Gerard se endireitou e mentalmente começou a preparar o pretexto para ele e sua esposa se retirarem da festa sem levantar suspeitas.

— Obrigado, Trenton — ele disse.

— Apenas conserte aquilo que deu errado. Eu quero ver Bella feliz. Esse é o único agradecimento que peço.

CAPÍTULO 21

Gerard analisou a distância até a janela do segundo andar de sua residência em Londres, deu um passo para trás e atirou uma pequena pedra. Ele esperou até ouvir o satisfatório som da janela sendo atingida, depois se preparou e atirou outra pedra.

O céu já estava começando a clarear, transformando o cinza-escuro num bonito tom de rosa. Ele se lembrou de outra manhã, e outra janela. Mas seu objetivo era o mesmo.

Foi preciso várias pedras até conseguir o que queria... Isabel apareceu na janela, com seu lindo rosto sonolento e os cabelos soltos pelos ombros.

– O que você está fazendo, Grayson? – ela perguntou, com aquela voz rouca que ele tanto adorava – Não estou com vontade de recitar Shakespeare para você.

– Ainda bem – ele disse, soltando uma risada hesitante.

Aparentemente, ela também possuía lembranças vívidas daquela manhã. Então, ainda havia esperança.

Com um longo suspiro, ela se ajeitou na beira da janela e ergueu uma sobrancelha num questionamento silencioso. Para Isabel, não era novidade um homem atirando pedras em sua janela para ganhar sua atenção. Por toda sua vida adulta, homens tentaram de todas as maneiras ganhar acesso ao seu quarto.

Agora, seu corpo estava prometido para a cama *dele*, pelo resto da vida. O prazer que isso dava a Gerard se espalhou rapidamente por seu corpo e aqueceu seu coração. E então, um frio o preencheu tão rapidamente quanto.

Quando o sol nascente revelou seu adorável rosto, ele percebeu a tristeza em seus olhos e nariz avermelhados. Ela havia chorado até dormir, e a culpa era inteiramente dele.

– Isabel – sua voz saiu como uma súplica sincera – Deixe-me entrar. Está frio aqui fora.

A expressão cansada dela se tornou ainda mais defensiva. Inclinando mais um pouco na janela, suas mechas deslizaram pelos ombros junto com as alças da camisola. Pelo balançar dos seios, ele soube que ela estava nua por baixo. O efeito que isso causou nele era tão previsível quanto o nascer do sol.

– Existe alguma razão que impede você de entrar? – ela perguntou – Até onde sei, esta é a sua casa.

– Não estou falando da casa, Pel – ele esclareceu – Estou falando do seu coração.

Ela congelou.

– Por favor. Deixe-me entrar. Permita que eu conserte as coisas. Eu *preciso* consertar as coisas entre nós.

– Gerard – ela sussurrou, tão suavemente que ele mal ouviu seu nome ser carregado pelo frio ar da manhã.

– Eu amo você desesperadamente, Isabel. Não posso viver sem você.

Ela ergueu a mão e cobriu seus lábios trêmulos. Ele se aproximou da casa, sentindo cada célula de seu corpo atraída por Isabel.

– Eu prometo minha fidelidade a você, minha esposa. Não por minhas necessidades, como fiz antes, mas pelas suas. Você me deu tanto: amizade, risadas, aceitação. Você nunca me julgou nem me repreendeu. Quando eu não sabia quem eu era, você cuidou de mim mesmo assim. Quando faço amor com você, eu me contento e não desejo mais nada neste mundo.

– Gerard.

Seu nome, pronunciado com uma voz quase presa na garganta, o atingiu profundamente.

– Você vai me deixar entrar? – ele implorou.

– Por quê?

– Eu quero lhe dar tudo aquilo que sou. Incluindo filhos, se tivermos a felicidade de concebê-los.

Ela ficou em silêncio por tanto tempo que Gerard sentiu tonturas ao segurar a respiração.

– Eu concordo em conversar. Nada mais.

Os pulmões dele queimavam.

– Se você ainda me amar, nós podemos cuidar do resto.

Isabel estendeu um braço para ele.

– Entre.

Girando nos calcanhares, Gerard correu para a porta e subiu as escadas, desesperado para estar com sua esposa. Mas quando entrou no quarto, ele parou imediatamente. A visão que o recebeu era a de seu *lar*, apesar da tensão entre ele e Isabel.

O fogo minguava na lareira de mármore e Isabel estava diante da janela, com seu corpo exuberante coberto em seda vermelho-escura. Foi uma excelente escolha de sua esposa, cuja beleza se complementava com uma cor tão forte. E este quarto, onde passaram tantas horas conversando e rindo, era o cenário perfeito para um recomeço. Aqui, eles acabariam com seus demônios interiores.

– Senti sua falta – ele disse suavemente – Quando você não está do meu lado, eu me sinto muito sozinho.

– Eu também senti sua falta – ela admitiu, engolindo em seco – Mas depois, fiquei imaginando se você realmente foi meu. Acho que, talvez, Emily ainda possui parte de você.

– E talvez Pelham ainda possua influência sobre você? – Gerard lentamente começou a retirar seu casaco, reparando na maneira como ela o observava. Virando a cabeça, seu olhar cruzou com o retrato de Pelham – Você e eu fizemos escolhas ruins muito cedo na vida, e nós dois carregamos cicatrizes por causa disso.

– Sim, talvez nós dois estejamos arruinados, cada um à sua maneira – ela disse tristemente, aproximando-se de sua poltrona favorita.

– Eu me recuso a acreditar nisso. Existe uma razão para tudo.

Gerard jogou o casaco no encosto de uma cadeira e se abaixou diante da lareira, abanando e jogando mais carvão, até que o calor começou a preencher o quarto.

– Tenho certeza de que se eu não tivesse conhecido Emily, não saberia apreciar você de verdade. Não teria a comparação para poder reconhecer o quanto você é perfeita para mim.

Isabel riu suavemente.

– Você apenas me considerou perfeita quando pensou que eu não queria ter filhos.

– E você – ele continuou, ignorando-a – Duvido que consideraria minha paixão incontrolável por você tão atraente se Pelham não tivesse cortejado você com uma sedução calculada.

O silêncio que veio em resposta parecia cheio de possibilidades. Ele sentiu o lampejo de esperança que possuía em seu coração se alastrar até o coração diante dele.

Gerard se levantou.

– Entretanto, acho que chegou a hora de reduzir este casamento de quatro pessoas numa união mais confortável entre apenas duas.

Virando-se para encarar seu rosto, ele a encontrou sentada com as costas retas, o rosto pálido e lindo, os olhos cheios de lágrimas, os dedos entrelaçados com tanta força que os nós deles tornaram-se brancos. Ele se aproximou, sentou-se aos seus pés, e aqueceu suas mãos geladas.

– Olhe para mim, Isabel – quando ela encontrou seus olhos, ele ofereceu um sorriso – Vamos fazer mais um acordo.

– Um acordo? – uma sobrancelha se levantou.

– Sim. Eu concordo em recomeçar com você. Em todos os sentidos. Não vou atormentar nosso amor com meu sentimento de culpa sobre o passado.

– Em todos os sentidos?

– Sim. Eu juro. Em troca, você vai retirar aquele retrato. Você concordará em acreditar que você é a própria perfeição. Que não existe nada... – a voz dele falhou, forçando Gerard a fechar os olhos e a respirar fundo.

Abrindo sua camisola, Gerard passou o rosto contra a pele sedosa da coxa de Isabel e aspirou seu aroma, acalmando as emoções que o sobrecarregavam.

Os dedos dela invadiram seus cabelos, acariciando as raízes, amando-o silenciosamente.

– Não existe nada que eu mudaria sobre você, Isabel – ele sussurrou, admirando a beleza madura e força interior que fazia Isabel a pessoa que era. Única e inestimável – Principalmente, sua idade. Apenas uma mulher experiente poderia lidar com um homem tão arrogante quanto eu.

– Gerard – ela deslizou para seu lado e o puxou para seu peito. Lá, Isabel o abraçou em seu coração – Eu já deveria saber que quando você joga pedras na minha janela, é um sinal do quanto minha vida irá mudar drasticamente.

– Sim, exatamente.

– Seu malandro maldito – ela sorriu contra a testa dele.

– Ah, mas sou o *seu* malandro maldito.

– Sim – ela riu suavemente – Isso é verdade. Você é muito diferente do homem com quem me casei, mas sua malícia é algo que, felizmente, não mudou. Você é exatamente da maneira como eu quero que seja.

Gerard a abraçou e a levou para o chão.

– Eu também quero você.

Isabel olhou para ele, com seus cabelos fogosos caindo pela testa, a pele branca como marfim exposta onde a camisola se abria. A mão dele separou o tecido, revelando os seios macios e as curvas cheias que ele tanto adorava. Ele colocou a mão em seu bolso e retirou a aliança de rubi que havia comprado para ela. Com dedos trêmulos, Gerard deslizou a aliança no dedo de Isabel, beijando a pedra antes de virar a mão dela e beijar a palma.

Um calor percorreu sua pele como uma brisa quente, cada terminação nervosa vibrando com excitação, a boca se enchendo de água. Inclinando a cabeça, Gerard lambeu a maciez de um mamilo, depois o outro, abrindo seus lábios e sugando-o para dentro de sua boca. Seus olhos se fecharam, seu sangue se encheu de desejo e amor enquanto ele desfrutava o sabor dela com uma sucção longa e profunda.

– Sim... – ela sussurrou quando ele mordeu gentilmente a ponta enrijecida, tentando controlar seu eterno desejo de devorá-la por inteiro.

Eles se moviam sensualmente, sem pressa. Cada toque, cada carícia e murmúrio era uma promessa feita. Para abandonar todo o resto. Para confiar e amar um ao outro, e deixar o passado para trás. A união deles havia começado por todas as razões erradas, mas, no fim, era uma união que não poderia ser mais *certa*.

As roupas caíram até suas peles se tocarem por toda a parte. Gerard segurou as coxas dela e as separou, mergulhando a extensão enrijecida de seu membro dentro do calor de Isabel, unindo-os muito mais plenamente do que as alianças douradas em seus dedos.

Gerard levantou a cabeça e observou o rosto de Isabel enquanto ele a penetrava. Seus leves gemidos preenchiam o ar e faziam seus braços tremerem enquanto suportavam seu peso. Ela virava a cabeça inquieta, os calcanhares pressionando as costas dele, as unhas cravando em seus braços. As mechas de seu cabelo ruivo se espalhavam pelo tapete, soltando o aroma inebriante que o entorpecia.

Deus, como ele amava isso. Duvidava que algum dia pudesse se cansar da visão de sua esposa perdida em êxtase, tão quente, lisa e se entregando de corpo e alma.

– Minha doce Isabel – ele sussurrou, livre pela primeira vez do desespero que marcava seus encontros passados.

– *Gerard*.

Ele gemeu. Seu nome era uma carícia tátil quando pronunciado naquela voz rouca. Pairando sobre ela, Gerard beijou sua boca, respirando seus suspiros enquanto a penetrava do jeito que ela gostava, em longos e profundos movimentos.

– Oh, Deus! – ela ofegou, apertando-o ao seu redor, arqueando as costas ao se aproximar do clímax.

– Eu te amo – ele sussurrou em seu ouvido. E então, Gerard a seguiu, estremecendo, derramando sua semente numa torrente de desejo, entregando a promessa de vida que eles iriam criar juntos com uma alegria infinita em seus corações.

E Isabel o acompanhou em cada movimento. Ela era sua equivalente em todos os sentidos.

EPÍLOGO

– Acho que ele precisa de uma bebida mais forte que chá – Lady Trenton suspirou.

Gerard estava de pé ao lado da janela do saguão com as mãos juntas atrás das costas. Suas pernas estavam bem separadas numa postura que o ancorava melhor ao chão, mas mesmo assim ele se sentia trêmulo e um pouco estranho. Como um potro tentando dar os primeiros passos. Ele queria estar no andar de cima com sua esposa, que naquele instante trabalhava para trazer seu filho ao mundo, mas a proliferação de visitantes o impedia de sair do lugar. Todos os parentes de Isabel estavam presentes, assim como Spencer.

– Grayson – Trenton chamou – você deveria se sentar antes que desabe no chão.

Uma bufada de ar precedeu a repreensão de Lady Trenton.

– Isso não foi muito educado.

Virando-se, Gerard disse:

– Não corro o risco de desabar.

Era uma grande mentira. Ele sentia o suor descendo por sua testa e nuca, e forçava a si mesmo a respirar calmamente.

– Você está pálido como creme – Sandforth zombou. A semelhança com seu filho era impressionante, diferindo apenas no cinza dos cabelos e nas linhas que marcavam o canto dos olhos e boca.

Gerard se endireitou, seu olhar se movia de um lado a outro no saguão. As mulheres estavam sentadas em sofás opostos; os homens estavam de pé espalhados pelo perímetro. Cinco pares de olhos o observavam com preocupação.

No andar de cima, havia um silêncio mortal. Embora estivesse grato pela falta de gritos de dor, Gerard desejava desesperadamente algum sinal de que Isabel estava bem.

– Com licença – ele disse abruptamente, retirando-se do saguão com impaciência. No momento em que suas botas fizeram contato com o chão da mansão, Gerard acelerou os passos. Ele subiu a escadaria curva e correu até o terceiro andar. Parou de correr apenas quando alcançou o berçário. Depois de ajeitar os cabelos rapidamente com as mãos, ele virou a maçaneta e entrou.

– Papai!

Gerard se abaixou logo na entrada do quarto e abriu os braços para o pequeno corpo que corria com pernas rechonchudas. Abraçando seu filho de cabelos ruivos com força, ele lembrou a si mesmo de que Isabel já havia passado por isso com "facilidade e rapidez de dar inveja". Pelo menos foi o que a parteira disse na época.

– Milorde – a babá disse, fazendo uma reverência. Seu olhar era questionador. Gerard sacudiu a cabeça para dizer a ela que não havia novidades. Ela ofereceu um sorriso tranquilizador e voltou a se sentar numa poltrona do canto.

Afastando-se um pouco, Gerard olhou para o rosto de seu filho e sentiu o familiar aperto no coração. Os últimos três anos haviam sido os mais felizes de sua vida. A confiança de Isabel desabrochou como uma flor, abrindo-se enquanto o tempo solidificava seu profundo afeto num amor que era inquestionável. O primeiro filho que tiveram – Anthony Richard Faulkner, Lorde Whedon – nascera há dois anos, trazendo para o lar dos Faulkner uma alegria e felicidade que Gerard nunca havia experimentado na vida. Isabel estava mais linda do que nunca, suas feições exibiam um brilho que ele nunca deixaria se apagar.

Um leve rangido veio da porta aberta. Ele ergueu o olhar e sentiu o peso do mundo sumir de seus ombros. Lady Trenton sorriria tão lindamente assim apenas se as notícias fossem boas.

Gerard se levantou e carregou seu filho até o segundo andar. Ele invadiu o aposento de sua esposa ao som das risadas de Anthony e parou de repente.

Isabel descansava entre uma proliferação de travesseiros, com seus gloriosos cabelos esparramados sobre os lençóis brancos, o rosto corado e os olhos brilhantes. Ela estava radiante e era sem dúvida a criatura mais linda que ele já encontrara neste mundo.

– Milorde – a parteira disse, ao lado da bacia cheia de água.

Gerard assentiu para ela, deliberadamente evitando olhar as toalhas ensopadas de vermelho-escuro perto da cama. Ele se sentou cuidadosamente na beira do colchão, pousando a mão sobre a coxa de Isabel. Anthony tentou engatinhar até sua mãe, mas parou com os olhos arregalados quando o embrulho nos braços dela começou a se debater e fez um som como se fosse um gatinho.

– Meu amor... – Gerard suspirou, sentindo os olhos arderem. Não havia palavras.

– Ela não é linda?

Uma menina.

Com a mão trêmula, ele empurrou a coberta do embrulho para o lado, revelando tufos de cabelos vermelhos tão preciosos que roubaram todo o ar de seus pulmões. Ele se apaixonou ferozmente no momento em que seu olhar recaiu sobre ela. Sua pele era suave como a pétala de uma...

– Rosa.

Isabel sorriu para ele.

– Que adorável, Gerard. E combina perfeitamente.

Ele se levantou e deu a volta na cama. Apoiando primeiro um joelho no colchão, depois o outro, ele se arrastou até se aproximar de Isabel. Ajeitando-se cuidadosamente ao seu lado, Gerard a puxou para mais perto com um braço atrás de sua cabeça e o outro envolvendo os ombros de um fascinado Anthony.

– Agora, somos quatro novamente – ela disse, apoiando a cabeça em seu peito.

– Sim. Perfeitamente, quatro – ele avaliou.

– Talvez mais quatro?

Gerard congelou, depois notou o brilho divertido nos olhos de Isabel.

– Danada.

– Ah, mas sou a *sua* danada.

– Mais quatro, você diz? – beijando sua testa, ele suspirou – Você vai acabar me enlouquecendo.

– Farei o esforço valer a pena – ela prometeu, com aquela voz rouca que ele tanto adorava.

Gerard a puxou para mais perto, sentindo o coração ainda mais apertado.

– Você já conseguiu isso, meu amor. Você já conseguiu isso.